古典文獻研究輯刊

四 編

曾永義 主編

第 15 冊

中國古典短篇文言愛情小說
女性主角形象結構研究（下）

陳葆文 著

國家圖書館出版品預行編目資料

中國古典短篇文言愛情小說女性主角形象結構研究（下）／
陳葆文 著 — 初版 — 新北市：花木蘭文化出版社，2012〔民
101〕
目 2+182 面；19×26 公分
（古典文學研究輯刊 四編：第 15 冊）
ISBN：978-986-254-764-9（精裝）
1. 古典小説 2. 文學評論
820.8　　　　　　　　　　　　　　101001740

ISBN-978-986-254-764-9

9 789862 547649

古典文學研究輯刊
四 編　第十五冊　　　　　　ISBN：978-986-254-764-9

中國古典短篇文言愛情小說
女性主角形象結構研究（下）

作　　　者　陳葆文
主　　　編　曾永義
總 編 輯　杜潔祥
出　　　版　花木蘭文化出版社
發 行 所　花木蘭文化出版社
發 行 人　高小娟
聯絡地址　新北市永和區中正路五九五號七樓
　　　　　　電話：02-2923-1455／傳真：02-2923-1452
網　　　址　http://www.huamulan.tw 信箱 sut81518@ms59.hinet.net
印　　　刷　普羅文化出版廣告事業
初　　　版　2012 年 3 月
定　　　價　四編 32 冊（精裝）新台幣 52,000 元

中國古典短篇文言愛情小說
女性主角形象結構研究（下）

陳葆文　著

目

次

第三章　形象的深層結構
——父權社會文化機制的操控

第一節　性觀念

在女性主角的愛情歷程中，不論誰採取主動，女性主角總是被安排與男性主角出現「交歡」的場面。但這些情節，絕不僅僅是發生於兩情相悅之後。事實上，「性行為」的發生，在短篇文言愛情小說中具有濃厚符號意義，它可以發生在女性主角與男性主角相遇之初、尚無所謂感情的狀態，也可以發生在二人陰陽永隔、不得再見之前。而這段肉體合而為一的程序，其意義便在於它象徵著女性主角對於這段愛情的肯定，而做為接續發展的序曲，或是二者情感的見證。此外，文言愛情小說雛型階段的六朝小說，所謂男女相悅，小說對此最具體的情節表現，便是在二人的一夜雲雨之情。這些現象，使古典文言愛情小說所呈現的愛情，充滿了感官及情欲色彩。從心理學來說，「性」的發生在「愛情」的發展中，乃是必要卻非絕對的條件。對於因愛情所產生的佔有欲及對於個體疏離的恐懼感，「性關係」的發生最能加以滿足或疏解。但是，「性關係」既是愛情小說敘述上一個頻頻出現的景觀，在情節結構中有相當重要的關鍵地位，對女性主角的愛情歷程又具如此濃厚的象徵意義，則其背後的操控機制究係如何，除了上述心理學解釋外，更應向中國傳統社會文化中的性觀念去尋求解答。

此處所謂性觀念，指經過邏輯化的與「性」有關的思考及行為原則。傳統中國社會的性觀念，其內涵不只是單純的「性」的意義、存在、價值等問題，還包括了對性活動中不可或缺的一份子：女性，其種種相關問題的思

考，如女性的定位問題（女性觀）、女性的存在形式問題（女性類型化）及女性的價值觀等；此外，在「性觀念」中，「性意識」主要關切及思考者，以生理的性欲為主；「情色觀」則較形而上，兼重精神層次的情欲與生理層次的性欲之間的關係——而「情欲」與「性欲」其實息息相關，二者可謂孿生兄弟。因此，「性」即在短篇文言愛情小說中具有關鍵性的地位，藉著對傳統社會「性觀念」——而且是男性性觀念——及上述相關課題等深層因素的探討分析，應可自其中追索出前述小說女性主角形象方面與「性」有關的特點其成形之因。

一、性意識與女性觀

傳統社會中所流傳的房中術諸書，既與男性的性意識密切相關，且流傳於文人階層〔註1〕；而根據學者的研究，房中書、色情文學之間，不論是彼此的內容用語、作者讀者之間，都存在著密切的關係〔註2〕；如短篇文言愛情小說〈鶯鶯傳〉甚至明代中篇傳奇小說〈嬌紅記〉，都被視為色情文學的鼻祖，甚至若干片段的描寫與色情文學之間幾乎沒什麼分別。而這些愛情小說、與色情文學，則一律都被清朝視為禁書。因此，從房中書到色情文學，及愛情小說與色情文學之間，存在著極為有趣的三角關係。基於此，筆者將試圖由房中書所顯示出的傳統社會（男性）性意識，做為尋找控制前述愛情小說女

〔註1〕高羅佩綜述房中術及房中書的流傳歷程，指出據《漢書・藝文志・方伎略》著錄房中八家，可知漢已將房中術視為醫術之一；六朝至唐，則因道佛等宗教而流傳社會不以為諱，宋朝則因理學而使房中術與淫邪畫上等號；「胡元肆虐中土，文士無所施展，乃多放縱於酒色豔詞。（缺一字）戲流行海內，而房室之諱得以稍寬，可謂此道不幸之幸也。及夫有明，宋學復興，儒家拘泥亦甚，故此類書籍一時不振。明末，高人墨客多避閹勢，卜居江南，殫精於燕閒雅趣，多改編《素女》、《玄女》等經，並加講解，頗極一時之盛。暨滿清入主，制度服色為之一變。但閨門之內，卒不肯使滿人窺其秘奧。且清之獎勵宋學，又甚於明，儒者遂於此種圖書深藏不宜，後竟遭毀禁之厄。」見《秘戲圖考・中文自序》，廣東人民出版社，1992年第一版，頁19～20。其立論的範圍，完全是指陳於士大夫以上的社會階層而言；可見房中術或房中書，主要的傳播對象，即是一般所謂的文人階層。

〔註2〕見前引書卷一，第三章「唐、宋和元時期（公元618～1368年）性方面的醫書，色情文字的開端」，及第四章「明朝（公元1368～1644年）房中書與色情文學的興盛」兩章相關論述。又其《中國古代房內考》（李零等譯，臺北：桂冠出版社，民國80年初版）第七、八、九、十等章，分論唐至明的房中書流傳與社會性文化的種種，對此論題亦有涉及。上述論著皆指出房中書在傳播結構上的這層互動現象。

性主角形象表層結構若干現象答案的主要線索。

先秦時代對於「性」的定位主要於其生物本能，如《易・繫辭下》「天地絪縕，萬物化醇，男女構精，萬物化生」、《孟子・萬章上》「好色，人之所欲」、《孟子・告子上》「食、色，性也」、《禮記・禮運》「飲食男女，人之大欲存焉」，甚至孟子還如此爲梁惠王解惑「王如好色，與百姓同之，於王（王業）何有」（《孟子・梁惠王下》）。顯然先秦時代對於「性」的態度，基本上與肚子餓了便想吃東西一樣，是被視爲人與生俱來的本然欲望，不具有道德上的正負面價値評斷。而這層「生命」與「性」的結合，使由對「性」的並不排斥，轉而積極鼓勵，漢代遂大爲盛行所謂的房中術。然而此時房中術的動機，是定位在所謂「養生之道」方面〔註 3〕。《漢書・藝文志》中對於所列房中術典籍書目之下，指出「房中，性之極，至道之際，是以聖王制外樂以禁內情，而爲之節文。傳曰『先王之作樂，所以節百事也』，樂而有節，則和平壽考。及迷者弗顧，以生疾而隕性命。」事實上，正如學者便指出，「一直到唐代，不管是房中書還是道家的煉丹著作，都不是出於出於取悅讀者的目的而寫的」〔註4〕。因此古人看待男女之間的肉體交接，基本上並無否定或認爲有猥褻的意味。

不過，爲呼應上述養生的目的，房中書的男性作者總是諄諄告誡男性同胞們越是關鍵時刻越是不能動情，如傳爲孫思邈所撰《房中補益》，便指出「進退欲令疏遲，情動而止」〔註 5〕、「男女俱仙之道，深內勿動精……情動乃退」〔註6〕，強調兩性交接，目的在於養生而非情愛；下至明代的《紫金光耀大仙修眞演義》，更刻意壓抑情愛的萌發〔註 7〕。所以強調抑情忍情，是怕

〔註 3〕《洞玄子》「人之所尚，莫過房欲。法天象地，規陰矩陽。悟其理者，則養性延齡；慢其眞者，則傷神夭壽。」（見《秘戲圖考》，卷二〈秘書十種〉，頁307），《房內記》「至理第一」引《玉房秘訣》云：「沖和子曰：『夫一陰一陽，謂之道。』構精化生之爲用，其理遠乎。故遞軒之問素女、彭鏗之酬，良有旨哉！」、又「凡人之所以衰微者，皆傷於陰陽交接之道（爾）」、又「彭祖曰：『男女相成，猶天地相生也。』天地得交會之道，故無終竟之限；人失交接之道，故有夭折之漸。能避漸傷之事而得陰陽之術，則不死之道也。」（同前引書，頁 318）。

〔註 4〕同註 1，頁 94。

〔註 5〕同前註，卷二〈秘書十種〉，頁 357。

〔註 6〕同前註，頁 359。

〔註 7〕其「（十一）制勝妙妙術」、「凡得眞美之鼎，心必愛戀。然交合時，須強爲憎惡，按定心神」。

男性動情之後，會縱欲無度，導致精氣盡洩，那就有違養生的目的了。這些論點顯示古人一方面將「性」與「情」區分爲二，且二者之間並無發生的次序上的必然關係；另一方面，還顯示出傳統社會中的性關係結構，具有將生理性的「性」的主導權及所有權專屬於男性，而心理性的「情」則歸類於爲女性的特點。基於這樣的男性性觀念與女性特質的辯證關係，使在男性的觀念中，一方面「性」的意義在於其目的而不在其動機，因此，「性」不必因愛情而生，反而可以先發於「情愛」之前，成爲一種挑逗女性情欲的手段，成爲使女性臣服於其下的關鍵；另一方面，「情」則成爲女性的特質，『『性』趣』的發生，則成爲女性情動的指標。事實上，男性這些相關於「性」的思考邏輯及行爲模式，並不侷限於「房中」而已，而是已成爲一種具有普遍性意義的行爲符號。就文學而言，反應在小說中（尤其是愛情小說）者，便是女性主角不但幾乎皆會與男性主角發生性關係，甚至還屢屢在愛情發生之前，便先試雲雨〔註8〕。而爲了明確地敘述女性主角對於男性主角的情感狀態——在愛情小說的範圍內，自然指的是她與他的「愛情」而言——「性」行爲之發生，便成爲一種方便且效果極佳的敘述手段。正是基於這樣的男性性意識的深層因素影響，使性行爲之於文言愛情小說女性主角，不但頻見於小說之中，且不限愛情已然發生與否、或是在雙方的陰陽兩隔狀態；而女性性欲的激發乃至主動獻身，則成爲情愛發生的反應，成爲驗證男女性主角關係的一個指標。

此外，前述所謂男性具有性主控權的觀念，由房中書中對女性總是以「令」的命令語氣詞，更可加以印證〔註9〕。因此，按常態而言，不但是男性採取主動，而且還應該緊緊掌握這份權力〔註10〕。然而，也正因爲此，如果由女性

〔註 8〕 當然，女性主角的自薦行爲，還有其他的深層因素，不單是上述而已，見下文。

〔註 9〕 如《洞玄子》「臥定後，令女正面仰臥……」（《秘戲圖考》，卷二〈秘書十種〉，頁 309）、又「考核交接之勢，更不出於三十法。……八、燕同心：令女仰臥……九、翡翠交：令女仰臥奉足……十、鴛鴦和：令女側臥……十三、偃蓋松：令女交腳向上……十八、野馬躍：令女仰臥……十九、驥騁足：令女仰臥……二十、馬搖蹄：令女仰臥……二十一、白虎騰：令女伏面跪膝……二十二、玄蟬附：令女伏臥而展足……二十三、山羊對樹：……令女背面坐男上……二十五、丹穴鳳游：令女仰臥……二十六、玄溟鵬翥：令女仰臥……」（同前引書，頁 311～313）。而《房內記》「九法第十二」（同前引書，頁 328～329）亦有類似之用法。

〔註10〕 如《房內記》「養陽第二」所謂「養陽之家不可令女人竊窺此術，非但陽無益，

採取主動，那必然充滿了新鮮感與刺激感；而這種「新鮮感」與「刺激感」，正是達到文藝美學中所謂「陌生化」的最佳途徑所，是提高小說文本吸引力的不二法門。

男性文人以一家之主之姿看慣了深閨中循規蹈矩的妻妾諸女，習慣於他的性地位；當他身份轉換成書齋中獨自寫作的小說作者時，因爲文學的習慣，基於想像、渴望、及不同程度的虛構，主動大膽地向男性示好求愛的女性，便很容易成爲他們爲筆下女性主角選擇的行爲模式。〔註11〕

二、女性的類型化

不論是服食長生的帝王也好，是養生求壽的凡夫也罷，「延年益壽」的受益者都是男性，女性休想在其中分一杯羹。房中書強調對於「性」的操做，必須注意所謂的「行之有法」，其施行權及判定標準自然歸之於男性，被加以規範的則屬女性。此外，上述的說法，皆有一「功能論」的前題，即「性」的價值是定義在「生」之上，它或是有益個人現世生命：有益當事人生理健康；或是可以延續生命：傳遞子嗣。因此，「房中『術』」的重點，即是如何「『御』女」以達到上目的的問題。而房中書，便集中於這方面的討論。

房中術的諸般書籍，幾乎都將女性視爲一塊戰場〔註12〕。男性用他們的陽具爲武器，在女性的肉體內外盡情地馳騁、廝殺、征服，以贏取自己的戰利品：健康長壽。書中觸目可見敍述者對於性交之際的描繪，大量地運用了「擊」、「衝」、「刺」、「攻」等字眼〔註13〕，乃至以「上將御敵」自喻，以「退

乃至損病。所謂利器假人，則攘袂莫擬也。」、「夫男子欲得大益者，得不知道之女爲善。」（皆見《秘戲圖考》，卷二〈秘書十種〉，頁321）、《素女妙論》「（三）淺深篇」、「男子須察女人情態，亦要固守自身之寶物，勿令輕漏泄。」（前引書，頁400）等論，皆明確表達了這層觀點。

〔註11〕不過，固然女性主角在愛情發生之初，多有採取主動者，但如前文行爲取向分析所指出的，她們往往還頂著一個「宿命」、「天意」的藉口，這點，固然有來自傳統社會以宿命解釋個人命運的習慣，但小說必以此爲遮飾其主動行爲的顛覆色彩，則受到其他機制操控所致，後文將會討論。見本章第三節「社會權力規則」。

〔註12〕《秘戲圖考》（高羅佩著，楊權譯，廣東人民出版社，1992年第一版）卷二「秘書十種」所錄之明代《純陽演正孚佑帝君既濟真經》，全以兩軍對陣之法來演繹男女交媾之事；又如《紫金光耀大仙修真演義》中的「（七）玩弄消息」、「（八）鼓舞心情」、「（九）淬鋒養銳」、「（十）演戰練兵」、「（十一）制勝妙術」等幾節，其標題用語就更爲露骨了。

〔註13〕即使並非一般「房中書」，而是強調「交歡」的文學作品（〈天地陰陽交歡大

兵避敵」喻對方〔註 14〕。而本應是兩情相悅所引發的前戲，也被視爲種種誘「敵」先敗的手段〔註 15〕；在兩情暢快的高潮時刻，則以生死攸關的嚴重性來告誡男性〔註 16〕。我們可以看到，在這場兩性的競技中，男性們是如何的陳述與「異性」交接的何種方式會對他們造成什麼樣的好處或壞處；或是，該如何挑選一個異性，她們的標準應該如何；甚至，該如何「使用」她們。在書中，總是男性採取主動，總是描述男性的感覺、男性的生理變化、男性該如何做（或命令女性如何做）；即使描述到女性的反應或變化，但那只是方便男性觀察，以便進行下一步驟，從而獲得對己最有利的發展。〔註 17〕

　　同樣將女性視爲功能性意義者，還表現在房中書中對於女性情欲養生的論述。如前所述，對男性而言，「情」雖有損於「性」的養生功能，但在一套一套的「戰法」中，女性情欲卻又是最不可缺的催化劑，因此，如何挑起女性情欲的技巧，亦成爲書中論述的一項重點〔註 18〕。如「凡交會之時……千

樂賦〉），還是免不了使用這些字眼，如曰「沖擊而連根盡沒」、「莖逼塞而深攻」。

〔註 14〕同註 12 引書，《純陽演正孚佑帝君既濟眞經》。

〔註 15〕同前註，頁 382，《紫金光耀大仙修眞演義》「（七）玩弄消息」、「依法緩緩施功，女必暢快而先敗矣。」

〔註 16〕同前註，頁 310《洞玄子》「女必求死示生，乞性乞命」、「男即須退，不可死還，必須生返」、頁 328《房中記》「死往生反，熱壯且強」。

〔註 17〕同前註，如頁 322《房內記》「養陽第二」：「女子感陽，亦有微候……如此之時，小縮而淺之，則陽得氣，於陰有損。」又頁 324「和志第四」：「女有五色，審所足扣，采其益精，取液於口……」、又頁 327「十動第九」：「十動之效……見其效以知女之快也。」同頁「四至第十」：「夫閨交接之道，（男）注至四至，乃可致女九氣。」、又頁 328～329「九法第十二」：「第三曰猿博。……女快乃止，而病自愈；第四曰蟬附……女快乃止，七傷自除；第五曰龜騰……女快乃止，行之勿失精，力百倍；第六曰鳳翔……女快乃止，百病消（銷）滅；第七曰兔吮毫……女快乃止，百病不生……」、頁 400《素女妙論》「（三）淺深篇」：「男子須察女人情態，亦要固守自身之寶物，勿令輕漏泄。」此外，頁 401 同書的「（四）五欲五傷篇」論「五欲」、「十動」，亦有類似的說法。

〔註 18〕同前註，如《房中補益》曰「凡御女之道……必須先徐徐調和，使神和意感，良久乃可令得陰氣」；《純陽演正孚佑帝君既濟眞經》開宗明義就指出必須一切動作「以動彼心」，我則「不動其心」；而《紫金光耀大仙修眞演義》「（八）鼓舞心情」不但專門強調如何使女性動情，在「（十七）全義盡倫」中，也終究不能不承認「夫人之生，有男女而後有夫婦。夫婦爲人倫之始，匪媾合則無以洽恩決義，是乖倫也！……依法采戰，不惟有補於身，且使女愛戀。男暢女美，彼此均益，乃夫婦全義之道，盡倫之事也。」——值得注意的是，由最後者的論述中，卻可看出作者乃將「性」對兩性的意義，定位在精神性的愛戀之情（就女性言），與生理性的養生長壽（就男性言）。就這樣的定位，

嬌既申，百慮竟解。乃令女左手抱男玉莖……」（《洞玄子》）〔註 19〕、「交接之道，固有形狀，男以致氣，女以除病，心意娛樂，氣力益壯，不知道者則侵以衰。……以是爲節，（慎）毋敢違，女既歡喜，男則不衰。」（《房內記》「養陰第二」）〔註 20〕「故陽不得陰則不喜，陰不得陽則不起，男欲接而女不樂，女欲接而男不欲，二心不和，精氣不感。……男欲求女，女欲求男，情意合同，俱有悅心。故……強敵自伏，吸精引氣，灌漑朱室。」（同前書，「和志第四」）〔註 21〕、「女則煩悅，其樂如倡」（同前書「九法第十二」）〔註 22〕、「凡男女交合，其女人陰中自有美快之秘，而知其趣者少焉矣。故只多感其情，遂以致兩情不樂，虛勞交合，而不美快。且夫女子精液未發，而陰中乾墻，若男子勉強行之，玉莖鑽刺空虛，只勞神思而無適用也。或女子欲火已動，男子玉莖不剛堅，精津離形，而意未舒暢，女子心中不滿不快，終生憎惡之心。」（《素女妙論》「（一）原始篇」）〔註 23〕。凡此，皆是提醒男性女性情動後對於性交會產生如何的便利性。

　　爲了達到上述目的，書中亦頗可見對於女性養生方面的關注。如「若男搖而女不應，女動而男不從，非直損於男子，亦乃害於女了，彼此不利」（《洞玄子》）〔註 24〕、「交接之道，故有形狀。男致不衰，女除百病，心意娛樂，氣力強；然不知行者，漸以衰損。」（《房內記》「至理第一」）〔註 25〕、「或聞男子與他人交接，嫉妒煩悶，陰氣鼓動，坐起悒恚，精液獨出，憔悴暴老，皆是（此）也，宜將慎之。」（同前書，「養陽第二」）〔註 26〕、「若知養陰之道，使二氣和合，則化爲男子。若不爲（男）子，轉成津液，流入百脈。養陽養陰，百病消除，顏色光悅（澤），肌好，延年不老，常如少童。」（同前書，「養陰第三」）〔註 27〕、「交接之道，固有形狀，男以致氣，女以除病，心意娛樂，氣力益壯，不知道者則侵以衰。……以是爲節，（慎）毋敢違，女既

　　正顯示出男性觀點下對兩性特質的看法。

〔註 19〕同前註，頁 309。
〔註 20〕同前註，頁 323。
〔註 21〕同前註，頁 324。
〔註 22〕同前註，頁 328。
〔註 23〕同前註，頁 397。
〔註 24〕同前註，頁 308。
〔註 25〕同前註，頁 320。
〔註 26〕同前註，頁 323。
〔註 27〕同前註，頁 323。

歡喜，男則不衰。」（同前書，「和志第四」）〔註28〕。但值得注意的是，這些論點——尤其如《房內記》「養陰第三」乃是專論女子養陰——，固然顯示出在「養生長壽」的前題下，「性」不但被允許，且受到鼓勵，被視為理所當然、天經地義至為重要之事；但其關注的目的性，究係在於關注女性自身，抑或是關注女性是否健康對男性行房時的影響？——如《房內記》「八益第十六」，雖然強調所謂「八益之術」，不但有益男性養生，又可兼治女病；但若對照下文「七損第十七」的「七損」之說，卻是藉著與女性交接而治療男疾〔註29〕。——顯然醉翁之意不在酒，關注女性的目的，最終的考慮還是為了男性的「福利」著想。「女性」在房事及養生之道中，雖是唯一的女主角，卻並不視為一個獨立存在的性別，她們的意義在於其工具性，她是男性練法練術的工具〔註30〕。如《房中補益》所謂「知其道者，御女苦不多耳。」、「若御女多者，可采氣。……可復御他女也，數數易之則得益多。人常御一女，陰氣轉弱，為益亦少。」〔註31〕可見一個女性的存在意義，並不在於她的獨立生命價值，而只在她的「功能性」。

　　房中之書本是男人寫給男人的書，體質虛弱的男性，欲藉此去疾除痾；身體強壯的男性，欲藉此登峰造極。因此房中術強調「條件說」，自然只要求女性的條件，而不見對於男性的要求。利用「女性」以為操練養生的工具，既是每個男性的「天賦人權」，自然就男性本身言，不必要求其必須具備任何「條件」。女性既是被「御」的對象，其挑選的動機就好像挑選品種優良的豬馬以便交配般，自唐代《房內記》、《房中補益》等書以下，乃至明代《紫金光耀大仙修眞演義》等房中書，無不詳細說明。或一開始便強調「凡御女人，先明五棄（五項不為所取的形象）」（《紫金光耀大仙修眞演義》），或明確指出「婦德，內在美也；婦貌，外美也。先相其皮，而後相內。」（《素女妙論》）女性品性的質優與否，與其皮相如何，具有直接關聯。而這種由外表見

〔註28〕同前註，頁323。
〔註29〕同前註，頁330～332。
〔註30〕最露骨的說法，便是將之視為「鼎」，如同前註，頁397《素女妙論》「（二）九勢篇」：「水火既濟，盡丹鼎之妙」、頁381《紫金光耀大仙修眞演義》「（四）爐中寶鼎」：「鼎者，鍛鍊神丹之具，溫眞養氣之爐也。須未生產美婦清俊潔白、無口體之氣者為眞鼎。用之大能補益。」而為達到最好的效果，可以先找個「等級」較差的試練一番，使技術純熟一些，然後再找一個「眞美之鼎」，見《紫金光耀大仙修眞演義》（十）演戰練兵」。
〔註31〕俱見同註12引書，頁357。

內在，注重外表的觀看方法，更已然成為一種普遍性的行為習慣，其影響力顯然超過上層文化所再三強調的「婦德、婦容、婦功」內在優於外在的排列順序。

在這樣的定位之下，與男性發生肉體關係的那位女性是誰不重要，只要她符合房中書標準即可。所謂的「理想」的女性，其形象重點在於：面貌（悅美）、聲音（細）、年紀（年少，年五五以上，三十以還）、肌理（肉多骨細）、毛髮（陰禿髮黑）。如「不必皆須有容色妍麗也，但能得七八人，便大有益也。」（《房內記》「至理第一」）〔註32〕、「又當御童女，顏色亦當如童女。女但若不少年耳，若得十四五以上，十八九以下，還甚益佳也。然高不可過三十，雖未三十而已產者，（為之）不能益也。」（《房內記》「養陽第二」）〔註33〕、「婉妍淑慎，婦人之性美矣。夫能濃纖得宜，修短合度，非徒取悅心目，抑乃尤益壽延年。」（《房內記》「姓女第二十二」引《玉房秘訣》）〔註34〕、「不必須有顏色妍麗，但少年，未經生乳，多肌肉，益也」（《房中補益》）〔註35〕、「須未生產美婦清俊潔白、無口體之氣者為真鼎」（《紫金光耀大仙修真演義》）〔註36〕、「（與婢通）或十六，或十七，或十三，或十四」（《天地陰陽交歡大樂賦》）〔註37〕。這些條件不論細節如何，總不離清淨秀美的處女或少女形象；而這種理想形象深入（男）人心，更成為社會對女性美約定成俗的基本標準。

由女性的存在功能到女性形象的公式化，處處顯露出在傳統男性主宰的社會結構下，女性被類型化、功能化的處境。在男性眼中，身邊的「她」也許有名有姓、有出身來歷，但那並不重要。對大部份男性而言，所謂的「她」並不是宇宙中某個獨一無二的靈魂、不是某個有血有肉有愛有恨的生命體；「她」只是負責生育的妻子、是供發洩性欲的妓女、是供主人使用的財物、或是在房中練丹的寶鼎。「她」沒有擁有自己獨立生命的必要，「她」的存在因男性而有意義，「她」的價值也因對男性提供不同方式的服務而獲得肯定。這種處境，使社會習慣以模式去歸類不同的女性，因此文字記載中所有真真

〔註32〕同前註，頁319。
〔註33〕同前註，頁321。
〔註34〕同前註，頁323。
〔註35〕同前註，頁357。
〔註36〕同前註，頁381。
〔註37〕同前註，頁369。

假假的女性，大部份只有頭銜而沒有自己的名字；因為對男性而言，她們是
「妻子」、是「窈窕淑女」、或者只不過是「妓女」——而這些某氏、某女、
某妻的「頭銜」正是來自父親或夫君的姓氏地位。這些觀念反映在小說中，
便是我們所看到儘管小說篇章紛云，但出現在小說中的這些妻子、小姐、仙
女、妓女、女妖、女鬼們，各類人物不但多只有身份標籤，而沒有自己的名
字，且外貌、性情、專長、甚至對事情的處理方式都差不多。彷彿換上別人，
只要身份類型不變，情節一樣可以進行。

　　值得注意的是，且越早期出以非純文學寫作意識的小說此種現象越是明
顯。因為對作者而言，他只是在記錄他或是某個男性同胞所遭遇的某件事，
因此文字中的男性主角遇上了誰並不重要，重要在於他遇上了「什麼樣」
的女性。到了唐代，以立傳的角度寫小說，無形中將人物獨特生命史的觀念
加以實踐，我們才見到具有「典型」意義的女性主角人物如崔鶯鶯、霍小
玉、李娃、步飛煙、崔氏（〈華州參軍〉）等陸續出現。但類型化的人物塑造
仍然是文人作者難以擺脫的思維模式，因為在他們的生活中，總是以這樣
那樣的「規範」去要求婦女們。不過，晚明代思潮中對於人性情愛的注重發
揚，甚至連最具功利色彩的房中書，都出現了如《素女妙論》中所謂「先
以愛敬系之，以真情按之，何論（男性器官外形）大小長短哉！……兩情
相合，氣運貫通，則短小者自長大，軟弱者自堅硬也。」（「（六）長短大小
篇」）〔註38〕、「男女好逑，未發言語而知其情。」（「（八）四至九到篇」）
〔註39〕等具有兩性平等意味的論點。此外，多位文人對於通俗或民間文學的
興趣、對女性地位心聲的關切，尤其白話小說那些充滿了生命力與個性美
的平民階層的女性主角們，種種的刺激，都無疑的為文言短篇小說灌注了新
的生命力。在短篇文言愛情小說中，清初的《聊齋》所塑造出的女性主角
們，幾乎都各有其面貌生氣，而這些女性主角人物形象的突破，除與作者
蒲松齡——一個長期處於民間、親近普羅大眾的的潦倒文人——個人特質
有關外，來自時代、文學對於女性意識的轉變與激盪，自然亦是極重要的因
素。

〔註38〕同前註，頁405。

〔註39〕同前註，頁408。又，高佩羅曾指出相較於明代《既濟真經》及《修練演義》
　　　　二本道家色彩濃厚的房中書，《素女妙論》「尤其不屬於任何流派」（見同註12
　　　　引書，頁118），因此，此書所流露出的觀點，應該較具有普遍性。

三、女性價值觀

　　女性的地位、存在意義既由男性來定義，在如前述的男性性觀念結構外，是到底「女性」真正的聲音與地位如何？不容否認的，上述諸家論點面貌儘管紛云；有一不變的共同點就是，它們皆是來自「男性」的論述，因此我們聽不到女性的聲音，看不出女性的觀點——弔詭的是，在所有的論述中，「女性」卻絕對是不可或缺的主角。在男性的定義下，『女』性」只能因其乃是「『男』性」的相對異性個體而有意義，她們不是與『男』性」共同分享這個世界的另一半人口，只是「男性」之外的「另一性」，只是「第二性」〔註40〕。這種男尊女卑的觀念不僅表現在文字敘述上，如前文中所引述的房中書，有所謂「夫天左旋而地右回，春夏謝而秋冬襲，男唱而女和，上為而下從，此物事之常理也」（《洞玄子》）〔註41〕，或「若知養陰之道，使二氣和合，則化為男子。若不為（男）子，轉成津液，流入百脈。養陽養陰，百病消除，顏色光悅（澤），肌好，延年不老，常如少童。」（《房內記》「養陰第三」）〔註42〕甚至表現在對於「女子投胎為男即是對女子的獎賞，反之則為處罰」的觀念上。如《夷堅志》補卷第十一〈黃鐵匠女〉記載：黃女之母贈錢與道士，道士則以使其女化為男子以為酬謝。後女告父母己已為男身，不但父母攜往天慶觀設齋禱謝，邑宰聞之，更勸以讀書，期以異日有成；支丁卷第二〈張次山妻〉則記載兩段事跡，一為張妻死後，本應受嫉妒苦刑，但因得到丈夫的超薦，遂為投胎為士人家男子；與此有趣的對照，乃是同條中記敘某陳氏女臨終前自言，乃白起死後受罰世世為女者「女曰：是也，為生時殺人七八十萬，在地獄受無量苦。近始得復人身，然只世世做女，壽不許過二十。」而這些記載的涵蓋範圍，乃是超越時代及階層，顯示了男尊女卑的意識形態，不但被蓋上了文化特質烙印，其影響力亦無處不在。

　　既然女性地位不如男性，則其存在價值便定位在對於男性的貢獻之上；而「家庭」既是男性實施其權力的最基本也最原始的範圍，則女性對這個社

〔註40〕西蒙・波娃在《第二性》一書開宗明義便說「沒有任何生理上，心理上，或經濟上的命定，能決斷女人在社會中的地位；而是人類文化之整體，產生出這種居間於男性與無性中的所謂『女性』。唯獨因為有旁人插入干涉，一個人才會被註定為『第二性』，或『另一性』。」見該書第一卷〈形成期〉「童年」，歐陽子譯，臺北：志文出版社，民國82年7月再版，頁6。
〔註41〕《秘戲圖考》，卷二〈秘書十種〉，頁308。
〔註42〕同前引書，頁323。

會的價值，也多半定義於「家庭」之內——尤其在於她們對於「男性」可以提供什麼好處。無論經典或方術之書，對於男女兩性價值的定位皆可印證上述的說法。如《詩經·斯干》「乃生男子，載寢之床，載衣之裳，載弄之璋。其泣喤喤，朱芾斯皇，室家君王。乃生女子，載寢之地，載衣之裼，載弄之瓦。無非無儀，唯酒食是議，無父母貽罹。」、《禮記·內則》「子生，男子設弧於門左，女子設帨於門右」，所描述的對男女新生兒的不同習俗中，便很明顯地將女兒定位在對家庭的貢獻與期許上。這種觀念並不因為時代而有所改變。即使清代小說也在傳播著這樣的觀點，如《兒女英雄傳》中的女英雄何玉鳳，振振有辭的說：「婦女事業不過是侍奉翁姑，幫助丈夫，教養子女，支持內庭，料量薪水。這幾件事件件做得到家，才對得過天去。」如此，便可知道此種價值觀影響之深遠。

　　兩性地位與結構關係及其所突顯出的女性價值定位，不僅是出自男性，即使女性也理所當然得接受並傳播前述的觀點。因為，那正是她們「社會化」的一個必經程序，而這個「社會」的標準制定者、標準監督者，正是男性。我們可以發現，一些具有「意見領袖」地位的上層社會女性，往往以一種謙卑而又引以為榮的姿態諄諄告誡她們的同性晚輩前述的女性價值觀。如漢朝班昭《女誡》，即以「卑弱」為第一章；唐宋若莘《女論語》則以「清貞」為第一要務〔註43〕；明鄭氏〈女教篇〉以「順」為最基本原則〔註44〕。其他歷代閨訓，也無不對於女性的貞順敬默再三強調〔註45〕。事實上，班昭《女誡》的寫作目的在於教導其女如何做個賢女賢婦，因此都集中於對於女性本質及為婦之道的指導，而歷代這一類的規範教訓，其內容精神都不出其

〔註43〕 宋若莘《女論語·立身章第一》「凡為女子，先學立身，立身之法，惟務清貞」。
〔註44〕 明鄭氏〈女教篇〉「坤道成女，厥性陰柔，幼而不學，長也多尤。所學伊何？先論女德，閨範既端，順婦可則。」
〔註45〕 如唐鄭氏《女孝經·開宗明義第一章》「夫孝者，廣天地，厚人倫，動鬼神，感禽獸。恭近於禮，三思後行；無施其勞，不伐其善；和柔貞順，仁明孝慈；德行有成，可以無咎」；明仁孝文皇后《內訓·德性章第一》「孝敬仁明慈和柔順，德性備矣」；明呂坤《閨範·婦人之道》「婦人者，伏於人者也。溫柔卑順，乃事人之性情；……」；清陸圻《新婦譜·做得起》「事公姑不敢伸眉，待丈夫不敢使氣，遇下人不妄呵罵。一味小心謹慎，則公姑丈夫皆喜，有言必聽。」；清賀瑞麟《女兒經·細目》「習女德，要和平，女人第一是安貞」。按，以上皆錄自張福清編著：《女誡》，河北：中央民族大學出版社，1996年6月，初版一刷。

範圍。試看《女誡》對於女性本質的定位，開宗明義便指出「卑弱下人」、「習勞執勤」、「主繼祭祀」是「女人之常道，禮法之典教」（「卑弱第一」），其次則強調「以柔為用」、「以弱為美」、「敬順之道，婦之大禮」（「敬慎第三」）。這樣的定位，認為女性就是次等於男性的；而她的價值，則全部定義於對於「家庭」（而且是夫家）之內。這一點，西蒙・波娃分析男女兩性生存原則的差異性時，也發現到類似的現象。她在《第二性》中曾指出，在一個家庭的結構中，做為一個丈夫、一個生產的工作者，男性可以超越家庭利益而看向社會利益，因此他是一個「超越」的化身；但妻子卻被派給傳宗接代和操持家務的任務，因此女性只有「內圍」的功用〔註46〕。而對傳統中國女性而言，這樣的性別特質，透過既有的男性社會規範、及前述來自「女性權威」的閨範教訓的雙重教育，自然深刻地成為女性「社會化」過程中的行為標準。在這樣的養成教育之下，當女性面對兩性關係時，不但女性在地位成為男性的從屬物、失去了個人的獨立生命定位；在人格特質上，也失去了自我性，且亦追求男性標準下的樣板，依順著男性的標準而呈現。表現於感情上，是「得之我幸，失之我命」的認命與無怨；對於自己肉體的奉獻，亦成為女性在處理兩性關係時所必須負擔的義務。試看表現於詩歌之中者，或是徒然自怨自歎、無奈之情溢於言表，如蘇伯玉妻〈盤中詩〉「君忘妾，天知之；妾忘君，罪當治。妾有行，宜知之。」（《玉臺新詠》卷九）、鮑令暉〈寄行人〉「桂吐兩三枝，蘭開四五葉。是時君不歸，春風徒笑妾。」（《藝文類聚》卷三十一）、薛媛〈寫真寄夫〉「恐君渾忘卻，時展畫圖看。」（《全唐詩》卷七九九）、慎氏〈感夫詩〉「便是孤帆從此去，不堪重上望夫山。」（《全唐詩》卷七九九）、崔素娥〈別韋洵美詩〉「妾閉閒房君歧路，妾心君恨兩依依」（《全唐詩》卷八○○）、魏夫人〈繫裙腰〉「我恨你，我憶你，你爭知」（《全宋詞》）、鄭允端〈吳人嫁女辭〉「種花莫種官路旁，嫁女莫嫁諸侯王。種花官路人取將，嫁女王侯不久長。花落色衰情變更，離鸞破鏡終分張。不如嫁與田舍郎，白首相看不下堂。」（《元詩選》初集卷六十八《肅雝集》）；或是強調自己對家庭的貢獻，好藉此打動良人、喚起良知，如吳氏〈寄外〉「古人惜別日三秋，不知君去幾多宿？山高水闊三千里，名利使人復爾爾。……千思萬想不成詩，心如死灰自得知。料得君心當此際，已拚拋卻閒田地。朝朝暮暮望君歸，日在東隅月在西。……望盡一月復一月，不見音容寸腸

〔註46〕同註40引書，第二卷「處境」，頁11。

結。……堂上雙親髮垂白，用盡倚門多少力。……室中兒女亦雙雙，頻問如何客異鄉。……筆下密密爲君言，書中重重寫妾意。秋林有聲秋夜長，願君莫把斯文棄。」（《元詩紀事》卷三十六）、屈安人〈送夫入覲〉「丈夫輕離別，壯志在四方。努力事明主，肯爲兒女傷！君有雙親老，垂白坐高堂，晨昏妾定省，喜懼君自量」（見《明詩綜》卷八十四）；甚至已爲棄婦，還不以爲怪、戀戀無悔，如李芳樹〈刺血詩〉「昨爲樓上女，簾下調鸚鵡。今爲牆外人，紅淚沾羅巾。牆外與樓上，相去無十丈。云何咫尺間，如隔千重山……君如收覆水，妾罪甘鞭筆。不然死君前，終勝生棄捐。死亦無別語，願葬君家土。儻化斷腸花，猶得生君家。」〔註47〕觸目所見，對於感情失落的事實或危機，只有認命、自咎，只問自己付出的夠不夠，而不追究男人在其中應負多少責任。而男人對於女性這種甘心認命心態似乎頗爲欣賞，因此歷代文人擬作「閨怨」詩的不知其數。傳達於小說中，女性對於男性的引頸期盼、全心依賴之情也就可想而知。

　　至於《女誡》所論夫妻相處之道，除指出了強調夫婦之間是以「義」、「恩」結其親好，要避免媟黷縱恣（「敬慎第三」）；與其女性本質界定一以貫之者，便是規定夫妻關係爲「夫御婦」、「婦事夫」的從屬關係（「夫婦第二」）。對一個妻子而言，「夫者天也，天不可逃，夫固不可離也」（「專心第五」）；衍伸之，「夫有再娶之義，婦無二適之文」（「專心第五」）。丈夫的意義，夫妻的關係，對女性而言，無疑地被鍍上了一層命定的色彩。女性在「婚姻」的庇蔭下，安然地經營她的世界——此誠如西方學者對於《禮記‧哀公問》「天地不合，萬物不生。大婚，萬也之嗣也。」一段的評論：「這種婚姻觀念使每個婦女，無論多窮、多笨、多醜，都有權成家。」〔註48〕固然每個女性的社會責任，就是婚姻，「婚姻」將是她們最終也最佳的歸宿；但是，她也被困在「婚姻」所有的義務中。

　　有趣的是，當我們閱讀女性主義先知西蒙‧波娃對於西方女性在婚姻關係中地位的觀察所得，亦可發現，即使時代不同、地理區域不同，東西方女

〔註47〕詩見紀昀《閱微草堂筆記‧槐西雜志二》（槐西總第八五條）所錄，作者並云「右見於《永樂大典》，題曰〈李芳樹刺血詩〉，不著朝代，亦不詳芳樹始末……世無傳本，余校勘《四庫》偶見之……陸耳山副憲曰：此詩次韓蘄王孫女詩前；彼在宋末，則芳樹必宋人。以例推之，想當然耳。」
〔註48〕高羅佩著，李零等譯：《中國古代房內考》，臺北：桂冠出版社，民國80年初版，頁64。

性的婚姻處境卻有如此不謀而合之處；西蒙・波娃的論述，竟可如此適切地做爲中國傳統社會女性婚姻處境的註腳。她在分析女性處境的歷史時，曾批判婚姻與女人的關係是「婚姻，是傳統社會指派給女人的命運」〔註49〕；女性在婚姻關係中的得失是，「結了婚，女子分享了一部份世界；法律保障她防止男人的善變；但她成爲他的附屬品。」〔註50〕在這種近乎命定的生命歸屬中，「服從與否並非決定倆口的意願，而是夫妻關係的這種結構，使得妻子不得不服從丈夫」〔註51〕。這種制度化的結果，使女性對於婚姻與伴侶的心態，遂成爲「女子不在乎和選擇的對象建立個人關係，而在乎履行一般作女人的天職」〔註52〕。此外，從對女性而言，「婚姻」雖然保障了「性」的合法性與安全性，卻也將它制度化，西蒙・波娃曾指出若干女性在婚後「性」趣低落甚至發生性冷感的例子，從而指出「婚姻的致力於將性愛規則化，是扼殺女性情慾的主要原因」〔註53〕。班昭在《女誡》中諄諄告誡女兒們，與丈夫要避免閨房之中的媟黷〔註54〕；唐《女孝經》將夫妻之間相處情狀，規定得非常機械化〔註55〕；即如沈復《浮生六記》「閨房記樂」寫新婚燕爾的親密情狀「（三白新婚第四日送姊嫁，晚而歸房，見芸）遂與比肩調，恍同密友重逢；戲探其懷，亦怦怦作跳，因俯其耳曰：姊何心春乃爾耶？芸回眸微笑，便覺一縷情絲搖人魂魄；擁之入帳，不知東方之既白。」今日看來不足爲奇，作者卻似乎視爲夫妻相處中少有的回味無窮、彌足珍貴的旖旎時刻──因爲陳芸初入沈家，三白曾歡噴她道：「若腐儒，迂拘多禮」；更別說在《肉蒲團》中，未央生得費好大的力氣來誘導其妻接受閨房之道了。在男性宰制的社會結構之下，士大夫階層這樣將「性」視爲禁制的項目，必得將之加諸目的與功能，因此，夫妻類的愛情小說中，鮮見對於夫妻肉體之歡的描寫；而也正因爲此，婚前的試嘗禁果，突破處女的最後防線，成爲小說的刺激效果的訴求重點。

　　古典短篇文言小說中的女性主角們，無論她們的身份是仙、是人、是鬼、

〔註49〕同註46，頁6。
〔註50〕同前註，頁11。
〔註51〕同前註，頁46。
〔註52〕同前註，頁19。
〔註53〕同前註，頁29。
〔註54〕如〈敬愼第三〉「夫婦之好，終身不離」。
〔註55〕如其曰「女子之事夫也，平日纏笄而朝，則有君臣之嚴；沃盥饋食，則有父子之敬；報反而行，則有兄弟之道；受期必誠，則有朋友之信」。

或是妖，無論她們的愛情是順利、或是壯烈，「婚姻」終究成爲這場愛情的最佳歸宿。在這之前，則不免要奉獻上她的身體——因爲女性之出現及存在的意義，便是提供「性」的功能。因此小說中的「女性」主角出現時，當然便免不了一場又一場的交歡。而女性的價值，既然必須定義於家庭之內，不論她的形象是如何地靈氣逼人，小說在愛情尾聲，對於「豔遇式」的愛情，在女性主角臨別之際，除了浪漫的愛情傳統解珮贈詩外，更可見女性主角爲對方留下些許不僅針對男性主角個人，更針對其家庭意義的愛情紀念品：或是可變賣高價、改善男性經濟條件的珍寶；當然，最理想的，莫過一個子嗣。若是女性主角成功地將她的愛情導入「婚姻」階段，通常她總是接著搖身一變，成爲幹練的家庭主婦、克盡職責的賢妻孝婦。

對傳統社會言，所謂愛情，本非生活之必須，甚至只是生命中的一種意外，當女性主角奏出自己生命中的變調，罔顧一些既有的行爲規範、終於爲自己爭取到小我情欲的若干權利後，她當然得回報這個社會對她的寬容，而趕緊回復到生命節奏主調上，履踐她該盡到的責任〔註56〕。促使小說女性主角選擇「婚姻」或「家庭利益」做爲自己愛情奮鬥歷程休止符的，正是來自這層傳統價值觀的導引。

四、情色觀

如前所言，一方面，古人認爲「性」有其必要，如「好色，人之所欲」（《孟子・萬章上》）、「食色，性也」（《孟子・告子上》）、「飲食男女，人之大欲存焉」（《禮記・禮運》）。尤其最攸關傳統性意識的房中書，更是強調「性」之發生之必要性，如《房內記》「至理第一」：「天地有開闔，陰陽有施化，人法陰陽隨四時。今欲不交接，神氣不宣布，陰陽閉隔，何以自補？」、「男不可無女，女不可無男。若孤獨而思交接，損人壽，生百病。」〔註57〕，甚至認爲「夫性命者，人之本；嗜欲者，人之利。本存利資，莫甚乎衣食既足，莫遠乎歡娛至情，極乎夫婦之道，合乎男女之情。情所知，莫甚交接。」（〈天地陰陽交歡大樂賦〉）〔註58〕。因此小說中會出現「惟有女色這條路道，便如探花蜂蝶，攢緊在花心之中，不肯暫捨；又如撲燈飛蛾，浸死在燈

〔註56〕但女性主角這個「回報」行爲之所以必然發生，另有其深層行爲結構方面的因素，詳本章第四節。

〔註57〕以上皆見《秘戲圖考》，頁320～321。

〔註58〕《秘戲圖考》，卷二〈秘書十種〉，頁363。

油之內，方才罷休。」（石點頭卷四〈莽書生強圖鴛侶〉）的說法，自是不足
爲奇。

　　傳統社會對人之大欲，儘管有上述的體認，對男女的情色卻又有所忌憚，
而形成一種充滿矛盾色彩的情色觀。最具體的現象，便是一方面，在寢室之
中——小我的世界——，房中術強調以「性」養身；但另一方面，在社會上
——大我世界——卻處處警告「色」能傷身。關於後者，如《論語・季氏》「君
子有三戒：少之時，血氣未定，戒之在色……」之說，早已程度性提出警告；
至於孟子所謂「男女授受不親」（〈離婁上〉），則是乾脆主張男女有別；《禮記・
內則》則有如「內不共井，不共湢浴，不通寢席，不通乞假。男女不通衣裳……
女子出門必擁蔽其面。」、「爲宮室辨內外，男子居外，女子居內。深宮固門，
閽寺守之。男不入，女不出。」甚至「男女不同椸枷，不敢懸於夫之楎椸椸，
不敢藏於夫之篋笥。」、「七年，男女不同席，不共食……女子十年不出」等
約束，不但將男女嚴防得滴水不漏，即使夫妻之間也得所迴避〔註 59〕。宋儒
更推而衍之，乃有「甚矣欲之害人也！人爲不善，欲誘之也；誘之而不知，
則至於滅天理而不知返。故目則欲色，耳則欲聲，鼻則欲香，口則欲味，體
則欲安，此皆有以使之也。然則何以窒其欲？曰思而已矣。」（《二程粹言》
卷二）、「人心，私欲，故危殆；道心，天理，故精微。滅私欲，則天理明矣。」
（《二程遺書》卷二十四）、「學者須是革盡人欲，復盡天理，方始是學」（《朱
子語類》卷十三）之類的嚴重聲明，將所有欲望——尤其是人類基本欲望的
男女情欲——一概視爲洪水猛獸，也就不足爲奇了。而宋明以後，不論是文
人筆記〔註 60〕，或者或流傳於社會上的「功過格」〔註 61〕，甚至白話小說中

〔註 59〕　當然，不論《禮記》或《儀禮》，有些規定今日看來誠然有矯枉過正之感，不
　　　　　可思議之處，而當時士大夫也未必一一遵守；但是，由其立論的精神，仍可
　　　　　見上層社會對男女關係的觀點。
〔註 60〕　《夷堅丙志》卷二〈蜀州紅梅仙〉，敘述書生面對自動送上門來的美色「疑司
　　　　　理遣官奴來相污染爲譖，或使君侍妾乘主父被酒而私出者，不然，則鬼也。
　　　　　自謀曰：三者必居一於此矣，不如殺之，猶足以立清名於世。取劍奮而前」
　　　　　竟必欲除之以立名；同卷〈轟從志〉敘述轟從志拒絕美色因而得福報（延壽，
　　　　　子孫登科授官），而女方則遭減壽：「（冥僧曰）見好色而不動心，可謂善士。
　　　　　其人壽止六十，以此陰德，遂延一紀，仍世世賜子孫一人。婦人減算，如轟
　　　　　所增之數。所以蕩滌腸胃也。」又卷三〈費道樞〉、〈楊希仲〉、《夷堅志補》
　　　　　卷九〈童蘄州〉等記載，其中的男主角皆見色不動心，最後都得到老天登科
　　　　　授官的獎勵。
　　　　　《閱微草堂筆記・灤陽消夏錄四》言及某人因曾解金予人救急贖妻，並拒絕

的作者評論〔註62〕藉著善惡報應的事例，或者量化的行爲標準，處處人們耳提面命警告不得「淫」或「色」，則更爲深入人心。反而從醫學觀點出發的房中書對男女情色有較溫和的看法，但仍還是得將之冠以一個名正言順的理由：養生——但這又引發了其他的問題。〔註63〕

矛盾的情色觀對於文人階層的影響，在一些筆記中，處處可以獲得印證。如「嗚呼，鍾愛於男女，索其效死，夫亦不蔽也！大凡以時斷割，不爲麗色所汩，豈若是乎！……大夫早通脫，巧笑安能干？防身本苦節，一去何由還。後生莫沉迷，沉迷喪其眞。」（〈歐陽詹〉）〔註64〕在這樣的觀點下，對於情欲色欲一方面是不得不承認情色感官的必然存在、必然萌生；一方面又要逃避、壓抑甚至貶損其存在的價值，使傳統社會男性遂形成一種矛盾色彩極重的情色觀：在態度上是嚮往卻又必須道貌岸然，在精神上則是空虛而必須尋求寄託。這種矛盾情色觀在心理上所形成的焦慮感，有學者稱之爲「性張力」〔註65〕。而張力必須舒解，生活中的壓抑，也必須宣洩，文學則成爲最佳的管道。其具體表現在若干抒情主題的發揮上，而形成一股古典文學中

後者之獻妻報恩，結果於火災中蒙神庇佑而倖免於難，而眾人對此事之評論，乃是「鄰里皆合掌曰……余謂此事，見佑於司命，捐金之功十之四，拒色之功十之六」。

〔註61〕 見江曉原：《性張力下的中國人》，第四章「禮教：張力的另一級」II（二）「自覺禁欲・功過格」，上海：人民出版社，1995年一版，頁123～129。

〔註62〕 如《石點頭》卷四〈瞿鳳奴情愆死蓋〉「是男莫淫邪，是女莫壞身，欺人猶自可，天理原分明」、《歡喜冤家》卷十八〈王有道疑心棄妻子〉「又如郭汾陽之紅線，董延平之仙姬，織女牛郎，皆是仙姬緣份。如此者書載極多，俱免不得這點色心。若人世幽期，密約月下燈前，鑽穴越牆，私奔暗想，恨不得一時間吞在肚內：那有佳人，送上門的，反三阻四，懷著一點陰騭，恐欺上天，見色不迷的，安得不爲上天所佑乎？」又評論王陽明父華，拒寄居處之美妾投懷送抱：「其時一點陰騭，積成萬世榮華（指狀元及第、子孫榮寵）」；《型世言》回十一〈毀新詩少年矢志，訴舊恨淫女還鄉〉翠娛閣主人敘「自世以挑琴爲趣，折齒爲達，後生多相如、幼輿自負矣，抑知白頭有怨，其爲女子累固多。然有終，則偶此不廉之女；中棄，則有薄倖之譏，何以作一時堅忍哉？試一讀之，可作斬吟之干將、愈淫之參術。」至如〈王有道疑心棄妻子〉對正話故事的孟月華歸家避雨巧遇柳生春於涼亭：「柳生春心下怎不起意，他看過太上感應篇奸人妻女第一種惡，什麼要緊，爲貪一時之樂，壞了平生心術，便按住了」，則更可見白話小說與功能格這種充滿勸善色彩俗化之間的流通，因此，其所傳達出的價值觀及道德觀，應是極具普遍性及代表性的。

〔註63〕 相關引文及論述見前文對於房中書「性觀念」的探討。

〔註64〕 《廣記》卷二四九引《閩川名士傳》。

〔註65〕 同註61引書。

對於理想女性浪漫幻想的文學傳統。〔註66〕

　　先秦漢代，便有自薦之女。如託名爲宋玉的〈高唐賦〉序「昔者先王嘗游高唐，怠而晝寢。夢見一婦人曰，妾巫山之女也，爲高唐之客，聞居游高唐，願爲薦沈席。王因幸之。」〈神女賦〉序則有「其夜（楚襄）王寢，夢與神女遇，其狀甚麗……茂矣美矣，諸好備矣；盛矣麗矣，難測究矣……」；至如〈登徒子好色賦〉寫與麗女偶遇，雖意在精神的相感，而非肉體的交接，即使驚豔令人期待與回味，卻必須發乎情止乎禮：「此郊之姝，華色寒光，體美容冶，不待飾粧。臣觀其麗者，因稱詩曰：遵大路兮攬子袪。贈以芳華，辭甚妙。於是處子悅若有望而不來，忽若有來而不見。意密體疏，俯仰異觀，含喜微笑，竊視流眄。復稱詩曰……因遷延而辭避，蓋徒以微辭相感動、精神相依憑，目欲其顏，心顧其義，揚詩守禮，終不過差，故足稱也。」事實上，從《詩經・蒹葭》「蒹葭蒼蒼，白露爲霜。所謂伊人，在水一方。溯洄從之，道阻且長，溯游從之，宛在水中央。」、到曹植〈洛神賦〉「余情悅其淑美兮，心振蕩而不怡，無良媒以接歡兮，托微波而通辭。願誠素之先達兮，解玉佩以要之。嗟佳人之信脩，羌習禮而明詩。抗瓊珶以和予兮，指潛淵而爲期。執眷眷之款實兮，懼斯靈之我欺。感交甫之棄言兮，悵猶豫而狐疑。收和顏而靜志兮，申禮防以自持……於是背下陵高，足往神留，遺情想像，顧望懷愁」、到陶淵明〈閒情賦〉「激清音以感余，願接膝以交言。欲自往以結誓，懼冒禮之爲愆；待鳳鳥以致辭，恐他人之我先。意惶惑而靡寧，魂須臾而九遷」等作，無不傳達出對於一位形象盡乎完美的女性的嚮慕渴望之情，及男性作者既心有疑慮、進退失據，卻又依戀難捨、徘徊難去那種複雜矛盾的情懷。

　　由此，實不難體會傳統男性文人的心靈深處，總有一股對於異性的複雜情結，即缺乏知音的孤獨感、渴求完美伴侶的焦慮感、及道德規範的恐懼感。這些感官衝突牢牢糾結於文人階層的集體潛意識中，成爲抒情文學的一種基調。表現於主流文學時，它便出之以一種發乎情、止乎禮、所謂哀而不怨、怨而不傷的溫柔敦厚的情懷；但若入之於被視爲小道的小說——而且是愛情

〔註66〕 不論這些對女性的嚮慕之情，是否其實含有任何的政治寄託或不遇情懷，只就其之所以運用這樣的女性意像而言，一個基本的前題便是作者本人必然對於異性產生過如此親身的、眞實的感受，而後才得以有所發揮，或是藉以託諷。因此，文章的眞正寫作動機如何，並不會影筆者對於其深層心理上的情色觀的討論。

小說——時，便儘可以狂野馳騁其想像與敘述之極，熱情大膽、哀頑感人，游走於尺度邊緣，兼顧小我人情與大我公理的要求。然而「小說」雖被視爲小道，它的道德使命感不必如此之強，儘可以寄托些許生活中的幻想與匱乏；但它最後仍然必須面對社會群眾，因此又有其尺度上的顧慮。小說的文體本質中，既存有其矛盾衝突的特性，當前述文人矛盾的情色觀透過這樣的文體特性加以散射後，呈現於文本者，自是在前文分析小說文本時所出現的諸多女性主角行爲或條件特質方面的矛盾性。

　　文人的情色觀既以一種潛意識的姿態存在，便很難廓然或去；其影響於小說文本矛盾現象的出現，便具有一種命定的必然性。而相對的，正如維琴妮亞‧吳爾芙（Virginia Woolf）認爲要先殺掉「屋內的天使」（the angel in the house）才能寫作——而那天使正是傳統賦予女性的束縛〔註 67〕；中國傳統婦女亦有類似的感慨，如「自恨羅衣掩詩句，舉頭空羨榜中名」（魚玄機〈遊崇眞觀南樓睹新及第題名處〉）〔註 68〕、「閨閣沉埋十數年，不能身貴不能仙。讀書每羨班超志，把酒長吟李白篇。懷壯氣，欲沖天，木蘭崇嘏事無緣。玉堂金馬身無份，好把心情付夢詮。」（王筠《繁華夢》傳奇開場詞〈鷓鴣天〉）〔註 69〕、「嗟顛倒，弄權造化，故生缺陷。紅粉飄零今古恨，才人老大千秋怨」（王筠《繁華夢》傳奇〈滿江紅〉）〔註 70〕。中西才情女子對於加諸女性身上的束縛不論是怨是恨，總有除之而後快之感。但不幸的是，「天使」似乎並不可能輕易地除去，在文學的書寫傳統上，女性總有無法克服的價值觀方

〔註67〕 劉紀蕙：〈女性的複製：男性作家筆下二元化的象徵符號〉，《中外文學》第十八卷第一期，頁 122。
　　　　 原文爲維琴妮亞‧吳爾芙（Virginia Woolf）所著〈婦女的職業〉（〈Professions for Women〉），收於其《Women and Writing》——中譯《婦女與寫作》一書。吳爾芙在該篇文章指出，女性作家的書寫困境，便是總有一個「屋裏的天使（原文之節譯本直譯爲「安琪兒」）」來騷擾作者，這個「天使」總是指導女性作者該如何寫作，尤其是依循著男人價值觀與道德觀來寫作；吳爾芙宣稱她不得不將這個「屋裏的天使」殺掉，好使身爲女性作者的她在寫作時其心靈得以有個眞實表達的機會：「我轉過身去，卡住安琪兒的咽喉，竭盡全力殺死她。……我的理由是自衛還擊，假如我不殺死她，她就會幹掉我。她會將我的心從我的作品裏拔出。」（此處譯文引自吳爾芙著、胡敏等譯〈婦女的職業〉（節譯），收於瑪麗‧伊格爾頓編，胡敏等譯：《女權主義文學理論》，長沙：湖南文藝出版社，1989 年 2 月初版一刷，頁 90）
〔註68〕 見《全唐詩》卷八○四。又見《中國歷代婦女作品選》，頁 136 引。
〔註69〕 同前註引書，頁 451。
〔註70〕 同前註。

面侷限——如在「德」的前提下發展「才」〔註71〕、或無法闖入的禁地——如文言小說。「天使」的條件設計及行為準則既由男性一手塑造，女性作者無法涉足其間，則文言小說女性主角做為一種純粹男性書寫下的產物，甚至成為其宣導教育的工具，自然也難以跳脫前述既有的形象結構了。

儘管如此，因著不同的時代，女性主角們的行為表現仍在大同中仍稍微有所差異。若以宋明為分界點，之前禮教嚴防不如後代，故女性主角多能毫無藉口地享受性愛；即使分離，也可以很浪漫地留下詩文。宋以前，小說的女性主角性格及行為表現較為單一，如魏晉的隨心所欲，主動示好也罷，一夜風流也罷，通常隨性所致，不太需要什麼藉口；唐代則不論任性者（如〈華州參軍〉的崔氏女），或端謹者（如〈孫恪〉的袁氏），她們的個性也較為一致，不太須要在事後為自己的主動加以彌補修正。但唐宋以後，禮教的加深，使得人們在面對「性」或情色等問題時，其矛盾與不安也就越形沉重。越至後來，越須為自己的性愛找一藉口，因此性愛之餘，必須像個賢能的家庭主婦；臨別之際，也須使性愛顯得不是那麼純出於感官享受，因此很多篇章還強調留下一個子嗣。

這種焦慮感影響的結果，便是使女性主角同時具有聖女與蕩婦雙重性格的行為特質，使女性主角的「性」前「性」後判若兩人。一開始大膽熱情，甚至自薦枕席〔註72〕；但若一旦與對方關係穩定下來，其便謹守「本份」，溫馴依從，實踐賢妻良母形象的社會要求。因為，小說的說服力，取決在讀者是否認同其所敘述的人物及情節，尤其是女性主角，更必須令讀者產生好感。因此小說多在篇首採取一些人情之內但非社會常態性的行為，以滿足小說新奇的特質；而在敘述進行中安排其漸序回歸正軌，以符合社會的禁忌檢查。在這樣的情況之下，女性主角們勢必難免於依照某些約定成俗的標準行事，而造成了形象上的矛盾色彩。

〔註71〕　對明清才女「才」、「德」的討論，及其寫作環境條件的討論，可見孫康宜〈名清詩媛與女子才德觀〉，李奭學譯，《中外文學》第二十一卷第十一期，民國81年6月，頁52～81，及康正果〈重新認識明清才女〉，《中外文學》第二十二卷第六期，民國82年11月，頁121～131。

〔註72〕　當然，所謂「常言道，男子要偷婦人隔重山，女子要偷男子隔層紙。若是女人家沒有空隙，不放些破綻，這男子總然用計千條，只做得一場春夢」（《石點頭》卷四〈莽書生強圖鴛侶〉），女性主角自薦的設計，也未嘗不是因為這樣的行為取向，可以使男女主角二人的感情，得以在短短的篇幅中，有效且快速發展並明朗化。

　　傳統情色觀除影響了小說女性主角上述的行為取向外，也促使大量「異類」身份女性主角的出現。固然，從小說史的角度來看，「異類」女性主角的出現要早於「人類」的女性主角，而這與時代背景是有極大的關係。六朝的信仰觀念、文人的談玄流風等，都深刻地左右了小說女性主角的面貌〔註73〕。然而，時代的特殊因素固然造就了這類身份的女性主角在小說舞臺上得以搶得先聲，但星移物換，男性作者對於「異類」愛情的迷戀與好奇，卻不因為時代因素的消長而退燒，甚至在古典文學的迴光返照時期：清代，在《聊齋》中展現出更多采多姿的面貌及內涵，這必然受到其他跨代的因素所影響，其中關鍵，正在於傳統的（男性）情色觀。

　　此外，從精神分析的角度來說，心理焦慮經常會導至所謂「精神官能症」的產生，而這種「官能症」通常是以一種「症候群」的現象出現。在前述的情色觀之下，傳統社會也有一些因之而發的情色症候群，其一便是對所謂「鬼交」的看法。如《房內記》「男不可無女，女不可無男。若孤獨而思交接，損人壽，生百病。又鬼魅因之共交，精損一當百。」（「至理第一」）〔註74〕；鬼交的發生，正在於「由於陰陽不交，情欲深重，即鬼魅假像與之交通。與之交通之道，其有勝自於人。交則迷惑，諱而隱之不肯告，以為佳，故至獨死而莫之知也。」（「斷鬼交第二十五」）〔註75〕；其後果，則「欲驗其事實，以春秋之際，入於深山大澤間，無所云為，但遠望極思，唯念交會陰陽，三日三夜後，則身體翕然寒熱，心煩目眩，男見女子，女見男子，但地交接之事，美勝於人，然必病人而難治。」（「斷鬼交第二十五」）〔註76〕。房中書雖是站在醫學養生的觀點來解釋所謂「鬼交」的成因、症狀及其嚴重後果，但卻無意中透露了傳統情色觀的影響下，男性心靈的空虛與崇拜嚮往豔遇異類女子之間的關聯性。事實上，不僅是出自醫學養生觀點的房中書如此解釋男性的異類情結，一般文人也普遍存在這樣的看法，認為「所謂鬼不自靈，待人而靈也」（《閱微草堂筆記·灤陽消夏錄四》）、「蓋機械一萌，鬼遂以機械之心從而應之，斯亦可為螳螂黃雀之喻矣。」（同前書〈灤陽消夏錄〉六）。筆記中記載極多這類鬼因人心而起的例子。這些書中，尤以《夷堅志》及《閱

〔註73〕 關於志怪小說出現背景的論述詳見王國良：《魏晉南北朝志怪小說研究》之「上篇·概論」部份，臺北：文史哲出版社，民國73年初版。
〔註74〕 同註12引書，頁321。
〔註75〕 同前註，頁345。
〔註76〕 同前註，頁346。

微草堂筆記》最具代表性。以《夷堅志》而言，如《夷堅三志》己卷第二〈程喜眞非人〉「新淦人王生，雖爲闤闠庶人，而稍知書，最喜觀靈怪集、青瑣高議、神異志等書……出郊春遊，忽起妄念，謂：往古以來，有多少奇怪靈異之事，我未之見見也。今此處孤村迴野，豈得無之？誠願一睹。正思慕間，一美女信步至前，斂容道萬福……」，而這位美女，正是女鬼。藉口投靠，後爲道人識破，以五雷法驅之，書生才得以脫身。又如同書辛卷第九〈高氏影堂〉敍述女子因書生之妄想而顯靈，又因對方之疑慮而消失，臨去時告白「何必苦苦相問。我平生本端潔之人，緣汝祈祝不已，故爾犯戒。……」。此外，《閱微草堂筆記》中，如〈灤陽消夏錄〉三敍述某書生嬖一孌童，童死時猶戀戀，後書生恆見其鬼，其叔使居寺以辟鬼，賴僧攻心以去其病，最後老僧教訓說「種種魔障，皆起於心。果此童耶，是心所招；非此童耶，是心所幻。但空爾心，一切俱滅矣。」；又〈灤陽續錄〉五言某偶出外，其婦暴卒而不及別，遂常思念。已而其婦之鬼來，遂常相往如生時。一日其婦早來，後婦又至，乃揭穿前相往者乃淫鬼冒充。最後亡妻告誡其夫：「凡餓鬼必託名食，淫鬼多假形以媚人。世間靈鬼，往往非眞。此鬼本西市倡女，乘君思憶，投隙而來，以盜君之陽氣。適有他鬼告我，故投訴社公，來爲君驅除。彼此時諒已受笞矣。」；〈如是我聞〉三曾述及二個僧人的遭遇，其一偶見遊女踏青而心有所動，遂見一少婦誘之，後方覺乃心魔所致之幻象；另外一位則是見藏經閣有豔女下窺，心以爲魅而仍欲親之，然屢無所睹，後成心疾惘惘而死；末了作者評曰「然二僧究皆自敗，非魔與魅敗之也」。〈槐西雜志〉三，則述某人寵姬新喪，避地遣幽，即有女鬼冒充其姬之魂以求薦。後覺其言語破綻而識破，作者評曰「此可悟世情狡獪，雖鬼亦然。又可悟情有所牽，物必抵隙」。上述觀點推而廣之，便認爲人之所以遇鬼（尤其是書生遇見女鬼），正是鬼知道人的這些弱點，所以得趁虛而入利用玩弄一番。如《閱微草堂筆記·槐西雜志三》「一夕月明，見窗上有女子影，出視則無，四望園內，似有翠裙紅袖，隱隱樹石花竹間。東就之，則在西；南就之，則在北。環走半夜，迄不能一睹。倦而憩息，聞窗外曰（女求寫經，則現身拜謝）……某本好事，次日急寫而成，夜中已失……至夕，徘徊悵望，果見女子冉冉花外來，叩顙至地。別峰方舉手引之，挺然起立，雙目上視，血淋離胸臆間，乃自剄鬼也，嗷然驚仆。」或者，認爲女鬼本無心與男子糾纏，其之現身或者與之相好，全是因男子動念之故。如《夷堅三志》辛卷第八〈書二十七〉

記「遇一婦人緩行，綽約明媚……婦人又取香合付之日，欲此物否。日，幸甚。既得之，婦徑前進……婦容色端重，雖與客反覆酬報，略無蕩心，而王迷念頗切，殊往來於方寸不置。」《閱微草堂筆記・灤陽消夏錄一》則敘述生偶見一亡者碑碣記載，之後「每陳茗果於石上，而駐以狎詞。月一載餘，見麗女獨步莽畦間，手執野花，顧生一笑。生趨近其側，目挑眉語，方相引入籬後灌莽間。女凝立直視，若有所思。忽自批其頰曰：一百餘年，心如古井，一旦乃爲蕩子所動乎？頓足數四，奄然而滅」，而文後則有評論「是本貞魂，乃以一念之差，幾失故步。晦庵先生詩曰：世上無如人欲險，幾人到此誤平生。諒哉」。

如上述文人對於書生「豔遇」女鬼的觀念，幾乎都將遇鬼之關鍵歸之於男性心理幻想、情欲牽動之故。因此女鬼——尤其是「豔鬼」——所以大行其道，說穿了，都是文人一種心理上海市蜃樓效應所產生的幻影及投射的結果。正是由於情色欲求與現實匱乏的不協調，因此在下意識虛設出一個完美的對象以供前述焦慮有所舒解，既然異類能夠幻化無窮，當然也可以幻化出一個盡善盡美的異性。幻想者既是男性，當然出現的也以女性爲多；且不獨是「鬼」，任何「異類」也都達到上述舒解的目的。在這樣的情色觀及性心理作用下，短篇文言愛情小說中大量出現異類身份女性主角，也就可想而知了。

第二節　死亡觀念

透過前文對於小說人物行爲模式的分析，可以發現各類人物的愛情歷程中，往往可見「死亡」的母題。就現實人生言，「死亡」或許就是人生的終點；但就小說女性主角言，她們的愛情卻不見得因「死亡」而結束。女性主角面對愛情的困境時，經常藉著「死亡」這個動作，或尋求轉機，或做爲抗議，或宣示忠貞，或懲罰叛徒；「死亡」對於「愛情」來說，似乎具有強烈的功能性及儀式〔註77〕意義。「愛情」，這個必須以生命灌溉培育、最能激發人們卻

〔註77〕在社會學中，「儀式」的意義是「當社會關係發生重要的改變時，儀式通常扮演區分、強調、確定、隆重化與安撫的角色。」參看 Ioan M. Lewis 著，黃宣衛、劉容貴合譯：《社會人類學導論》，臺北：五南圖書公司，民國 74 年初版，頁 146。由此可知，「儀式」的特性，它不能改變現況，也不能無中生有，而是必須建立在一個已然或必然發生的現實之上，然後對此現實加以強

生命意志的情感，竟與「死亡」這種看似全然相反的動作有如此緊密的聯繫，個中原因何在？傳統中國人的死亡觀念，是否與「愛情」有重疊相通之處，以致將「愛情」導向這樣的發展？值得加以探索。

一、愛與死

「死亡」與「愛情」的聯繫，有其人類心理發展上的必然性。一方面，對「死亡」的恐懼，源自於對「生命」的依戀；而對「愛情」的珍視，則加強了「生命」的欲望。因此，依戀「愛情」，必然恐懼「死亡」。另一方面，人類學者也發現，當死亡發生後，不論是在看護死者、處理屍體，或者在葬後禮節、追悼儀式之中，親朋對於死者所引發的情緒，「常在恐怖畏懼中混合著真摯的情愛，一反一正，雙雙出現，絕非有反無正，亦非反壓倒正」〔註78〕。「死亡」彷彿成了一面濾光鏡，當所有七情六欲置於其下時，只有「愛情」顯色，而且更加鮮明突出。「愛」與「死」之間的絕對性與關聯性，正是建立在「生命」的共通點之上。因此，西方心理學家思考「愛」與「死」的課題，曾指出「愛之喜悅的陰影經常是死亡」〔註79〕。「死亡」對生命所具有無比的摧毀力量固無庸置疑；而愛情不僅令人生死以之，能激發一個人的生命潛力，也能銷磨一個人的生存意志，這種力量，也同樣具有摧毀力量。心理學家指出，「性與死亡的共同點乃是鉅大神秘性的兩種生物性層面，此種神秘性對兩種人類經驗具有最高的意義，它們兩者跟創造與毀滅皆具有最大關聯性在；無怪乎在人類經驗上，它們以如此複雜的方式糾纏著」〔註80〕，「性愛的力量可以把人類推向一種新情境，此種新情境不僅可能毀滅當事人，亦有可能毀滅其他許多人」〔註81〕，使「愛」與「死」產生聯繫的關鍵，在於其皆具有的強大力量及對生命強烈的撞擊力。這個論點，在許多藝術形式上皆可獲得印證。如西方歌劇中

化其內在意義。因此，事實上「儀式」的適用範圍不僅是個人——人際方面的——社會關係而已，當個人——自我的——人生的重要階段發生重要改變，而具有上述功能的行為，便是具備了「儀式」的意義。

〔註78〕 引文分見馬凌諾斯基著，朱岑樓譯：《巫術、科學與宗教》，協志工業叢書，民國73年再版，頁29～30。
〔註79〕 羅洛梅著，蔡伸章譯：《愛與意志》，臺北：志文出版社，民國74年再版，頁135。
〔註80〕 同前註，頁144。
〔註81〕 同前註，頁145。

的經典名作「卡門」、「杜蘭朵公主」、「蝴蝶夫人」等，其中男性或女性主角因為愛情，皆導致了自己的死亡或是造成了別人的死亡；舒伯特根據謬勒（Wilhelm Muller）詩歌所編成的二十首聯篇歌曲「美麗的磨坊少女」，敘述者最後也為自己沒有著落的愛情投河而死。「愛情如死之堅強」（《舊約·雅歌》第八章第七節）——「愛情」與「死亡」，當它們翩然降臨時，可以拖延，卻無法逃避，它們互相對立、互為依存，正是人生一個亙古不移的生命課題。

但「愛」與「死」並不僅是一個哲學或心理學上的論述而已，它更是一種自然的法則。我們並不知道人類以外的生物是否懂得「愛」為何物，但，在很多生物生命史的最後一刻，「愛情」所不可或缺的一個元素：「性」，確與「死亡」緊密連繫著。就物種言，其存活的目的在於傳衍下一代，因此當牠們竭力以最魅惑的舞姿誘得一位異性與之交媾後，其生命目標便已達成，生命也隨之結束——只不過，通常死亡的是雄性的物類。雄螳螂以身為餌引誘雌性，藉著死前一刻的痛苦驅進射精，使雌者受孕，而後便被一口吃掉；黑寡婦蜘蛛在網上交配完後，雌蜘蛛便把雄者當做待產補品盡情享用；一種節肢寄生蟲在其母體內與其姐妹亂倫交配後，便為後者分食盡淨，而姐妹們出生時便已懷孕；即如神風蜜蜂，雖然雄蜂在蜂后體內射精之後，不致於如其它雄性物類被雌性一口吃掉，而是將生殖器留置後者體內，獨霸了蜂后交配的管道，但終免不了墜地而死的命運〔註82〕。在生命中最後也最重要的一刻，「性」的歡愉與「死」的狂潮竟是如此水乳交融。

就人類而言，「死亡」與「性」的關係依然密切。心理學家曾指出一位性冷感的女士在夢境中感受到死亡的威脅後，在現實生活的性交中便首次達到性高潮〔註83〕。事實上，人之異於物類，便是在生物性本能之外，還擁有強烈的情感能力，當「性」不只是「性」，而是包括於「愛」之中而為「愛情」時，在死亡的威脅之下，當更能激發當事人對於這種情感的強烈感受或者欲望。而這種刺激，甚使當事者有形諸歌詠的衝動。因此「愛」與「死」這個母題的發生，實來自人類集體潛意識的母體。既然「文學」為人類宣洩寄托其情緒意識的最佳管道，當然「愛」與「死」這個母題也會因此而普遍出

〔註82〕馬基利斯·沙岡著，潘勛譯：《性的歷史》，臺北：時報文化，民國82年初版，頁38。
〔註83〕同註79，頁138。

現於各民族的文學作品之中。在中國古典文學中，亦可得到印證，最明顯者，便是歷代詩人所寫的悼亡之作。試看中國傳統文人寫給愛妻的文字，多屬追憶亡妻之作；妻子生前所能得到的來自丈夫表達愛意的寄內詩，可謂少之又少。當然，這與傳統士人階層對於情感表達傾向含蓄隱微、視直述直言為不經的態度有關；但是，我們仍不能否認，如果不是受到「死亡」的刺激，如何促使詩人意識到自己內心深處的情感？如果不是「死亡」的陰影，如何對照出「愛情」的璀璨？「愛」與「死」的生命母題，在中國古典文學中依然有其安身立命之處，正是因為它是源自於人類集體潛意識，只要有所激發，便會透過各種藝術形式表達宣洩，詩詞中的悼亡之作如是，愛情小說亦如是。

然而，我們所不能忽略的是，真實詩文悼亡的對象是真有其人；在虛構性的小說中，死亡的仍是女性主角。當兩性必須為愛情付出代價時，男性可以選擇放棄金錢、功名、親情、社會地位，但女性永遠別無選擇的只有付出生命，因為「生命」——或者「身體」——是女性唯一的資產。除了上述「愛」與「死」的集體潛意識之外，我們決不能忽略前述中國傳統社會男性觀點之下所形成的禮教觀與貞節觀對於小說女性主角行為取決時所造成的影響。在這些項面不同的深層因素彼此交織影響之下，當表現於男性書寫文本的愛情小說時，「死亡」便成了作者（兼敘述者）強調愛情的崇高珍貴——符旨（signified）——時，最有效的符徵（signifier）的當然選擇。在這樣的符號結構之下，除了「殉死」的良家婦女以外，甚至不在禮教拘束範圍之內的青樓女子，亦紛紛為情所困、相思而死、不約而同地採取了「死亡」的形式以證明自己的愛情，也就不足為奇了。

二、死與再生

心理學家將人對於「死亡」的反應區分為五個階段：首先是否定與拒絕、其次是憤怒、其次是討價還價、然後是壓抑、最後是接受〔註84〕。對於「死亡」代表什麼意義，並對其做出詮釋，正是在「接受」這個階段之後所發展出來的。而誠如人類學者對於一些民族「死亡」態度的觀察中所指陳者，由於人們對死亡的強烈恐懼，使其不願意接受生命停止或身體毀滅的事實，當

〔註84〕郭于華：《死的困惑與生的執著》，臺北：洪葉文化事業有限公司，民國83年初版，頁15。

他們面對死亡時，必須發展出一套理論，使其得以坦然面對死亡，接受事實，撫平不安與恐懼；由此，便衍生出如靈魂、精神不死、死而復活等概念，建構出一種相信死者已經進入一個新的生命，終將精神長存或甚至死後復生等的「自慰」信仰〔註85〕。因此，在許多民族的「死亡」意識中，「死亡」的意義，不是任何生命形式的終結，而是所有人生儀禮中的一個環節，具有所謂「通過儀式」（Rites of Passage）的意義，「死亡」之於「生命」，只是人生歷程中由一個階段跨入另一個階段的「關口」。〔註86〕

我國古代哲學家們對於死亡意識的諸般討論，誠然面貌紛呈，且似乎更關心因「死」而引發對「生」的反思之上〔註87〕。這些屬於「大達」方面的論述，雖不見得適合用以解釋「小道」的小說家言；但是，不能忽略的是，不論大傳統的哲學理論表面的論點如何，在思辯的深層動機上，既是出自對「死亡」的思索，就表示已然接受其存在的事實；則就這點動機而言，實則已跳脫了哲學思辯的範圍，而歸屬於一個民族共同心理層次的問題，因此其必然與小傳統的死亡觀念有相通之處。故「重生」與「重死」實為一體的兩面，因為它們皆源於對於生命的重視，進而延伸至對死亡意義的解釋上。「重死」的意義，在於其乃落實於一般死亡觀念中所衍生出的生命「再生」觀念，與上述人類學者對死亡的觀察，隱然有相符之處。一些傳統的葬儀制度，可印證傳統中國人對待死亡的態度，乃是視死如生，認為死亡並非真正的生命的終結，而是自有另一種生命形態存在，甚至將死亡視為另一種生命階段的延續或更新。〔註88〕

事實上，在我國古代神話傳說中亦不乏「死與再生」的母題的強調，如所謂盤古開天闢地、夸父逐日、精衛填海、杜鵑泣血的故事，皆標示著「死亡」與「再生」之間的密切關連〔註89〕。這些形體的轉體及其象徵意義，正

〔註85〕《巫術、科學與宗教》，頁32。

〔註86〕Lewis《社會人類學導論》，第五章「神話、儀式與來世論」、「生命儀禮」；又郭于華：《死的困惑與生的執著》，頁33。

〔註87〕張三夕：《死亡之思》，「上篇」、「死亡之思——中國人的死亡意識分析。」臺北：洪葉文化事業有限公司，民國85年初版。

〔註88〕相關論述同註84第三章「生命的續存與過渡」；張三夕：《死亡之思》「上篇」、「第二章」、「墳墓的神聖」；周蘇平：《中國古代喪葬習俗》，陝西人民出版社，1991年第一版，頁5。

〔註89〕盤古的傳說如清馬驌《繹史》卷一引《五運歷年紀》「首生盤古，垂死變身，氣成風雲，聲為雷霆，左眼為日，右眼為月，五肢四體，為四極五嶽，血液

可見「死亡」乃成為「再生」的一種過渡儀式。但是，這些神話中的主人翁死後，雖然其身體或身邊器物皆幻化成另一種生命形式，或成為其精神延續、或彌補生前的遺憾，但我們所應理解的，是在這個死亡的過渡儀式中，所強調的應是精神意志的延續，而非身體形式如何幻化。因此，不論死後是形神渙散、游離為虛渺無形的靈魂、是化身為有形的鬼魅異類，即使只如漢代王充所言「凡天地間有鬼，非人死精神為之也，皆人思念存想之所致也」（《論衡・訂鬼》），凡此種種，皆是強調因死亡而突顯出的肉體雖死、精誠不亡的「雖死猶生」的體認，死亡之於精神意志的延續功能，應才是「死亡」的儀式意義所在。

傳統觀念中既將「死亡」賦予「生命重生」的功能；而小說所描述者，又是人情之內、常情之外的事件，如何使所述敘的愛情顯得真實動人又具有刺激性，以「死」來對照印證、甚至做為轉機，無疑是最好的手法。對愛情而言，當愛情的想望在現世的生命無法完成時，藉著「死亡」為渡口，原本無望的愛情或許仍有一線轉機。小說輒可見女性主角因「死而復活」而締結良姻，甚至一出場便是一個懷春而死的女鬼，等待一個重生的機運，以完成生前的遺憾；或者，當有形肉體凋落，透過具有重生象徵的「死亡」，愛情反而因此超越生死而在「死亡」中實踐永生與不朽。此外，不論生前身份如何，凡人終歸一死，因此，「死亡」亦代表了「平等」。生前所受到種種不平等待遇，皆可藉著死亡加以消彌或者彌補，而這也未嘗不是另一種意義上的「重生」。這種「重生」定義的「死亡」對於身份為妓女的女性主角尤其重要。我們可以看到死亡的妓女終於與情郎成為永不分離的鬼夫妻，或者生前

為江河，筋脈為地理，肌肉田土，髮髭為星辰，皮毛為草木，齒骨為金石，精髓為珠玉，汗流為雨澤，身之諸蟲，因風所感，化為黎甿」；《山海經・海外北經》「夸父與日逐走，入日，欲渴得飲，飲於河渭，河渭不足，北飲大澤，未至，道渴而死，棄其杖，化為鄧林」，《列子・湯問》則言其死後，「棄其杖，尸膏肉所浸，生鄧林，鄧林彌廣數千里焉」；《山海經・北次三經》說發鳩之山有「精衛」之鳥，「是炎帝之少女名曰女娃，女娃游於東海，溺而不反，故為精衛，常銜西山之木石，以堙於東海」；《全上古三代秦漢三國六朝文・全漢文》輯《蜀王本紀》說杜宇自立為蜀王，號曰望帝，其臣鱉靈奉命至玉山治水，「望帝與其妻通，慚愧，自以為德薄，不如鱉靈，乃委國授之而去，如堯之禪舜……望帝去時子規鳴，故蜀人悲子規而思望帝」，但《禽經》引李膺《蜀志》則說望帝禪位後，「望帝修道，化為杜鵑鳥，或云化為杜宇鳥，亦曰子規鳥，至春則啼，聞者淒惻」，而百二十本《說郛》卷六十輯《太平寰宇記》則說稍有異，「望帝自逃之後，欲復位不得，死化為鵑」。

愛情因身份而連累輕視，死後身份獲得拔擢而獲得了尊嚴，因「死」而平等，使妓女們亦能享受平常人生的尊嚴與權利，這才是所謂「重生」的最大眞義所在。

「死亡」既寓寄了「再生」的契機，而「愛情」又確然須要傾生命之力來加以維護，因此我們可以看到許多小說女性主角，當她們的愛情在現實生活中，因爲種種因素而橫遭打壓與阻撓，致使其愛情以破碎殘缺收場時，最後都選擇了「死亡」做爲現實世界的答覆。對她們而言，選擇死亡，也許跟本不是意味她們對愛情絕望，失去了奮鬥的意志，而是以一弱女子之身，既無法與現實因素抗衡，只有以唯一的籌碼「生命」孤注一擲，因爲，唯有在死亡中，愛情可以不受其他因素干擾，可以因意志而永恆不朽。「死」之於「愛」，二者的關係如此微妙，表現於文學者，便是小說中的女性主角們終難免一死。小說中如此多的女性前仆後繼爲愛情而選擇死亡，這種文學中悲壯的生命情調，正反映出在現實世界中，女性的愛情前途的跼蹐無奈。

三、生死權與身體權

如前所言，當愛情的貫徹，竟然須要投注以人生最寶貴的「生命」時，則前者的珍貴及價值，自然不言而喻。因此，以「死亡」來對照出愛情的壯烈與光采，對文學層面的浪漫的愛情主題而言自有其必然性。但是，當選擇以「死」做爲對愛情的終極形式時，我國古典短篇文言愛情小說中生失去的生命的，卻幾乎百分之九十以上是女性主角，而少見男性主角。其原因，除牽涉到男性作者的寫作視角問題外，還必須考慮傳統女性的身體權與生死權的文化因素。

小說常可見女性主角以身殉情的行爲模式，這樣無奈的選擇，其深層因素正是來自傳統社會對於由未婚處女到已婚婦人、乃至寡婦等各類女性守節殉身的所謂「節烈」行爲，不斷教育及鼓勵的「政策」。試看文人的筆記之中，觸目可見處女殺身保節〔註90〕、已婚婦女以生命自誓其心跡〔註91〕、或是因

〔註90〕 如《夷堅志》補卷第一〈程烈女〉記方臘作亂，轉寇新安時，一位處女不畏賊迫而死的事跡，當事前程父問女若爲賊執應如何時，程女答道「兒豈從賊者，脫有不可，唯死而已」。而父母聽了之後，反應是「喜曰：能如是，眞吾女也！」

〔註91〕 如《夷堅三志》己卷第五〈邢監酒刃妻〉，記邢酒監酒後誤信人言，以爲其妻與他人通，其妻怒而以死明志：「妻怒，持刀自誓曰：我無此事，是誰撰造謗言，盍明以告我，誼不之俱存。邢云：不消爾殺人，我自斬爾。妻愈怒，授

沒有做到自殺殉夫而遭人譏諷的例子〔註92〕。這些，都不僅僅是女性自發性的行為，更有來自小我（家庭）乃至大我（社會國家）環境中權威力量（家長乃至官員帝王）的鼓勵。在傳統男性社會之中，他們是多麼鼓勵女子們以自己的身體生命來證明其志節貞操，以及對丈夫的忠心。因此，貞節烈女比例最高的明代，其史錄中旌表案例之多，令人所見不是一片死後哀榮，反而覺得簡直是一本血淋淋的婦女殉難史〔註93〕。即使同情女性者如《情史》一

以刀，目叱云：何不便下手？邢已昏醉，即刃之，束手就斃。」試看對造謠者，不過閒話一句，或者不經意的玩笑話；但對婦女而言，卻是性命攸關；而在男性眼底，則不過女命如草芥，只要稍有不懌，殺了再說。

〔註92〕 如《閱微草堂筆記・灤陽消夏錄二》記某妾與前夫相得，夫死許其嫁，惟約祭奠，妾依之，且甚戀舊主。後鬱死，求後夫合葬，亦許之。而所錄三人對此事之評論是，或曰「余謂再嫁，負故夫；嫁而有貳心，負後夫也。此婦進退無據焉」（作者）、或曰「憶而死，何如殉而死乎！」，總之，都譏諷此女未殉死前夫；唯最後一位態度較寬容「春秋責備賢者，未可以士大夫之義律兒女子，哀其愚可也，憫其志可也。」但基本的出發點是認為妾婦不若士大夫階層，等級較低，實不必太過苛求，亦含有歧視女性的意味。同書〈槐西雜志〉二曾記述某夫婦成親數月而情篤，然以貧，婦為姑鬻於官媒。其夫一路行乞跟隨，偶一相見。後婦為某所納，夫亦混入其僕眾，然不得見，婦亦不知。夫得病死，婦偶然知之，隨亦跳樓殉身。作者對於這位忍辱偷生的癡情女子評論道「大抵女子殉夫，其故有二，一則摧住綱常，寧死不辱，此本乎禮教者也。一則忍恥偷生，苟延一息，冀樂昌破鏡，再得重圓，至望絕勢窮，然後一死以明志，此生於情感者也。此女不死於販鬻之手，不死於媒氏之家，至玉玷花殘，得故夫兇問而後死，誠為太晚。然其死志則久矣，特私愛纏綿，不能自割，在其意中，故不以當死不死，為負夫之恩；直以可待不待，為辜夫之望。哀其遇，悲其志，惜其用情之誤則可矣。必執春秋大散，責不讀書之兒女，豈與人為善之道哉！」還責其死得太晚。

〔註93〕 《明實錄類纂》（婦女史料卷）（武漢出版社，1995 年第一版）「一、封賞」（洪武十九年八月壬寅）贈燕山中護衛指揮使費愚妾朱氏為貞烈德人。其事由「初，愚久病風不愈，一日語其家人曰：『我死，誰與偕往？』朱氏在旁遽應曰『妾願從。』未幾，愚卒，朱氏自經死。事聞，上嘉其義，詔比正妻降等賜誥追贈。」（頁 14）按依明制，如有封贈，只封嫡母、正妻（《明實錄類纂》，頁 16，「一、封賞」（洪武二十四年八月己巳）條），而妾的地位是不可以輕易扶正的（同上，頁 12，（洪武十六年五月戊午）「凡正妻在日，所娶側室皆謂之妾；正妻沒，諸妾不許再立為妻。若以禮聘良家女為妻，許受封贈……」）。則這等追贈比同正妻之舉，除了無異為為妾者起一示範鼓舞之例，使普天之下為妾之女性前仆後繼為主殉死，以換得生前所不能希冀的封贈外，更可見「死亡」尤其對於弱勢地位女性的投資報酬率是很高的。又如，「二、旌表」（洪武十一年夏四月丁卯）有詔褒勉趙氏之殉夫「今趙氏生則同室，死則同穴，較之別目割鼻誓死不嫁誠為過之，宜在褒嘉以敦民俗。其令有司旌表其門，仍蠲其家雜役」，言下之意，毀體發誓還不夠，自殺殉身

類的文人作品，也還出現如「婦人自裁，乃夫死後第一乾淨事」（〈情貞類〉「吳金童妻」後評語）這樣的論調。這種觀念深入人心，遂使女子念茲在茲者，便是那一張旌表狀或一座貞節牌坊之有無；甚至認爲冥司的旌表還比前者重要〔註94〕。其影響之深，小說如〈盧夢仙江上尋妻〉（《石點頭》卷二）的貞節烈女李妙惠會說出「以身殉夫，婦人常事，有甚有益無益！」之類毫不在乎、理所當然的話，也就不足爲奇了。在以自殺爲終極方式的情況之中，且不說（未婚）夫死守節之例處處可見，即對於婦女殉夫、甚至未婚妻殉夫、妾殉夫的旌表亦極爲頻繁〔註95〕。其中有些婦女，即使娘家或婆家的親屬寬容地勸未亡人改嫁，卻仍堅持守寡以終甚至求死以明志。〔註96〕

　　這些分別代表正史（史錄）及野史（筆記、小說）的文字，其對於眞實事件記載的忠實或誇張容有程度上的不同，但其中共同透露出的是，傳統女性不約而同地以自己的身體做爲最有效的「明志」的工具。而我們應思索的，當不止是那些婦女受到什麼樣的旌表，而是爲什麼她們要以這種方式向社會表明她們的立場。很明顯地，光是信誓旦旦是不夠的，人們總是要求能

才算誠意十足。

〔註94〕 如《閱微草堂筆記·如是我聞一》引述一段行旅遭遇，言某人路上碰見一位女鬼請爲其伸冤表白、請求旌表。蓋女在世因不屈於賊而烈死，冥司雖已表之，且爲遊魂之長，但因身已被污，故陽世縣官不予旌表，女鬼自陳「在此爲強暴所逼，以死捍拒，卒被數刃而死。官雖捕賊駢誅，然以妾已被污，竟不旌表；冥官哀其貞烈，俾居此地，爲橫死諸魂長，今四十餘年矣……其齧齒受玷，由力不敵，非節之不固也。司讞者苛責無已，不亦冤乎？公狀貌似儒者，當必明理，乞爲白之」。

〔註95〕 妻殉夫者因事例過多，此處不詳列，可見《明實錄類纂》「二、旌表」。至於未婚殉夫者，如前引書（洪武三十一年三月甲戌）青州寧氏條（頁308）、（宣德六年十二月癸卯）靖州衛指揮王宸女條（頁319）、（景泰三年八月）江西靖安縣陳氏條（頁329）、（成化七年五月辛卯）河南陳州盧氏條（頁341）等；妾殉夫者，例如（洪武七年九月）李思齊妾鄭氏條（頁295）、（洪武十七年九月乙卯）許顯妾牛氏、陳氏條（頁301）、（成化十三年二月丙戌）喬毅妾高氏（頁346）等；餘亦可參見《明實錄類纂》「二、旌表」，此處不一一列舉。

〔註96〕 前者之例極多，如（洪武十五年十二月甲辰）俞氏（同註93引書，下同，頁298）、（宣德二年三月戊申）成氏（頁314）、（宣德五年八月辛巳）魏成妾周氏（頁318）、（正統四年八月戊子）高氏（頁322）。後者如（景泰二年六月戊子）金氏（頁328）、（天順二年五月乙卯）史氏（頁332）、（成化九年六月壬午）張氏（頁343）等。其中甚有面對丈夫質疑死後必然改嫁，爲表明自己心跡而先於夫亡之前自縊而死的，如（永樂十二年十二月甲戌）遼東三萬衛指揮裴牙失帖木兒之子婦劉氏（頁311）。

有具體可見的行動證明心跡。在傳統社會中，女性「在家從父、出嫁從夫、夫死從子」——她們只是一個男性的「附屬」單位；而大部份的女性只見某氏某氏的稱呼——一個由父而來的頭銜。在傳統社會中，女性屬於父或夫或子，沒有獨立的身份地位；而「身體」便是女性唯一可資憑藉的工具——即始事實上這工具的所有權仍屬於男性。因此我們可以看到，一方面女性是多麼珍視自己的身體，社會也要求她們要如此做〔註97〕——而諷刺的是，女性保護身體甚至到神經質的地步，卻是為提供男性之用、只為滿足對丈夫的忠誠要求；但另一方面，這個（男性）社會最不尊重的，卻也是女性的身體。〔註98〕

　　然而，除了自己的身體，女性又能擁有什麼？急難之時，女性唯一可以憑藉的，只有自己的身體；最為人所覬覦的，還是她的身體。對於前者，或許出於無奈，但多少是由於自願；但對於後者，女性卻往往無法保障自己身體的權利而任人宰割，唯一能擁有的，只有「自殺」的權利。因此，當婆家無力維生，只有出賣媳婦以求自保，媳婦卻不能有任何異議〔註99〕；丈夫為

〔註97〕《閱微草堂筆記‧如是我聞二》記明末大饑，至有屠人鬻肉者。某客入逆旅用餐，見少婦裸體伏俎上，縛其手足，其夫方汲水洗滌，而恐怖戰慄之狀，不可忽視。客心憫惻，倍償贖之，釋其縛，助之著衣，手觸其乳，結果「少婦艴然曰：荷君再生，終身賤役無所悔。然為婢媼則可，為妾媵則必不可，吾惟不肯事二夫，故鬻諸此也，君何遽相輕薄耶！解衣擲地，仍裸體伏俎上，瞑目受屠。屠恨之，生割其股肉一臠，哀嚎而已，終無悔意」。又同書〈灤陽消夏錄〉二引述諸鎮番公所云，某婦對其夫極淫，對他人則不假辭色。後不屈於盜而死，婦為鬼來告其夫「冥官以我貞烈，判來生中乙榜，官縣令。我念君不注，欲乞辭官祿，為游魂，長得隨君。冥官哀我許之矣」夫為感泣，誓不他偶。像這些例子，都鮮明地顯示出傳統女性保護自己身體的目的，不過在於效忠其夫，對於其夫，則任其宰割而無怨言。

〔註98〕同前書，〈槐西雜志〉三有一條記載，是作者引述其奴所聞，言某人攜妻與寡嫂農事，中途強暴其嫂，妻勸且不聽。後有客作五六人經過，聞嫂聲，縱使去，竟挾某人之妻而輪暴，以為懲某之惡行，而鄉人亦無有肯告發者。——事實上，在整個事件中，不論先前犯嫂的小叔，或是後來所謂「見義勇為」的異鄉客，說穿了都是強暴現行犯；而受害者全是女性。但鄉人（顯然又是一個以男性為組織中心的族群）卻不告發任何罪行者，彷彿佔嫂子便宜的小叔無傷大德，打抱不平的異鄉客是理直氣壯；至於被強暴的嫂子是活該倒楣，被輪暴的妻子代夫受過也是理所當然。從某種角度來講，事件中的女性除了無端受辱外，更等於是被所謂的「鄉人」二度強暴。在這裡，女性的身體徹底被男性所踐踏，自己卻絲毫無自主能力。

〔註99〕《閱微草堂筆記‧槐西雜志二》記某姬「本山東人，年十四五，嫁一窶人，子數月矣。夫婦甚相得，形影不離，會歲饑不能自活，其姑賣諸販鬻婦女者，

人所陷害，或是丈夫爲姦人所害，以一弱女子無法爲夫復仇，只有攜女自殺，希冀藉著靈異力量來揭發被害事實〔註100〕；甚至無錢葬夫，也只能賣身求棺〔註101〕；即使長輩生病了，女性晚輩所想到的，竟不是延醫就診，而是毀體療親〔註102〕——事實上，對婦女損壞身體以孝親長的舉動，原則上是爲朝廷所禁止的，如有衡整之女割肝療親一事，禮部奏請旌表卻被駁回，而詔告之：「爲孝有道，孔子曰：『身體髮膚，受之父母，不敢毀傷。』剖腹割肝，此豈是孝？若至殺身，其罪尤大。況太祖皇帝已有禁令，今若旌表，使愚人效之，豈不大壞風俗！女子無知不必加罪，所請亦不允。」但同樣是損壞自己的身體以換取事情的轉機，對於寡婦毀體自誓決不改嫁者，不但民間「樂此不疲」，家長更以此爲訓〔註103〕，朝廷更對於類似的事跡加以旌表稱賞

與其夫相抱泣徹夜，嚙臂爲誌而別」。而其夫則一路行乞跟隨，偶一相見。後婦爲某所納，夫亦混入其僕眾，然不得見，婦亦不知。夫病死後，婦偶然知之，隨亦跳樓殉身。此外，同書〈灤陽續錄〉五記董華之妻事，則最爲慘烈。此條敘述華貧不自存，欲賣婦於某富。婦初不從，而「華告以失節事小，致母餓死事猶大，乃涕泗曲從。惟約以倘得生還，乞仍爲夫婦，華亦諾之」。嫁後，「婦故有姿，富翁頗寵眷，然枕席時有淚痕」，此婦乃告其後夫雖刀斧不能阻其感念舊恩。當婦偶知之其前夫及姑，又爲餓莩，「婦殊不哭，癡坐良久，告其婢嫗曰：吾所以隱忍受玷者，一與活姑與夫之命；一以主人年已七十餘，讀不數年即當就木，吾尚年少，計其子必不留我，我猶冀缺月再圓也，今則已矣。突起開樓窗，倒墜而死。」

〔註100〕〈憲宗實錄〉卷一一七（成化九年夏四月辛巳）條，同註93引書，頁343。
〔註101〕如《古今小說·蔣興哥重會珍珠衫》中，陳商之妻平氏便是因無錢料理陳商遺體回鄉，最後只好賣身爲妾，以求完了前事。小說中平氏下了決定後，「歎口氣道：罷罷，奴家賣身葬夫，旁人也笑我不得。」而事實上，陳商根本是個不忠的丈夫，與三巧有了外遇之後，回家還與平氏大吵一頓、負氣出門。《閱微草堂筆記·姑妄聽之三》則記某夜宿廢堡，遇一女欲以一宵之愛以求爲其夫遷葬，當時的情形「聞有哭聲，諦聽之，似在屋後，似在地下……俄聲漸近，已在窗外黑處，鳴鳴不已，然終不露形」某叱之，而女以裸露求入衾以言，某許之。接著「陰風颯然，已一好女共枕矣。羞容靦腆，掩面泣曰：……幸空谷足音，得見君子，機緣難再，千載一時，故忍恥相投，不辭自獻，擬以一宵之愛，乞市薄槥，移骨平原……則再造之恩，誓世世長執巾櫛。」像這些妻子，不論丈夫是否對婚姻忠實，但似乎都無異議地、認份地、竭盡全力地去扮演好自己的角色、甚至出賣身體亦視爲義無反顧之事。
〔註102〕如（洪武十五年秋七月己巳）劉氏刺臂血和湯以療姑疾（同註93引書，頁297）、（宣德元年五月庚子）錦衣衛總旗衡整女刲肝煮液以療母疾（頁313）。
〔註103〕如《改良女兒經》「李氏負夫骨，因牽斷其臂；令女志誓嬬，引刀割其鼻。億

〔註104〕。對比之下，益可見「身體」的義務性對於「孝道」而言，較爲寬容而有權宜性；但對於「貞節」，則顯然要較爲絕對及僵硬許多。也正因爲如此，越顯得女性在前述課題範圍之內的「婚姻」、「愛情」等事務上，其身體權的重要性。因爲，這是她們唯一可用的籌碼；自然當社會要求她們表態時，也只能以自己的身體做爲宣言，藉著保持身體的「無玷」，來證明自己對於婚姻或愛情的忠誠——而「無玷」的不二法門，除了所謂的「守節」之外，還有什麼方法比「死」更能確保身體的清白、甚至更無痛苦而效果更佳？因此，不論殉死也好，病死也罷，透過文學之筆，如果兩性之間的相遇或結合確然有愛，推衍之，當必須強調女性對愛情乃至婚姻的忠誠時，則不論男方是存是亡，「死亡」做爲愛情婚姻符旨（所指 signified）的最有效符徵（能指 signifier），女性主角的死亡便成了男性作者（兼敘述者）的當然選擇。於是，在這樣一個男性書寫視角之下，「（女性主角）死亡」與「（對「愛情」）忠誠」之間，便畫上了等號；一旦小說必須歌頌愛情的美好與精純，小說女性主角的死亡自然也就觸目可見。

第三節　社會權力規則

一、權力機制的壓抑與文學現象的反映

　　精神分析大師佛洛伊德對人類心靈有所謂「三我」、「三識」之說，即「原我」、「自我」、「超我」及「意識」、「前意識」、「潛意識」；此外，對於與藝術家（尤其是文學家）與藝術表現（尤其是文學）之間的關係，則認爲後者乃前者「受挫慾望的代替性滿足」，甚至將後者視爲前者一種精神官能症的具體證據〔註105〕。佛洛伊德的說法，無疑的有其狹隘侷促之處，如將「性」視爲

　　　　萬賢婦女，罄竹難盡述。賢婦依此教，淑女能聽訓，萬代永標名。」
〔註104〕如（洪武二十二年六月戊午）陳氏對其夫割耳剪髮發誓決不改嫁（同註 93
　　　　引書，頁 305）、（正統四年八月戊子）孫氏之夫客死異鄉，其不但徒步收夫
　　　　屍骨而歸，且「欲與偕死，以頭觸柱礎，流血被面，親屬共挽勸之，伺間入
　　　　戶反關自經死」（頁 322）、（成化五年六月甲戌）祿氏夫亡時年才二十五，其
　　　　夫鄉人屢勸他適，祿氏竟剪髮刺目以示不從（頁 340）、（成化十四年六月）
　　　　陳氏截髮破面、邵氏破鼻流血以表明絕不改嫁之心（頁 347）等，朝廷皆有
　　　　所旌表。
〔註105〕「三識」及「三我」名詞的提出，分見佛洛伊德《精神分析新論》第三一講
　　　　「心理人格的分析」（葉頌壽譯，臺北：志文出版社，民國 74 年 9 月初版），

一切表現形式的源頭，或是將各種的行為或藝術表現視為性變態的病徵等，便是眾所詬病的理論盲點。因此後來的心理學家屢有修正〔註106〕。但是，不論後說如何轉精，總是在佛氏的基礎上立論，對既有理論加以修正、擴大或深化，其實脫離不了佛洛伊德學說的勢力範圍。因此，雖然佛洛伊德的精神分析理論問世距今已近一世紀〔註107〕，但是其對於人類心靈的分析、對於心靈與藝術表現關係的解釋，仍有值得學者啟發思索之處，尤其有助於思考小說文學表象何以如此呈現、其矛盾現象如何解釋等課題。

佛洛伊德的學生闡述其師的理論，曾指出只有遭受壓抑的才會被象徵化，而壓抑最深的，便是「性」〔註108〕。這個論點在佛洛伊德繼起的心理學家看來，正是又落入佛洛伊德典型「唯性論」的以偏概全而必大遭抨擊。但是以之觀察古典短篇文言愛情小說的女性主角的形象及其內涵方面的種種矛盾性及兼容性，上述的說法顯然為我們提供了一個很好的思考角度。

關於「性」與「壓抑」、「象徵」的關係，米歇爾・傅科（Michel Foucault）則由另一角度，亦以「性」〔註109〕為對象，探討其與權力──話語──認知

頁 501～502。至於對其內容的討論，見該章頁 488～509。其延伸討論，可見馬庫色著，羅麗英譯：《愛欲與文明》「二、被壓仰個體的起源（個體發展）」，臺北：南方叢書出版社，民國 77 年 2 月初版；及王溢嘉著《精神分析與文學》，第二章「佛洛伊德的理論及運用」，臺北：野鵝出版社，民國 78 年初版。

〔註106〕如榮格對佛洛伊德論潛意識集中於個體的探討，而更進一步提出所謂「集體潛意識」的論點；並於後者論人格組成的「三我」說，另外提出「陰性特質」與「陽性特質」的說法。可參榮格等著，黎惟東譯：《人類及其象徵》，臺北：好時年出版社，民國 72 年 8 月初版。羅洛梅則反駁佛洛伊德的「泛性壓抑論」，而提出受壓抑者乃「意志」的說法，並將「愛欲」與「死亡」並聯思考。可參羅洛梅著，蔡伸章譯：《愛與意志》，臺北：志文出版社，民國 74 年 10 月再版。至於佛洛姆，乃持續佛洛伊德對夢境的分析，而更深入且廣角地探究一切以象徵寫成的文學藝術之作，進一步地挖掘其深意。可參佛洛姆著，葉頌壽譯：《夢的精神分析》，臺北：志文出版社，民國 76 年 6 月再版。

至於對榮格、羅洛梅、佛洛姆諸論的綜合介紹，可參王溢嘉《精神分析與文學》。

〔註107〕佛洛伊德發表其《夢的解析》為 1900 年。

〔註108〕同註105，頁 53。

〔註109〕傅柯著，謝石等譯：《性史》，臺北：結構群出版社，民國 79 年初版。譯序頁 7 指出傅科此處的「性」指較狹義的「sexualite」，指「性的慾望、快感等與性行為有關的情事與狀態，這些狀態與情事，基本上是屬於個人的本能與心理範疇。」而有別於廣義的「sexe」（指「與性別有關的各種事物及由男女雙方經結合而導致的各種關係活動」）。本文既以個人性的「女性主角」為探

之間的關係。在其《性史》中，指出當人們處處避諱性的禁忌時，事實上便產生了一種弔詭：對「性」的壓抑，反而使得「性」成為人們時時關切的對象，使得「性」觸目皆是〔註110〕。造成這種壓抑的來源，正是掌控社會文化機制的權力。當然，這個「權力」的操控者可以是一個機關，可以是一個長官，也可以是一個集團、一個階層，重點在於它限制了人們在話語方面關於「性」的權益，它界定了「性」的「合法」範圍〔註111〕，規定人們應如何或避免去談論或觸犯「性」，甚至，它導演了人們面對「性」時的罪惡感。但是，權力所限制的，只是「話語」方面的行為能力，如果「性」的課題溢出於話語的形式之外，就非權力機制的勢力所能及；然而，如此一來，這些外溢的形式，就其之於社會存在的意義或地位言，則成為對前述權力（或當權者）的一種「顛覆」──這層顛覆，可以寄生於藝術表現之中，形成另類不同於前述大傳統標準的小眾文化。其實，觀察人類社會文化現象，這種悖論的產生又何獨於「性」的問題？越和人們生活密切相關者，其實也越容易出現這種悖論。「性」的問題是如此，與「性」息息相關的「愛情」何獨不然？對於「性」，是壓抑；對於「愛情」，則是貶抑。恥談性，結果反使其觸目刺眼；輕視愛情，則反而使其越形珍貴。

　　從這上述心理學及社會學的兩個角度去觀察古典短篇文言愛情小說，對於釐清造成女性主角形象結構中矛盾現象深層因素的形成，極有幫助。前述對於小說女性形象的表象分析中，曾指出在女性主角的條件特質，及行為取向上，往往有若干前後不一致甚至矛盾的現象。以條件特質言，女性主角往往具有琴棋書畫乃至聲律等專長，如其身份屬妓女，此固不足怪，但出身士人家庭的女性，卻也擁有類似的專長，便值得玩味。

　　試觀傳統社會的家訓中，常可見家長訓示家眷不必知書，而提倡「女子無才便是德」的論調。如「女子通文識字，能明大義者，固為賢德，然不可多得；其他便喜看曲本小說，挑動邪心，甚至舞文弄法，做出無恥醜事，反不如不識字，守拙安份之為愈也。陳眉公云：女子無才便是德，可謂至言。」（石成金《家訓鈔・靳河台庭訓》）、「六歲以上，不出門庭，不許飲酒，不許覽山歌小說，勿學詩畫琴棋，常使持經念佛，教以四德三從。」（周思仁《欲

────────────

討對象，則這個範圍的「性」，正符合本文的探討角度。

〔註110〕同前註，譯序頁1～8。

〔註111〕如「性」必須是有生殖功能的，而這點與傳統中國社會的論點十分類似。

海回狂集》卷二〈受持篇居家門〉）、「閨閫之教……除勤儉和順，女紅中饋之外，不必令有學識。」（李仲麟《增定愿體集》卷一）〔註112〕等。小說中也有以吟詩作賦非賢婦之道的看法，如〈申屠澄〉「其妻……每謂澄曰：爲婦之道，不可不知書，倘更做詩，反似嫗妾耳。」甚至認爲才女非淫即妖，如「自古多才之女，偏多淫縱之風」（《歡喜冤家・花二娘巧智認情郎》總評），《閱微草堂筆記・如是我聞二》記某孝廉於嵩山遇一女道士，只因對方「似頗涉翰墨，不類田家婦，疑爲狐魅」，便想進一步與對方發生性關係。相對於上述觀念，短篇文言愛情小說的女性主角，卻偏不乏專長吟頌者，無疑是顛覆了既定的社會規範，而將女性塑造成一種較有趣味、較浪漫的形象。

就行爲取向言，如在愛情發展之初，會表現得極爲熱情大膽、出現越禮出軌的行爲；當愛情進入發展階段、漸漸穩定下來，或進入愛情尾聲部份時，則又表現出回歸社會價值標準的行爲模式、而落入傳統於女生行爲規範的窠臼。透過前文對於「性觀念」的探討中，則可發現，這兩者在傳統社會觀念中，根本是完全背道而馳的兩種行爲。但是，它們卻同時存在於古典短篇文言愛情小說的女性主角身上。提供這種悖謬現象共存共生的深層因素中，固然有來自較微觀的小說傳播方面的影響，但一個根本的、屬於宏觀層面的影響力，則是前述人類社會所存在的「壓抑——顛覆」的文化機制因素。由於這項機制的操作，使前述小說人物的矛盾現象的出現成爲可能。

傅科所論性壓抑與權力——話語——認知之間的關係，其觀察對象是以十七世紀爲分界點的基督教世界，其時大略與晚明時期重疊。十七世紀之初及其前，是一個較坦蕩的世代，之後，便逐漸進入性壓抑的時代〔註113〕。對照上述傳統中國社會對於「性」及「愛情」的態度，對於禮教的提倡，雖始於宋，但其嚴格，卻在明代〔註114〕。我們可以發現，中西這兩個時代對於情愛的態度，竟有如此不謀而合之處。大傳統者念茲在茲的，是禮教規範的謹守，是家庭功能的強調，是這些生物本能能爲社會家庭提供什麼貢獻的現實主義者；但小傳統揚揚沸沸的，卻是大膽熱情的相思情奔，發乎情「溢」乎禮的私相授受，只是「唯情是問」的浪漫主義者。文言小說的作者一般屬於士人階層，所謂「刑不上大夫，禮不下庶人」，他們身處上層社會與一般平民

〔註112〕以上家訓引自《元明清三代禁毀小說戲曲史料》，上海古籍出版社，1979 年第一版。

〔註113〕《性史》，第一卷「認知的意願」第一、二部份。

〔註114〕《性張力下的中國人》，第三、四、五章。

之間，因此對於上述這種兩極力量的衝突及矛盾必然最為強烈與深刻。一方面，他們是社會規範的制定者、執行者及監督者；而另一方面，當婦女謹守禮教閨訓時，這些男性面對的，又都是些言行舉動唯恐失禮的禮教聖女。藉著文學，他們便有意無意的發洩出對於前述的壓抑或不足。而文言小說這種性質擺蕩於「大達」與「小道」之間的文體，正好提供了這種吊詭出現的空間，而形成愛情主題下若干看似扞格不入的文學現象；及小說中的女性主角們，在其對性格、行為愛情的態度上，若干令人費解的矛盾色彩。

　　然而，現實社會文化的矛盾性在小說中並非原封不動的如實反映，而是經過作者心靈投射與文學修飾。正如佛洛伊德認為文學是一種從快樂原則到現實原則的生命形式〔註115〕，作者並非已求得解答才有文學，而是試圖在文學中求得解答。從文學表面言，在小說中，做為深層文化機制投影及心理幻想載體的女性主角們，在其整體行為的表現上，不論是否曾經先面臨一番掙扎，她們總是先向情慾低頭，演出傳遞私情、或甚至情奔之舉〔註116〕；而後，她們必須面臨「大道」（現實原則）對她們踰舉（不論是心靈感情或實際行為）的種種懲罰，或者，對「大道」提出前述表現的合理解釋〔註117〕；最後，在「現實原則」（大道規範）與「快樂原則」（私我情慾）之間取得一個平衡點〔註118〕。女性主角們總是遭遇到比較明顯的衝突情境，因此，所謂「快樂原則」與「現實原則」（此二者本質上就是衝突的）的過渡，女性主角正是主要的實踐者。藉著對小說女性主角靜態形象及動態行為的分析，我們可以發現，作者們總是企圖為主角人物找到一個兼顧快樂原則及現實原則的愛情。因此，所謂「從快樂原則到現實原則過渡」，不論小說愛情主題的結局是悲是喜，就本論文所分析的文言作品顯示，整體觀之，不論「快樂原則」或「現實原則」，都不是「過渡」歷程的終點，而只是對愛情思索過程中所依據的座標而已。

　　事實上，一旦作者設計要如此安排小說人物愛情的心路歷程時，其寫作

〔註115〕同註105，《精神分析新論》，頁52。
〔註116〕此即佛洛伊德的快樂原則，在小說中，其主要表現為前文「行為取向」中「相處模式」、「契約模式」、「情緒模式」。
〔註117〕此即佛洛伊德的「過渡」過程，在小說中，其主要表現為前文「行為取向」中「分手模式」、「溝通模式」、「報模式」、「靈異模式」。
〔註118〕此即佛洛伊德「過渡」後的結論，主要表現為小說「行為取向」中的「報模式」、「規範模式」等。

動機的萌發，便已意味著作者必須開始面對「自我」乃至「原我」中在社會禮教或其他文化機制操控下所壓抑的情慾觀感或者想望，而小說之為一種完整的文體，或甚至在要求一完整情節結構的前題下，在呈現寫作的最終面貌時，都要求作者必須在上述壓抑與宣洩、正統與顛覆中先尋得一個結論或者平衡點。因此，在「愛情」這個課題下，小說儘可以容許幻想與現實、正統與顛覆兼容並現，但由寫作的動機到小說文本的呈現，它卻必須透過由「從快樂原則到現實原則」的思索與嘗試解答的過程，將上述弔詭以一種最合諧的方式呈現出現。

如前述對於形象表象的分析所指出者，小說女性主角的行為表現，往往是由快樂原則出發，而這便達到了小說美學上所欲達到的特殊性、陌生化的效果。換句話說，小說效果的營造起始於作者所敘述的相對於文化權力的諸般弔詭現象。但是，作者卻並不企圖擺脫權力的控制，他們比較在意是否能在原有的治權範圍內爭取較多的自我空間。因此，我們可以看到，這些大部份始於弔詭現象、顛覆既定社會行為規範的愛情行為，結果並非以一「顛覆」的姿態終結愛情，而是向權力機制所認可的標準軌範認同。因此，若果如佛洛伊德所論，文學之為一種「生命形式」，而這種生命形式的內涵是由從快樂原則到現實原則的過渡的話，則古典短篇文言愛情小說所傳達出的愛情觀，正是強調在「快樂原則」與「現實原則」、在「原我」與「超我」（或者說「小我」與「大我」）之間取得一個平衡點的人生態度——生命的光彩來自於愛情的追求；但是，愛情的價值卻必須定義在社會現實的價值觀與道德觀之上。作者的文學衝動固然來自於弔詭心理，但是其終極目的，卻在於尋得一個人生的均衡點，這點，不但與西方不同，而且是形成中國古典短篇文言愛情小說女性主角特殊面貌一個很重要的內在機制。

二、生活現實中的交換與權力

「小說」在價值上雖被視為「小道」，但它仍被賦予不同程度社會教化的任務〔註119〕。因此，基本上古典小說的寫作與閱讀，是被設定為有一定的讀者群——即傳播對象；它的傳播終站，是「社會」；它必須爭取認同的，也是在「社會」的監督之下——小說必須向社會負責。

〔註119〕參見本論文第一章第四節「定義」之註 29，及下一章「男性視角的小說觀念」的相關論述。

　　雖然因為文化機制與心靈投射的深層因素影響，提供了女性主角形象特質上出現「顛覆」色彩的必然性；但事實上，對於這些顛覆色彩，小說必須負擔一些風險：如遭到監督機構禁燬、沒有閱讀認同等。因此，儘管小說作者可以使愛情行進至「有情人終成眷屬」之際，便畫下一個休止符；也可以任性地讓女性主角從頭至尾就是一付超出塵外、不食人間煙火的模樣，並不見得必然要導向一個回歸正統權力結構及價值觀的局面。但如前述，一方面，小說所出現這些顛覆性的色彩，既屬社會權力結構之外的範圍，就權力運作而言，它不是被摒棄、就是被打壓；另一方面，「小說」這種文體所特有的內在性質，又使它終究得向社會負責。小說本身既具有社會任務、小說作者又是社會一份子，小說是否得以立足社會，勢必面臨所謂「社會贊同」的問題。而根據「社會贊同」〔註 120〕的原則，「人們渴望社會對他們的決定和行動、意見和建議表示贊同。別人的一致贊同有助於肯定他們的判斷、證明他們行為的合理性以及證實他們的信念。……儘管對人們來說，面對相反的公眾輿論堅持自己信念是可能的，但這樣做是最困難的。一個人的信念越是與流行的價值觀不一致，對於他來說，獲得某些社會支援以維持自己的信念也就更為重要。」〔註 121〕更何況，短篇文言小說的作者通常屬於文人階層，其價值觀與社會權力結構核心最為貼近，如果其所做所為對權力結構有所悖反，所感受的壓力一定也最大，則尋求社會贊同的心理需求也越強，對社會交換的遊戲規則便越服從。因此，小說必須調整人物的行為，以期增加使小說獲得相當程度「社會贊同」的有利條件，並為社會所接受。這些經過調整過後的行為及其他表現，不但符合社會權力結構所認定的價值標準，而且正是小說藉以向社會交換對前述顛覆色彩部份寬容以對、睜一隻眼閉一隻眼的籌碼。因此，從行為意義的層面來看，小說的女性主角在愛情的發展及結尾階段中種種回歸權力價值觀的表現，固然是人物——而這人物是為小說作者所操縱的——由快樂原則向現實原則的一種取捨的結果；其更深層的意義，則是在現實社會「權力」與「交換」的遊戲規則下，小說作者不得不做的取捨。

〔註120〕關於「社會贊同」的意義，詳見布勞（Peter Blau）所著之《社會生活中的交換與權力》（陳非等譯，久大桂冠聯合出版，民國 80 年初版），第三章「社會支援」之「社會贊同」部份。
〔註121〕同前註，頁 73。

　　這種遊戲規則的操作落實到愛情小說女性主角的塑造上，一方面，既然小說人物的創生，絕非止於文字之內，他（她）們還必需面對許多已知未知讀者的閱讀乃至檢驗；這些讀者，不但存在活動於這個「社會」之中；甚至，小說流通的管道，仍是社會的。因此，小說女性主角種種的行為，也必須因應人類社會的種種遊戲規則，無法絕對的特立獨行，或者自外於這個社會。另一方面，「愛情」與「女性」，前者乃為一種極隱私的情感型態，後者又被視為男性的附屬品；而對傳統中國結構而言，社會的權威性永遠大於個人的自主性；社會的遊戲規則，也一向超越於個人的自由意志。前二項個人處境在傳統中國社會中無疑都是處於較弱勢的地位，所受到的管束也最多；其所行所為，所必須獲得的「社會贊同」，自然也相對的提高。小說作者為了使這樣的特定主題下的人物取得相當程度的社會贊同，不但使短篇文言愛情小說的活動場景，皆是在一個「人間社會」的範圍之內；小說女性主角更不論身份為何，總無法擺脫之為社會一份子的生存處境。即使原形為仙、為鬼或為妖，這些異類的行為舉止不但必須向人間社會的標準看齊，而且必須試圖打入為凡人之身的男性主角所處的社會之中；或者，終究必須隨男性主角回歸人類社會；或者，至少放男性主角回歸家園。一方面，小說人物本出自於或多或少的虛構性質，其呈現也必須考慮文學上「陌生化」的藝術效果：行為方面享有某種程度的「道德豁免權」、形象特質方面也有權擁有符合其身份的特殊性。但另一方面，既然這些文學作品寫成的立意，本不在藏諸名山，而是希望能引起讀者的共鳴，或甚至對之產生意識型態方面的影響力，則其在敘述人物時，便很難擺脫現實社會交換原則的遊戲規則，而形成其形象特質上顛覆與正統兩種色彩同時並存的現象。

　　不過，小說作者所表現出所謂「社會交換」行為，大部份應是出於不自覺的。因為「社會交換」本就是人類社會的「社會化」行為，不但是社會團體運用機制過程中必然出現的行為法則，也是個人已經內化的行為邏輯。只要是「社會」成員的一份子，就很難自外於這種行為法則之外。而「社會交換」對於聯繫整合社會分離力量尤其具有重要的作用〔註122〕。它無異扮演一

〔註122〕根據社會學者對於「社會交換」的（較廣泛）的定義，其可以被視為「團體之間的關係和個體之間的關係」的基礎；具有「對抗力量之間的衝突與合作」意義的「權力分化與伙伴團體關係」；以及「沒有直接接觸的社區中遠距的成員們之間的聯繫和親密依戀」等三類社群關係的基礎（同註120引書，頁4）。本此，可以看出「社會交換」這項行為模式的結構意涵是很複雜的，做為整

種類似於化學結構式中「化學鍵」的角色，負責聯結一些原子（個體）與原子、或原子與分子（團體），使成為一個新的聚合體。以傳統中國社會中愛情小說作者（兼敍述者）與其敍事作品的文本、及社會關係的三角關係來看，前一者與後二者之間的關係，其實正與上述化學鍵的兩端有不謀而合之處。小說作者擔任化學鍵的角色，聯結「文本」與「讀者」、或「文本」與「社會」、甚至「文本」、「讀者」與「社會」。小說既是一個最終必須面對其傳播對象的文學形式，為了在兼顧文學趣味及取得傳播對象的認同，為了在小說「愛情」主題之下得以發洩本我情欲又能兼顧超我規範，基於上述社會交換的行為法則，敍述者在小說中傳達出對於愛情的嚮往乃至實踐，及人性本我面的情欲與需求之餘；另一方面，也得對小說人物及情節的藝術完整性做些調整或犧牲，以便對社會道德規範、及價值觀做出承諾，使小說人物亦能有合乎其要求的行為舉止，藉以換取小說問世後的社會認同。因此，事實上愛情小說的結構式面貌，正是以「社會交換」行為法則為一立體平衡槓桿，聯結並折衝槓桿兩端不同立場的意識型態：在表層象限方面，槓桿兩端分別是小說情欲追求及社會道德觀價值觀；在深層象限方面，則分別是本我情欲及超我規範。最後整體呈現的，便是前述表現於小說女性主角形象結構表層的各種現象。

　　此外，不僅是小說作者本身在寫作時受到交換原則的制約，小說人物所表現出的互動行為上，也可見到「社會交換」的操作實踐。基於「愛情」是最無法被量化的「東西」，交換行為之於愛情，既無法以一物易一物的形式進行，且交換所得的報酬不是這椿交換行為的目的，而只為使愛情關係中產生內在吸引的「手段」〔註123〕。因此，為了向對方強調自己對這份愛情的強烈企圖心、或者重視的程度，處於被動地位的女性如果越主動，前述的動機便越具有說服力；所提出的交換籌碼如果越珍貴，前述的意願也越能被證實。如前文討論傳統社會女性的身體權及生死權時所指出的，「身體」對女性來說，是經過社會權力結構所認可、具有公信力的最珍貴的資產；在男女愛情關係的不同階段，女性奉獻自己的「性」或者「生命」──而這個「生命」包括自己本有的、或自己所創造出來的，即一個子嗣──正是做為令對方（或

　　　　合社會內部各類型階層關係的力量來源，它除了意指一種具體的主體性的行
　　　　為指標，也意指一些抽象的力量均衡態勢。
〔註123〕同前註，「附帶討論──愛情」部份。

者讀者）對於彼此愛情關係滿意的最有效的交換籌碼，或以為感激對方如此青睞自己的最強力表白。〔註124〕

　　因此，愛情小說的女性主角在性格上、在行為取向上所出現的一些模式化的現象，其原因絕不僅僅是小說抄襲因循的結果而已。使這些模式幾乎是出自下意識地、毫不考慮地不斷被重複，必然有「利」可圖，有其傳播上的需要性。而所謂「利」之所在，便是它們符合「小說」與「社會」之間的交換原則。甚至我們可以這麼說，在古典短篇文言型式之下的愛情小說，其文本由表層結構到深層結構，根本就是由一層層權力如何交換、如何權衡取決的關係網路所交織建構而成。就文本言，小說女性主角的愛情與命運的關鍵，決定於當自己的私我愛情面對一些強勢地位的大我因素，如政治強權、家庭、乃至生命節奏（生死）、宿命的干涉時，如何取捨的結果，而很少單純來自個人對於愛情忠貞與否的問題。文本與作者的對應關係，是後者有權決定前者（小說中的女性主角）面對強勢權力時，該如何在私我愛情間取捨；而作者與社會的對應關係，則是後者以其價值觀、道德觀、甚至文學觀等強勢意識型態，有權壓迫男性作者面對自己的文學衝動、價值觀、審美觀等個人意念時，不得不重新檢視，有所調整。小說作者面對現實社會權力結構，為自己的文學理想提出交換條件，因而導向了小說面貌的呈現、小說女性主角形象的成形，因此說穿了，正是文本——作者——社會之間的權力傾軋決定古典短篇文言愛情小說的女性主角的形象結構，而這也是古典短篇文言愛情小說的女性主角形象深層結構的最核心問題。

〔註124〕這種藉社會交換行為表白其感激之情的行為模式，還可以對應到中國傳統社會中亦具有交換意義的、極普遍的人際行為模式：「報」。而後者所包含的文化因素更強化了前者交換行為實踐的必然性。事實上，小說女性主角不論是報恩、報復，其行為背後的操控機制，皆可做如是觀。報恩或者其他具有正面性質的交換行為已如前述，至於女性主角亦屢屢可見的報復之舉，則表現了社會對於小說女性為愛情付出代價後的同情甚至贊同態度。而通常被允許報復對方的女性，必須具備下述的條件，即其愛情完全符合社會的價值及道德標準，但她卻沒有相對地遭到應有的待遇，甚至遭到背叛。那麼她便允許可以「報復」對方，以為社會交換其損失的補償。關於「報」的論述，可參見楊聯陞著，段昌國譯：〈報——中國社會關係的一個基礎〉，收於《中國思想與制度論集》，臺北：聯經出版事業公司，民國68年初版。至於「報」與愛情小說的關係，見筆者碩士論文《中國傳統短篇愛情小說的衝突結構》，師大國研所，民國78年，頁142～144。

第四節　文學傳統

一、古典文學中的女性美

短篇文言愛情小說女性主角的形象，有類型化的趨向，其深層因素在於傳統男性對於女性定位的意識型態所致。至於這些類型化的內容，除了前文所言傳統社會對於女性的審美標準以外，當然更直接的影響是小說繼承了古典文學一慣的女性形象傳統。而這些形象，不僅是來自於「男性主角」的視覺角度，而且更是男性作者（兼敘述者）的視覺角度！

傳統詩文中的女性美感，如《詩·碩人》「手如柔荑，膚如凝脂，領如蝤蠐，齒如瓠犀，螓首蛾眉，巧笑倩兮，美目盼兮。」寫女性之美，幾乎集中在其臉部；託名宋玉的〈神女賦〉，其序則有「其始來也耀乎若白日初出照屋梁，其少進也皎若明月舒其光，須于之間，美貌橫生，燁兮如花、溫乎如瑩，五色並馳，不可殫形。詳而視之，奪人目睛。其盛飾也，則羅紈綺繢盛文章，極服妙綵照萬芳。振繡衣，被袿裳。穠不短，纖不長，步裔裔兮耀殿堂。忽兮改容，婉若遊龍，乘雲翔，嫷被服，倪薄裝，沐蘭澤，含若芳。性和適，宜侍旁，順序卑，調心腸。」則由面貌、衣飾、身上的氣味，寫到行動舉止、內在性情，鉅細靡遺地描述；〈登徒子好色賦〉「臣東家之子，增之一分則太長，減之一分則太短，著粉則太白，施朱則太赤，眉如翠羽，肌如白雪，腰如束素，齒如含貝，嫣然一笑，惑陽城、迷下蔡」，重點依然放在外表，但因為是平民女子，因此沒有描寫衣飾之盛麗，而轉寫其神情之迷人；至於曹植〈洛神賦〉「其形也，翩若驚鴻，婉若遊龍。容耀秋菊，華茂春松。髣髴兮若輕雲之蔽月，飄飄兮若流風之迴雪。遠而望之，皎若太陽升朝霞；迫而察之，灼若芙蕖出綠波。穠纖得中，脩短和度，肩若削成，腰如約素，延頸秀項，皓質呈露。芳澤無加，鉛華弗御。雲髻峨峨，脩眉聯娟，丹唇外朗，皓齒內鮮，明眸善睞，靨輔承權。瓌姿豔逸，儀靜體閒，柔情綽態，媚於語言。奇服曠世，骨像應圖。披羅衣之璀燦兮，珥瑤碧之華琚，戴金翠之首飾，綴明珠以耀軀。踐遠游之文履，曳霧綃之輕裾。微幽蘭之芳藹，步踟躕於山隅」，則集前述各類描寫之大成，而重點則不出〈神女賦〉的範圍。這些富於形象美感的女性，多是面貌精致、體態嫻雅、性情溫婉、氣質溫潤，像一尊手工精心雕琢的羊脂白玉仕女像。而由細節寫到整體感，由外表寫到內在，更營造出一種飄忽迷離、卻又明豔動人之感。

　　這些描寫重點及形象特質，不僅僅是正統文學的特色，在另類的作品中依然可見到相似的形象特質。我們可以發現，如前述房中書對於女性外在條件的規定，經過歌詠性愛的文學之筆加以美化後，便成爲男性夢寐以求的理想女性。甚至，當「房中術」養生的意義逐漸脫落，而「性技巧」的目的愈加反客爲主時，書中所標舉出若干女性的標準，自然很容意轉化成爲男性感官中的女性美的標準。如〈天地陰陽交歡大樂賦〉「更有婉娩姝姬，輕盈愛妾，細眼長眉，啼妝笑臉。皓齒皎牡丹之唇，珠耳瑛芙蓉之頰。步行盤跚，言詞宛愜。……身輕若舞……聲妙能歌……」所描寫的充滿性愛氣息的女性形象，其特色與前述古典文學的女性形象傳統是極爲類似的。

　　此外，這些女性形象傳統並非只見於文人之作而已，在一些民間俗曲中依然可以看見類似的歌頌，如《霓裳續譜》〔註125〕的「可憐我一捻腰肢，幾縷柔腸，悲秋恨秋，身似風中柳絮輕。……把玉笛梅花悠揚宛轉，一聲聲吹斷深更。」（卷一〈西調〉（黃昏後倚欄杆））、又「可憐我瘦怯怯的腰枝，乍當得金風吹，冷落羅裳」（卷一前調（黃昏後碧雲深處））、又「仙家幻，變化高，朱顏綠鬢柳細腰，令人一見魂欲消。」（卷二前調（仙家幻））、又「嬌滴滴形容可愛，弱蓮花耦半開，似這等芙蓉未足嬌嬈態。」（卷三前調（嬌滴滴形容可愛））、又「燈兒下觀佳人，杏臉桃腮，嬌滴滴越顯紅白；櫻桃口，點朱唇，腰肢瘦，可人憐，站不穩的金蓮」（卷三前調（玉人兒見秉燭））；又如《白雪遺音》〔註126〕的「久聞大名今相見，前世前緣。果然你的美貌，賽過天仙，話不虛傳。楊柳腰，剛只一卡半，言語輕談。櫻桃口，糯米銀牙似雪片，貌不非凡。杏眼桃腮，桃眉雙彎，兩耳墜金環。小金蓮，周周正正只有二寸半，步步連環。你若不棄嫌，今晚與你同作伴，你要包含。」（〈馬頭調帶把〉（又久聞大名）） 又「美人兒好似芙蓉俏，巧筆丹青，未敢輕描。瘦腰肢，相襯一付梨花貌；杏眼新月眉，一步一步金錢落；烏雲淡淡，羞惹蜂招；櫻桃口，銀牙微露腮含笑。似這等有情的人兒，巫山神女飄然到。」

〔註125〕國立北京大學中國民俗學會《民俗叢書》第六十七、六十八冊，民國 59 年（序）。又見梁國輔等編校：《中國豔歌大觀》，長春：吉林文史出版社，1994 年第一版。
　　　　按，下引《霓裳續譜》皆同，不另注明出處。
〔註126〕《中華古籍叢刊》第二十二集，臺北：大西洋圖書公司，民國 57 年 5 月出版。又見同前註，《中國豔歌大觀》。
　　　　按，下引《白雪遺音》皆同，不另注明出處。

（〈馬頭調〉（玉美人・其一））又「花容月貌天生就，形容體態是風流。喜孜孜，殷勤勸酒挽紅袖，露出了嵌金鐲，相襯一付蔥白肉。琵琶彈動，音韻溫柔。設蘭香，席前卻把人薰透。移蓮步，風吹麝香把人薰透。」（前調（花容月貌））；而值得注意的是如調寄〈折桂令〉等一類的豔歌，如「皓齒朱唇，蠂首蛾眉，裊裊婷婷，嬌嬌滴滴，整整齊齊。賦情詩桃花扇底，寄情詞楊柳樓西。……但和他席上尊前，管拾得兩袖春回。」又「小髻盤鴉，短釵簪鳳，團扇題詩。眉兒纖畫兩道彎彎樣子，口香注一點淡淡胭脂。花比丰姿，柳比腰肢。」〔註127〕等一類的作品，其作者階層固然較傾向於雅文化者，但情調與趣味卻是極為民間性的。試看前引的俗曲，其描寫重點及形象特色，既與文人作品極為相近；而豔歌之身兼雅俗趣味的表現方式，益可說明傳統社會上下階層之間，對於女性理想形象的觀點不但一致，而且具有普遍性。

　　古典短篇文言愛情小說的女性主角形象特質的靈感來源，正是汲取自前述的傳統雅俗文學交融而成的女性形象傳統。所不同的是，小說還會因為人物身份的不同，再各自強調其獨特之處。或者稍施以重彩、增加其豔麗的成份（如妓女、女妖）；或者再加以暈染、使其更為柔美（如未婚女性）；或者強調其內在（如妻子）；或者著重其舉止（如女鬼）。因此，古典短篇文言愛情小說中各類女性主角的形象經常有彼此重疊的情況，除前述女性類型化的因素之外，小說作者乃至預設讀者的階層與前述正統詩文的作者重疊，使前者在寫作小說時，自然地接收了後者的女性形象傳統，使小說女性主角的形象，遂總有一股似曾相似之感。

　　然而，雅俗文學對於女性形象固然在面貌、身段、神態、或者性情方面觀點極為一致，但是雅文學如詩文等往往對於「年齡」的描述付之闕如，反而在民歌俗曲一類的俗文學中，可以發現作者對於女性年齡非常敏感而且在意——這與小說經常描述女性主角年齡的現象正有相通之處。究其原因，屬

〔註127〕見《俚曲豔編》，頁 500、507 之〈折桂令〉（題情）及（初見），引自《中國豔歌大觀》。

按，據《俚曲豔編》篇頭識語，謂該集中所選錄之作品，「這些作品與前面的民歌（筆者按，指《掛枝兒》、《山歌》、《夾竹桃》、《霓裳續譜》、《白雪遺音》等民歌俗曲）稍有不同的是，它們更多的是出於有一定文化水平的作者，這其中既有風流文人，也有一些市井中的通俗歌手，還有不少出自青樓歌妓……這些豔歌也表現出較強的文人氣息，文學性很強，俗中透出幾分稚氣。所以，我們不妨把它們看成是市井中的民歌。」（見前引書，頁 499）

於正統文類的詩文作品，其女性主角的設定本多出自作者虛構或者意在寄託，人物的呈現重點不在於向讀者介紹某一特定人物，而在於藉其以爲象徵的意涵是否得以完整傳達。因此，在描述的筆觸上，著重於一個具有整體性的完美人物意象的呈現，而多半採取一種工筆與寫意交錯性對照式的寫法，並不刻意強調年齡。民歌俗曲則爲單純的詠歌，而且多因事而發，因此歌詠的對象或者敘述者的形象自然便較爲明確，對於愛情對象的年齡條件便會加以關切。如《山歌》〔註128〕的「外婆道：囡兒弗要聽我爭，我十六歲貪花養子你個娘，娘十七歲上貪花養子爾，外甥十八正當爭。」（卷四「私情四句」〈爭〉）、《白雪遺音》的「玫瑰花兒頭上戴，挽了挽烏雲，別上金釵。女孩家，十五六歲人人愛，有一個俏郎君，引的奴家把相思害。二十三四，花兒正開，人到三十，就是鮮花也叫風吹壞。頑頑罷，誰知誰在誰不在？」（〈馬頭調〉〈玫瑰花兒〉）、又「姐兒房中正思春，思前想後暗傷心：『爹媽不疼人。十三十四該出嫁，十五十六正當婚，耽誤了美青春，耽誤了美青春。』」（〈剪靛花〉〈正思春〉）。這些民歌俗曲很明顯地透露出，女性的黃金歲月乃是集中在二八乃至雙十之間。至如「二八誰家小多嬌，有丹青難畫難描，見了他所事皆奇妙。」（〈河西六娘子（美人・其一）〉、「更那堪風流年少，正當時二八多嬌」（〈套曲〉（美姬））〔註129〕等一類兼有雅俗性質趣味的豔歌，其亦呼應著上述的年齡傾向，更可說明事實上文人對於女性年齡的敏感程度。

　　事實上，傳統社會對於女性的婚嫁年齡本就有所規定，《禮記・內則》有所謂「女子十有五年而笄，二十而嫁；有故，二十三年而嫁」；至明代則是詔令依《朱子家禮》規定女子十四而嫁，而民間則多在十七八左右〔註130〕。由此可見，民歌中多強調女子十六正宜嫁娶的情形，確是呼應了不成文的婚姻年齡層的範圍。此外，正如《詩經・摽有梅》〔註131〕所描述的女性處境，只要到了適婚年齡，男性對於異性的追求，總是越年輕者越令人心嚮往之，也越如藏珠於櫝，待價而沽，珍貴得很；到了人老珠黃，皮暗肉鬆，即使沿街

〔註128〕收於《馮夢龍全集》，上海：上海古籍出版社，1993年6月一版一刷。
　　　　下引《山歌》皆同，不另注出處。
〔註129〕見《俚曲豔編》，頁555、588，同註127引書。
〔註130〕見陳顧遠：《中國婚姻史》第四章〈婚姻成立〉，臺北：臺灣商務印書館，民國72年臺五版，頁125～128。
〔註131〕原詩如下「摽有梅，其實七分。求我庶士，迨其吉分。摽有梅，其實三分。求我庶士，迨其今分。摽有梅，頃筐塈之。求我庶士，迨其謂分。」

叫賣、賤價出售，也不見得獲人青睞；《孟子・萬章上》也說：「人少則慕父母，知好色則慕少艾」；白居易〈琵琶行〉更描述過「門前冷落車馬稀，老大嫁做商人婦」的下場；甚至房中書也強調要「又當御童女，顏色亦當如童女。女但若不少年耳，若得十四五以上，十八九以下，還甚益佳也。然高不可過三十……」（《房內記》「養陽第二」）、又「須取年少」（「二十二、好女」）、「但年少」（《房內中補益》）、「數在十五以上、三十之下」（《純陽演正孚佑帝君既濟真經》「十八、回榮接朽」）等。可見上述年齡層其實亦有實際生理上的考慮。由此可知，在傳統觀念中，兩性之間只要牽涉性愛、感情、婚姻，「年齡」便成為很敏感的一個課題，甚至成為其事圓滿與否的一個指標，在這樣的觀念之下，自然「少艾」便也成為男性嚮慕與渴望的焦點了。

小說既為一敘事性的文類，一個人物的出場目的就是在對讀者交待與其相關的一個事件，如果人物的呈現不夠清晰，故事情節的說服力及連貫性及就失去著力點。加上小說本身的主題為「愛情」，所記敘的愛情事件，既出之於一種傳奇、美談、豔遇的動機；敘述的角度亦在於男性的所遭遇到的愛情事件。則事件中的女性者角究竟是什麼樣的人，便成為這件愛情事件是否有那麼新奇動人、那麼值得大書特書的重要條件——換言之，關係到這篇小說的敘述價值及吸引性。因此，對於女性主角的年齡自然非常在意，當然必使女性主角的年齡層集中於及笄乃至二十出頭之間，才能達到上述條件的要求。而由一些自命風流的文人的筆記中品評的美人黃金歲月，皆集中在上述年齡〔註132〕，益可見古典小說女性主角的年齡現象，正是如實地反映了傳統社會對女性年齡觀點的一致性。

事實上，古典短篇文言愛情小說女性主角在年齡方面的形象特質，固有上述傳統社會中對於青春玉女崇拜觀念的因素，但正如女性主角的外貌描述定型化的內在因素一樣，年齡層的集中現象，亦有來自傳統社會「女性類型化」意識型態的影響。此外，因應小說人物不同的身份，對於女性主角年齡的描寫，在類型化的基礎上，仍是有所偏重的。如「仙」類的女性主角，因

〔註132〕如徐震《美人譜》「美人豔處，自十三四歲以至二十三，只有十年顏色。譬如花之初放，芳菲妖媚，全在此際；過此則如花之盛開，非不爛漫，而零謝隨之矣。」（《香豔叢書》一集卷一，清蟲天子編，北京：人民文學出版社，1992年初版一刷）；又如衛泳《悅容編》「處子自十五以至二十五，能有幾年容色？如花自蓓蕾爛漫，一轉瞬耳；過此便摧殘剝落，不可晼視矣。」（同前引書卷二）。莫不強掉女性最美的時期便是及笄乃至雙十出頭。

應其養生、長生不老的特質，因此多以童稚的外表出現，年齡集中於年齡層的起始階段：及笄；「未婚」類則呼應現實，集中於二八；相對的「夫妻」類者則因爲已跨過婚姻的門檻，因此不是忽略其年齡、就是集中於二十以上；至於「妓」類，爲對應其職業條件、但又須考慮其風塵滄桑，因此年齡設定界乎上述二者之間而傾向於前者；「鬼」類則呼應其「春蠶已死、遺絲未盡」的出現動機，設定在較「未婚」稍年長、但仍有強烈懷春意象的十七八歲；而「妖」類，以其幻化無窮，及其他人物形象投射之故〔註133〕，年齡分佈較廣，而如「仙」類般集中於類型化年齡層的前段。

　　最後必須指出的是，小說女性主角的形象的塑形來源固有如上述的審美傳統，但何以必朝「俊男美女」的角度爲（男）女主角做如此的定位？《閱微草堂筆記‧如是我聞三》有一條記載，述及家中一個婢女與其未婚夫離奇重圓的事件，文中及文後的評論很可以說明文人創作美女以配男主角的心態：「先叔栗甫公曰，此事稍爲點綴，竟可以入傳奇。惜此女蠢若鹿豕，惟知飽食酣眠，不稱點綴，可惜也。邊隨園徵君曰，秦人不死，信符生之受誣；蜀老猶存，知諸葛之多枉。史傳不免於緣飾，況傳奇乎？西樓記稱穆素暉豔若神仙，吳林唐言其祖幼時曾見之，短小而豐肌，一尋常女子耳。然則傳奇中所謂佳人，半出虛說，此婢雖粗，倘好事者按譜塡詞，登場度曲，他日紅氍毹上，何嘗不鶯嬌花媚耶？先生所論，未免於盡信書也。」這兩位男士的評論，雖主要放在現實人物與戲曲角色之間的論辯關係，但以之說明小說人物的塑形仍然極爲恰當。作者叔父栗甫公之論，點出了一般人對於世間男女情愛的幻想與好尙，本就有理想化的傾向，因此當然會將故事中的男女主角（對一個男性讀者或敍述者而言，則尤其關注女性主角的形象）予以美化，使女性主角個個貌若天仙、才情兼備；而後者的論點，則顯示了虛構與敍事文類的特殊性，使「夸飾」成爲一種敍述過程中必要的手段，因此俊男美女的登場，就成爲小說或戲曲理所當然的產物——當然，這種「夸飾」的目的，亦未嘗不是爲了滿足讀者或觀眾的心理。此外，如《連城璧》卯集〈清官不受扒灰謗〉「一來這樣一個標致後生，與這樣一個嬌豔女子，隔著一層單壁，乾柴烈火，豈不做出事來？如今只看他原夫生得如何。若原夫之貌好似蔣瑜，還要費一番推敲，倘若相貌庸劣，自然情弊顯然了。」既然小說的主題是愛情，則處處強調禮教的士人階層，爲了使愛情能夠急速升溫——則如

〔註133〕參見本論文第二章第四節「一、外貌」之「（六）妖類」之分析。

房中書所揭示的擇偶標準多在（至少）面貌清秀、性情婉媚者，而「好女」總是較能引起情欲的——且具說服力，因此當然也多選擇以「美女」配「俊男」了。

二、民歌俗曲〔註134〕中的女性情欲

　　研究明清思想史的學者曾經指出「婦女能夠在明清正史上佔一席之地，名列列女傳，當然是因為事跡符合統治階級的主導道德意識，主要是作為道德家維繫社會秩序的楷模與表率的。但是，道德家從節烈事跡中所看到的現

〔註134〕對於「民歌」與「俗曲」的區別，或有對於「民歌」的定義較廣，而將「俗曲」從屬於「民歌」範圍，不甚分別二者的異同。早期學者如鄭振鐸《中國俗文學史》（上海：上海書店，1987 年 12 月（影印）初版二刷）第十章「明代民歌」，同時並錄馮夢龍的《山歌》及《掛枝兒》；而章名「民歌」，其中所舉的例子卻多有屬於「俗曲」、「時調」者。朱自清《中國歌謠》（臺北：開今出版文化事業有限公司，民國 83 年 8 月初版）三「歌謠的歷史」中，將「山歌」、「小唱」、「徒歌」等並列皆屬「歌謠」的範圍，其中「小唱」的細類中，即有「明清小曲」，即前文所謂「俗曲」者（見該書頁 171）；可見朱自清亦不強調「民歌」與「俗曲」的區別。較近之著作如門歸、張燕瑾所著《中國俗文學史》（臺北：文津出版社，民國 84 年 6 月初版）第六章「明清時期的謎語歌謠笑話及說唱文學」第二節「歌謠」，雖名曰「歌謠」，而文中則民歌（如《山歌》）俗曲（如《霓裳續譜》）作品互見。

不過，亦有學者將此二者區別清楚者。如《中國俗文學》（楊家駱主編，臺北：世界書局，民國 84 年初版一刷）即將「民歌」、「俗曲」分列第三、四章，並明白指出「民歌是民間所唱的徒歌，牠不是帶樂曲的，與俗曲不同，而與民謠同類，所以多連稱為『歌謠』」（頁 11），「俗曲就是通俗的歌曲，普通又稱為小曲、小調，或時曲、時調」（頁 18）。而《中國民間文學大辭曲》（姜彬主編，上海：上海文藝出版社，1992 年 6 月一版一刷）在「民間文學作品」的分類下，分列有「神話」、「仙話」、「鬼話」、「民間傳說」、「民間故事」、「民間歌謠」、「史詩敍事曲」、「俗曲」、「民間戲曲」、「民間講唱」等項目；「作品類」的分類下，亦分列「民間歌謠」及「俗曲」，可見乃視「民歌」及「俗曲」二者乃有所區別者。又其釋「民間歌謠」，乃「民間口頭創作和流傳的詩歌」（頁 7），「俗曲」則是「我國歷代民間（以城鎮為者）流傳的通俗歌曲的通稱」（頁 9），前者先有文字後配樂（謠則為徒歌），後者則有曲牌的樂調，依曲填詞。

本文對於引用文獻的來源出處，以後者的分類為原則，將「民歌」、「俗曲」並列，並不將「俗曲」從屬於「民歌」之中。所引資料，屬於民歌性質者自詩經以下，而以馮夢龍的《山歌》為主；屬於俗曲者則以《掛枝兒》（馮夢龍編）、《白雪遺音》、《霓裳續譜》為主。然而，「民歌」與「俗曲」雖因體例不同而有所差異，其之為民間心聲的特質，卻為一致；因此，除非因行文需要特別注明資料所屬體裁；同時援引「民歌」、「俗曲」材料時，則一概並稱為「民歌俗曲」，而不另標示。

象，往往反映了他們自己的意識，尋找他們心目中的道德表徵，並不真實反映當時人們生活意識的主體的。」〔註135〕的確，所謂「刑不上大夫，禮不下庶人」，一般平民階層的道德束縛，不知上層社會的士大夫們，在很多方面，民間活潑的生命力，及較為寬鬆的道德要求，也使其與愛情相關的諸般行為，充滿著多樣性。很多大傳統念茲在茲的婚姻或兩性禁忌，在民間小傳統的現實生活中，都顯得無所謂了。就前者言，一般士大夫人家的女兒或妻子，不論是形諸詩文的表白，如所謂「勁直忠臣節，孤高烈女心」（《宋詩紀事》卷八十七黃淑〈詠竹〉），「寧當血刃死，不作衽席完」（韓希孟練裙帶詩）〔註136〕；或者見於傳記中所載自殘的事跡，如《列朝詩集小傳》記明鄧鈴之夫卒，割雙耳自誓等〔註137〕，莫不強調在家處女貞靜、出嫁妻子貞潔、守寡婦人完節，將貞操節烈看得比生命還要重要。但是，這些節婦烈女在理智上義無反顧地壓抑自己的生理欲望、控制自己的情緒以努力實踐社會及家長所宣導的教條時，感性的那一面聲音又是如何？情感的實況又是如何？情感的實況又是如何？《情史》的一條記載似乎稍稍可以解答這些疑問。在〈情貞類〉「惠士玄妻」條後有一段附注，說到一為八十餘歲曾被旌表貞節的婦人，在臨終前召其子媳到前，交待遺言：「倘家門不幸，有少而寡者，必速嫁，毋守。節婦非容易事也！」然後展示其左手掌心大疤，「乃少時中夜心動，以手拍案自忍，誤觸燭釘，貫其掌，家人從未知之。」——可以想見，人總有七情六欲，小說中尚可見守貞百年女鬼都會忍不住年輕書生的祝禱拜念而一朝失身，更何況真實生活中有血有肉、曾經滄海難為水的青春少婦？獨守青燈之際，一定會有充滿矛盾痛苦掙扎的時刻吧。《閱微草堂筆記·槐西雜志一》亦有一條記載，敘述交河一節婦建坊，當日親眷畢集，有自幼嬉謔的表姐妹，戲問節婦：「汝今白首完貞矣，不知此四十餘年中，花朝月夕，曾一動心否乎？」而節婦曰：「人非草木，豈得無情，但覺禮不可踰，義不可負，能自制不行耳。」後某日清明墓掃歸家後，忽作囈語，待甦醒後對其子說：「頃恍惚見汝父，言不久相迎，且慰勞甚至，言人世所為，鬼神無不知也。幸我平生無瑕玷，否則黃泉會晤，以何面目相對哉！」——這位節婦既承認情欲動心的事實，更強調禮義加以克制的必須性；只是，即使能做到終

〔註135〕鄭培凱：〈天地正義僅見於婦女——明清的清色意識與貞淫問題〉（下），《當代》第十七期，民國76年9月，頁63。
〔註136〕見《宋史·列女傳》卷二一九「韓氏女」條所錄。
〔註137〕見《列朝詩集小傳》閏集卷七十九「香奩中」、「鄧氏」條。

身不踰矩，卻不是如孔子自述「從心所欲而不踰矩」般無入而不自得，其精
神狀態始終是戰戰兢兢的，神經始終是緊繃的。就如喬治・歐威爾《一九八
四》中所描繪的，生活中永遠有一個似乎無所不在的「老大哥」在監視著每
一個人，使在心理上，總是戒慎恐懼；而對傳統女性而言，那個無所不在的
監視者，就是所謂的舉頭三尺有神明，則這樣的生活，是毫無樂趣生氣可言
的。因此所謂的旌表、所謂的封賞，對這些婦女而言，其實已成爲一種「懲
罰式的獎勵」。

　　上述這些行爲及表白，乃是出自於士大夫階層的女性們，她們不但信奉
上層社會對於女性的要求，而且篤守不渝，絲毫沒有加以質疑的念頭，正是
徹底實踐了朱熹所謂的「餓死事小，失節事大」的明訓。但畢竟也有一些聲
音，如「不知當日死，頭白苦爲生」(《名媛詩歸》卷十八汴梁宮人〈宮詞・
十五首之五〉)，既透露出其中也有一些女性，在無力打破加諸身上的要求之
餘，那種「謹守閨訓」行爲背後尖銳卻無奈的心聲。而這些微弱的反思，在
民間女性身上卻顯得更爲肆無忌憚、甚至根本就向其權威性挑釁！雖然，不
容諱言，小女子對於禮教的忌憚心理還是有的，早自《詩經・鄭風》「將仲子」
篇中那位提心吊膽的女子〔註138〕，乃至明清的民歌，如馮夢龍《山歌》卷一
「私情四句」中所搜集到的一些曲子，如「姐儿推窗看個天上星，阿娘姨認
道約私情。好似漂白布落在油缸裡，曉夜淋灰洗弗清。」(〈看星〉其一) 又
「爹娘教我乘涼坐子一黃昏，只見情郎走來面前引一引。姐儿慌忙假充螢火
蟲說道：爺來哩娘來哩！姨怕情哥郎去子喝道：風婆婆且在草里登。」(〈引〉
其二) 又「結識私情窗裏來，吃娘咳嗽捉驚駭。灘塌草庵成弗得個寺，何仙
姑丫髻兩分開。」(〈娘咳嗽〉)、「織識私情要放乖，弗要眉親眼去被人猜。面
前相見同還禮，狹路上個相逢兩閃開。」(〈瞞人〉) 以及卷六「詠物四句」的
「情哥郎好像狂風吹倒阿奴前，揭襖牽裙弗避介點嫌，姐道：我郎啊，你道
無影無蹤個樣事務看，看弗見捉弗著也防備別人聽得子，我只是關緊子房門
弗聽你纏。」(〈風〉其一) 等。凡此，皆可以看見禮教規範的束縛力，在小
民百姓的生活中還是有一定的影響力。但是，我們亦應注意的是，詩歌中「禮

〔註138〕原詩「將仲子兮，無踰我里，無折我樹杞。豈敢愛之，畏我父母。仲可懷
　　　　也，父母之言，亦可畏也」，而以下兩章，又藉著「豈敢愛之，畏我諸兄。仲
　　　　可懷也，諸兄之言，亦可畏也」、「豈敢愛之，畏人之多言。仲可懷也，人
　　　　之多言，亦可畏也」，來申述其顧慮的範圍，乃由家庭的家長，到社會的輿
　　　　論。

教」的執行者，多在父母或者社會輿論，愛情的男女當事人，並非心甘情願的遵守，而是出於「忌憚」的心理罷了；一旦覷得可趁之機，她們是寧可愛情而不管規範的。早如詩經「舒而脫脫兮，無感我帨兮，無使尨也吠」（〈召南・野有死麕〉）雖寫私會女子那種又愛又怕的心情，其實已見大膽香豔的情調；更別說如「娘又乖，姐又乖，吃娘捉個石灰滿房篩，小阿奴奴拚得馱郎上床馱下地，兩人合著一雙鞋。」（《山歌》卷一「私情四句」〈乖〉）便極鮮活有趣地刻畫出這種禮教嚴防與愛情欲望的衝突。甚至，即使東窗事發，女子還較男性更有「好『女』做事好『女』當」的氣概〔註139〕。因此，同樣是女性的自述，相較於上述出身士大夫階層女子的貞謹悲情，在民歌中，我們卻可見民間女子大膽熱情的感情生態。

當士人女兒只能在閨中自怨自嘆「井上梧桐是妾移，夜來花發最高枝。若教不向深閨種，春過門前爭得知。」（《全唐詩》卷八〇二張窈窕〈春思〉二之二）民間的閨中怨女怨婦卻能大言不慚要自尋對象，甚至不惜私奔，如「高高山上一廟堂，姑嫂二人去燒香。嫂子燒香求兒女，小姑子燒香求少郎。『再等三年不娶我，挾起個包袱跑他娘，可是跑他娘！思人哪！』」（《霓裳續譜》卷七「雜曲」〈秦吹腔花柳歌〉（高高山上一廟堂））、「來個姐兒上穿青，下穿紅，手拿香盒過橋東。路上行人問道：姐兒你在囉裡去？我到處燒香求老公。……偏小阿奴奴年災月悔，命犯孤窮，嫁著子介個烏龜亡八，生得又麻又瞎又癡又聾。……這般模樣，教我怎容？因此別尋一個好家公。」（《山歌》卷八「私情長歌」〈求老公〉）而法律規定同姓不可為婚〔註140〕，民間卻不以為怪，還以此為有趣，如「郎姓齊，姐姓齊，贈嫁個丫頭也姓齊。其家囡兒嫁來齊家去，半夜裡翻身齊對齊。」（《山歌》卷四「私情四句」〈姓〉）政府明定喪中不得嫁娶，並鼓勵婦人為夫守喪不嫁〔註141〕，但卻可見民間或者夫

〔註139〕如《山歌》卷二「私情四句」〈偷・其三〉：「結識私情弗要慌，捉著子奸情奴自去當。拚折到官雙膝饅頭跪子從實說，咬釘嚼鐵我偷郎。」

〔註140〕《唐律疏議》（臺灣商務印書館，民國79年臺六版）第十四卷「戶婚」下，律「諸同姓為婚者，各徒二年」；明律也有「凡同姓為婚者，各杖六十離異」，見《唐明律令合編》第十四卷「戶婚」，臺灣商務印書館，民國66年臺一版。

〔註141〕《唐律疏議》第十三卷「戶婚」上，及《唐明律令合編》第十三卷「戶婚」對於男女居喪嫁娶皆有處議，甚有判決決離議者。不過，上引書第十四卷「夫喪守志」條則皆強調惟寡婦至直系血親長輩才得強迫改嫁，否則，迫嫁者不但受處罰，改嫁後的婚姻無效，女方仍歸前夫之家（「非女方之祖父母父母而

死二十日便改嫁他人〔註142〕，或甚至連嫁七夫的〔註143〕。民歌俗曲中所反映的，正是傳統社會中較原始而未加雕飾壓抑的情欲，它較之所謂士大夫文學，顯然更能貼近人性赤裸真實的一面。而由上述民歌俗曲的例子，與上層社會道德規範所形成的有趣對比中，不禁令我們思索，成之於不同階層作者之手的文學作品，甚至，文學所欲傳播的對象不同，則其所表現出對男女情感、尤其是女性方面，其態度想法必然也大不相同。

　　事實上，如民歌俗曲這些來自社會金字塔下層結構的心聲，就其表現手法言，固然天真樸素；但也意味著其中對於情欲的紀實成份，顯然要高於一般的士大夫文學。前者所反映出的，正是真實生活中廣大的社會基層女性，一旦突破了禮教心防，不論是對男女關係的直接大膽，對追求愛情強烈的自主性，以及對既定價值觀、道德觀的質疑，都是於士大夫文學乃至於一般家訓、閨範之外，為傳統中國女性的情欲態度做了另一個角度的見證。而這些思想形象，也為愛情小說的女性主角提供了強烈的背景資料。試看民歌中對傳統男女情感地位的質疑：「古人說話弗中聽，那了一個嬌娘只許嫁一個人？若得武則天娘娘改子本大明律，世間囉敢捉奸情？」（《山歌》卷一「私情四句」〈捉奸〉）又「姐兒梳個頭來漆碗能介光，莽人頭裡腳撩郎。當初只道郎偷姐，如今新泛頭世界姊偷郎。」（卷二「私情四句」〈偷·其二〉）後一例所顯示出的在情感方面的主動與積極，很容易令人聯想到愛情小說中非人類的女性主角主動示好的行為模式。此外，民歌俗曲中頗多女子與有婦之夫往來（當然這女子可能根本是青樓女子），甚至有夫之婦外遇的描寫。前者如「我勸情醒醒罷：醒來之時，吃上杯香茶；吃罷茶，趁著月色回家罷，不回家，太爺、太太心中挂；就是你那令正夫人也盼你回家。回家去，千萬別說咱倆相好的話；說出來，你受嘟噥我挨罵。」（《霓裳續譜》卷四「雜曲」〈寄生草〉（我勸情人醒醒罷〉）又「紅繡鞋兒三寸大，天大的人情送與了冤家。教情人：莫嫌醜來可莫嫌大，對人前千萬別說送送鞋的話，你可緊緊的收藏，瞞著你家的他。他若知道了，咳，你受嘟嚷我挨罵，那時節你才知奴的實情話。」（卷

<hr>

強嫁之，徒一年，期親嫁者減二等，各離之，女追歸前家，娶者不坐」）。

〔註142〕《名媛詩歸》（明末景陵鍾氏刊本）卷二十六金華宋氏〈題郵亭壁歌〉「同來一婦天台人，情懷薄似秋空雲。喪夫未經二十日，畫眉重嫁鹽商君。」

〔註143〕如《山歌》卷五「雜歌四句」〈殺七夫〉「姐兒命硬嫁子七個夫，第七個看看哎要趓。聽得算命先生講道銅盆鐵帚硬對子硬方無事，阿奴只恨家公軟了無奈何。」

四「雜曲」〈怯寄生草〉（紅繡鞋兒三寸大））〔註144〕「我爲你來把家撇下，我爲你來撇下了家。我爲你，結髮夫妻不說話。我爲你，爹娘的面前曾挨罵。閒言閒語，受了多少的骯髒。實對你說了罷：時時刻刻把你擱在心坎上挂，是怎麼，睡裡夢裡放不下。」（《白雪遺音‧馬頭調》（我爲你來））至於寫有夫之婦外遇者，如「恨將起來把杜康罵，造下了美酒，醉壞了家。醉的他，胡言亂語將奴罵，站不位，一頭撞在奴懷下。幸喜我的兒夫，無有在家，若在家，這個亂子比天還大。叫情人：打個燈籠回去罷！」（《白雪遺音‧馬頭調》（恨將起來））又「俏人兒，我勸你，回心轉意。休想奴容顏好，奴是別人妻。將釵還，贈與你拿回家去，尋上一房妻，早早會佳期。到後來，人談論，反是奴誤了你，反是奴誤了你。」（〈滿江紅〉（俏人兒））但更多的是，一女週旋於二位或多位男性之間的描寫，如《山歌》卷四「私情四句」所錄的一些曲子：「東也困，西也眠，算來孤老足三千。常言道：三世修來難得一處宿，小阿奴奴是九千世修來結個緣。」（〈多〉（其三））、「結識子兄弟又結識子個哥，你搭弟兄兩個要調和，小阿奴奴有子田兒又要地，買子官窯那少的哥。」（〈兄弟〉）、「姐要偷來妹姨要偷，三個人人做一頭，好像虎面子上眼睛兩個孔，銜豬鬃皮匠兩邊抽。」、「天上星多月弗明，池裡魚多水弗清，朝裡官多亂子法，阿姐郎多亂子心。」（〈姐妹〉）俗曲中亦可見此類題材的描寫，如「新人說奴與舊人厚，舊人勸我把新人丟。奴怎肯有了新來忘了舊，新舊的人都是奴的連心肉。新人俊俏，舊人風流，無奈何，一夜新來一夜舊。」（《霓裳續譜》卷四「雜曲」〈寄生草〉（新人說奴與舊人厚））以及「奇怪奇怪眞奇怪，兩個情人一齊的來，慌的奴，連忙迎到二門外。這兩個，都是奴心中愛，一個是跟班，一個是流差。你叫我，一人如何應酬得二人在，奴只說：身上來了不爽快。」（《白雪遺音‧馬頭調》（奇怪奇怪））、「冤家說的那裡？先有你來後有他。奴怎肯，棄舊迎新將你撇下？你的耳朵軟，切記莫聽旁人話。俺是眞心疼你，假意兒哄他。若不信，從今不與他說話。我豈肯，一條腸子兩下挂。」（前調（冤家説的））事實上，一位女子同時擁有不同的情人，不要說在傳統社會的衛道人士眼中，極可能已符合所謂「淫」的標準；就是在現代社會，也可能引起保守主義者的批評。但是在這些作品中，女性對於自己同時與其他男性交往，不但不以爲恥，反而還有些沾沾自喜、甚至理直氣壯的味道；或是，對於那位情人在心中的份量如何、地位如何，也是區分得

〔註144〕又見《白雪遺音‧馬頭調》（〈紅繡鞋兒〉其一）。

一清二楚、自有主張。我們由這些作品中所應體會的，正是在傳統男性統治的社會中，一向是男性教導、要求女性該如何如何，在情感方面，女性也只能被是被動的；但是，當這些教條較爲寬鬆之處，女性的自主意識終於得以萌發，她們遂有如此潑辣鮮明的表現——不過，更重要的意義在於，記錄這些女性情欲活動的，仍是男性，而他們既然願意以這樣讚賞的態度紀錄下來，顯然對於女性這樣的情欲態度存在著某種程度的讚許、甚至嚮往。

此外，文人記錄民歌俗曲，固是以客觀的記錄者自居，未必藉以爲自己創作的素材，因此所記錄下的民風謳歌，也往往能相當程度地如實反映眞實人民的心聲。在這些絕大多數以女性視角爲主的民歌俗曲中，題材不外是私會、相思、負心、矛盾等，我們可以看到一般女性民眾眞實情欲的一面。她但不但渴望愛情，甚至勇敢地付諸行動。而她們對於愛情的焦慮，或者對愛情結局的宿命態度，則更眞切地反映出除了奔放的心靈外，其實她們的發展空間是極爲侷促的。如，害怕一旦獻身就被拋棄、情人不來：「紫薇花發姐心愁，我情郎一去求官不轉頭。明時金榜，想他名沾上流。洞房花燭，愧我有約未酬。姐道：郎啊，料你志誠決弗學子王魁介樣虧心事，介時節多分是紗帽閒眠對水鷗。」（《夾竹桃‧紗帽閒眠》）〔註145〕對情人逆來順受、忍氣吞聲，如「俏冤家，你與人厚，我明明知道。若是捻你酸，吃你醋，這是我不賢了，只是我忒不該這等情難料！厚的你自厚便了，又何須把我拋？我且忍氣吞聲也，看你兩個兒到底好。」（《掛枝兒》「隙部五卷」〈醋〉）、「昨夜同郎醉後眠，一言不合就捉我個鬢來搗。吃渠罵子吃渠打，憶郎君好處只是弗還拳。」（《山歌》卷二「私情四句」〈弗還拳〉）以及「總不如將鐘樓佛殿遠離卻，……下山去尋一個年少的哥哥，我與他做夫妻永諧合。任他打我罵我，說我笑我，一心心不願成佛。」（《霓裳續譜》卷二〈西調〉（俺雙親看經念佛把陰功作））最多的便是被拋棄時的自怨自艾，如「哎，天也，是我紅顏多薄命，怎怪得我負心的郎，他把野草牽連，只落得數行情淚，一聲長嘆。」（《霓裳續譜》卷一〈西調〉（風回小院））、「今生不怨天，自怨紅顏多薄命！」（卷三前調（金風吹的庭梧動））、「兀的是紅顏多薄命，怎怨得負心郎，他把野草

〔註145〕見國立北京大學中國民俗學會民俗叢書第一三二集《墨憨齋歌‧謎》，《夾竹桃》，臺北：東方書局，民國 59 年（序），頁 50。該書又收於《中國豔歌大觀》。按，據《中國豔歌大觀》、《夾竹桃》書前識語，其乃馮夢龍所擬作的民歌集（頁 197），其實不能算是純粹的民歌作品，但因其內容情調及作者特質之故，姑錄於此。

牽連？」（前調（碧桃深院））又「想當初，與你相交非容易，不敢相欺。到而今，兩次三番添憂慮，終日昏迷。滿懷心事，向著誰提，唯有自知。」（《白雪遺音・馬頭調帶把》（長遠計））又「淒淒涼涼怎不傷悲？淚珠兒雙垂。這才是，自己惹下的淒涼罪，埋怨與誰？恨將起，銀牙咬碎紅綾被，令人把心灰。」（前調（抖抖紅綾））而這些，正和小說所展現出來的女性行為取向，有極大的類似性。

總之，民歌俗曲中所反映出這種普羅大眾的女性放蕩不羈、渴望自由性愛的心聲，以及和禮教法律爾虞我詐、甚至顛覆既有男女相對關係的心態與行為，正透露出民間女性潛藏於個性中的自主性。不論「遠遠的望見我冤家到，見他的動靜有些蹊蹺。使奴家心里突突跳。不合我做了虧心事，被他瞧見怎麼好？且昧著心兒也，罷，拚命和他攪。」（《掛枝兒》「隙部五卷」〈心虛〉）的賴皮，或是如「情人好比鮮桃樣，長的實在強。進的門來，滿屋裡清香，饞得奴心慌。好果子，偏偏長在高枝上，又在葉中藏。好教奴，乾瞪著眼兒往上望，晝夜思量。終日聞香，摸不著嘗嘗，恨壞女紅妝。到多偺，報著樹枝幌兩幌，別人休妄想。好果子，誰肯輕易將人讓，不用商量。」（《白雪遺音・馬頭調帶把》（情人好比・其一））的霸道，甚至被棄男子的悲嘆「可嘆可嘆是可嘆，可嘆情人好無相干。想當初，咒兒罰的千千萬，到如今，拿我當做旁人看。畫虎容易，畫骨最難。自古道：癡心的女子負心漢；誰知道：卻是負心的女子癡心漢。」（《白雪遺音・馬頭調》（癡心漢））這些愛情女戰士的情態與面貌，都不是士大夫文學所能得見的。

而短篇文言愛情小說雖出之於文人之手，但「小說」的文學傳統本就包含了「街談巷語」的俚俗本質；即使其寫作之初，是出之於「筆記」的動機也罷，是來自於「溫卷」的遺跡也罷，其都不具主流文學的嚴肅性與道德性；加之其傳播的對象，並不限於士大夫階層，更可能普及於一般的民眾。這種種因素混揉之後，不能不說短篇文言愛情小說實具有複雜的傳播屬性。使其遂具有介乎正統、主流、嚴肅的雅文學，與通俗、草根性的俗文學之間的一種文學體裁。而禮教嚴防雖始自宋代，卻在明代才進入高峰，然而我們卻在明清的民歌俗曲中看到眾女子們是那麼勇於挑戰禮教，甚至不忌憚發展三角關係、婚外情、甚或令自己為第三者。這種民間女子性格的熱情大膽，對追求愛情的直接潑辣，自然成為提供出之於文人之手，傳播於廣大階層之口的小說女性主角情欲表現的根據。而短篇文言小說也不自覺地融合了上述二類

社會傳統中的女性形象而形成一種具有矛盾性格的小說女性形象。

三、小說傳播結構關係與小說價值論

　　小說之興，雖然目之爲「小道」，認爲是不經之書，但是歷來作者卻總是偏好賦予小說文學以外的任務，讀者或評點者也無不以此期許，或由這個角度來提高小說的價值。在這個由作者——讀者——評論者形成的小說傳播三角結構中，三者對於小說的價值觀不但彼此影響，而且幾乎達到相當程度的共識，形成的一個小說價值觀的傳統。這層價值觀傳統不但左右了小說文本表層結構的呈現方式，更無疑地爲前述屬於人類社會行爲法則的深層機制提供了文化背景、增加了小說文本表層若干現象出現的必然性。

　　前述的小說價值觀，重點在於認爲小說可以補史廣聞，或必須規範人心、匡正世道。由魏晉到清代，都可以看到這一類的說法。如：「及其著述，亦足以明神道之不誣也。……幸將來好事之士錄其根體，有以游心寓目而無尤焉。」（千寶《搜神記・序》）、「然則芻蕘之言，明王必擇；葑菲之體，詩人不棄。故學者有博聞舊事，多識其物，若不窺別錄，不討異書，專治周孔之章句，直守遷固之紀傳，亦何能自致於此乎？且夫子有云：『多聞，擇其善者而從之』，『知之次也』。苟如是，則書有非聖，言多不經，學者博聞，蓋在擇之而已。」（劉知幾《史通・雜述》）、「小道可觀，聖人之訓也……可以資治體、助名教、供談笑，廣見聞，如嗜常珍，不廢異饌，下箸之處，水陸俱陳矣。」（曾慥《類說・序》）、「夫小說者，雖爲末學，尤務多聞，非庸常淺識之流，有博覽該通之理。」（羅燁《醉翁談錄・舌耕敍引》）、「今余此編，雖於世教民彝，莫之或補，而勸善懲惡，哀窮悼屈，其亦庶乎言者無罪，聞者足以戒之一義云爾。」（瞿佑《剪燈新話・序》）、「小說野俚諸書，稗官所不載者，雖極幻妄無當，然亦有至理存焉。」（謝肇淛《五雜俎》）、「雖無敢稱全璧，亦可爲勸懲之一助，閱者幸勿以小說而忽之，當反躬自省，見善即興，見惡思改，庶不負作者一片婆心，則是書充於太上感應篇讀也可。」（靜恬主人《金石緣・序》）、「夫妙解連環，而要之不詭於大道，……吾謂與其以詩文造業，何如以小說造福；與其以詩文貽笑，何如以小說名家」（鍾離濬水《十二樓・序》）、「小說傳奇，不外悲歡離合，而娛一時觀鑒之心，然必以忠臣報國爲主，勸善懲惡爲先。」（無名氏《五虎平西前傳・序》）、「稗史爲史之支流，善讀稗官者，可進於史，故其爲書，亦必善善惡惡，俾讀者有所觀

感戒懼，而風俗人心，庶以維持不壞也。」（閒齋老人《儒林外史・序》）、「殊不知天下有正史，亦必有野史。正史者紀千古政治之得失，野史者述一時民風之盛衰。譬之於《詩》，正史為雅頌，而野史則國風也。」（煙水散人《珍珠舶・序》）、「是小說雖小道，其旨趣意蘊原可羽翼賢卷聖經，用筆行文要當合諸腐、遷盲左，何可以小說目之哉？」（何昌森《水石緣・序》）在這樣的一片教化聲中，愛情小說是最為人所垢病的，如「至若竊玉偷香諸小說，非不領異標新，觀者豔羨，然其用義不軌於正，終屬有傷風化之書。」（無名氏《五虎平西前傳・序》）因此，這一類小說作者最念茲在茲的，也正是不可誨淫，而應以宣揚名教為終極目標：「言必欲有終始箴戒而後矣」（趙令畤《元微之崔鶯鶯商調蝶戀花詞・序》）、「夫古今之治化，關乎典籍之敷陳。維持名教之君子，雖必佈演傳奇，必寓勸善懲惡之旨。」（無名氏《五虎平西前傳・序》）

這些說法洋洋大觀，但終歸一個主旨，就是小說若要突顯其價值，就得使它具備教化的功能，符合那些聖人之教、典籍之言。如果小說干冒風險，不顧一般道德尺度規範，冒犯忌諱，便馬上嚐到被社會權力核心打壓的滋味。一個有趣例子，可以為前述諸說的對照，憨憨子《繡榻野史・序》曾說「蓋以正史所載，或以避權貴當時，不敢刺激；孰知草莽不識忌諱，得抒實錄。」此書大膽揭出「不識忌諱，得抒實錄」，顯示其根本就是向當權的小說創作觀挑釁；而為後者撐腰的，正是社會權力結構中心所揭櫫的道德觀價值觀。而敢於顛覆的結果，便是遭到屢屢被禁的命運。〔註146〕

除此之外，傳統觀念中也深切體認到社會群眾對於小說的反應，往往一般善書經史的接受高出很多，如「有時色香援引，兒女相憐；有時針芥關投，友朋敬愛；有時影動龍蛇，而大臣變色；有時氣沖牛斗，而天子改容。」（天花藏主人《七子才書・序》）、「市井俗人喜看理治之書者甚少，愛看適趣閒文者特多」（《紅樓夢》第一回）、「文士人束髮受書，經史子集，浩如煙海，博觀約取，曾有幾人？惟稗官野乘，往往愛不釋手。其結構之佳者，忠孝節義，聲情激越，可師可敬，可歌可泣，頗足興起百世觀感之心；而描寫奸佞，人人吐罵，視經籍牖人尤為捷焉。」（惺園退士《儒林外史・序》）因此，小說

〔註146〕如《勸毀淫書徵信錄》所錄清道光二十四年九月浙江湖州知府禁淫詞小說、《得一錄》（清余治著）卷十一之一錄蘇州府禁毀書目、《江蘇省例藩政》錄，同治七年禁毀書目等，此書皆可見於書目名單中。詳見《元明清三代禁毀小說戲曲史料》，上海古籍出版社，1979年第一版。

與讀者社會的互動關係，也是傳統小說觀念中所極為強調的。如「莫道小說閒書，不關緊要。須知越是小說閒書，越是傳播得快，茶坊酒肆，燈前月下，人人喜說，個個愛聽。」（俞萬春《蕩寇志·引言》）可見小說對於社會群眾的影響，正在其容易且不著痕跡地深入人心，使讀者在不知不覺中受到其所傳達的價值觀的影響。

上述的小說理論，雖然大部份起於宋元以後，而在明代蔚為風潮，且多半就通俗小說（白話小說）來立論。但是，事實上話本小說亦有文言之作〔註147〕，而白話小說更多見改寫筆記傳奇故事的例子〔註148〕可見小說發展的結果，文言與白話小說有漸漸合流的趨勢，則二者所屬的作者群、讀者群，乃至小說觀念，亦應有所重疊。因此，上述的小說理論，是可以適用於觀察宋元以後尤其明代的文言小說的。不過，單就短篇文言的角度而言，其仍有屬於其特定的核心讀者群，如「夷堅志初成，士大夫或傳之，今鏤版於閩於蜀於婺於臨安，蓋家有其書」（洪邁《夷堅乙志·序》）、「則知瑣語虞初之流，博雅君子所不棄也」（楊維楨《說郛·序》）因此「踰年，間過書肆中，見冠冕人物與夫學士少年，往往諏咨不絕」（憨憨子《繡榻野史·序》），對照「舊本意晦詞古，不入里耳」（夏履先《禪真逸史·凡例》）的說法，則可見文言小說的讀者群，主要還是與小說作者階層重疊的文士階層。

這群讀者，往往身兼兩種色彩，他們一方面是小說的閱讀者、傳播對象；另一方面，又是小說的監督者。因此，常可見文人於提出其閱讀心得時，往往亦寓寄了對於小說社會任務的期許，如「其善者，足以備經解之異同，存史官之討覈，總之有補於世，無害於時。乃若思懷不逞，假手鉛槧，如〈周秦行記〉、《東軒筆錄》之類，同於武夫之刃、讒人之舌者，此大弊也。然天下萬世，公論俱在，亦亡益焉。」（胡應麟《少室山房筆叢·九流敘論下》）、「小說始於唐宋，廣於元，其體不一。田夫野老能與經史並傳者，大抵皆情

〔註147〕如題名為熊龍峰刊行的四篇話本小說中，〈馮伯玉風月相思〉便是「入話」、「正話」形式兼備，卻出之以文言的作品。見《熊龍峰刊行小說四種》，江蘇古籍出版社，1990年第一版。

〔註148〕最明顯者，就是馮夢龍編著的《三言》及《情史》故事的取材來源，前者多有改寫自屬將唐宋傳奇及《情史》所載事跡，如《警世通言·宿香亭張浩遇鶯鶯》，來自《青瑣高議》別集〈張浩花下與李氏密約〉；《醒世恆言·獨孤生歸途鬧夢》來自《河東記·獨孤遐叔》、〈杜子春三入長安〉來自《續玄怪錄·杜子春》等。至於改寫自《情史》者，亦有十三篇之多，可見譚正璧編：《三言兩拍資料》，上海古籍出版社，1980年第一版。

之所留也。情生則文附焉，不論其藻與俚也。……情至則流易於敗檢而蕩性。今人觀其顯不知其隱，見其放不知其止，喜其夸不知其所刺。……烏知夫稗官野史足以翊聖而贊經者，正如雲門韶濩，不遺夫擊壤鼓缶也。」（西湖釣叟《續金瓶梅集・敘》）、「時彥嘗謂，先生諸書，雖托諸小說，義存勸戒，無一非典型之言……」（盛時彥《閱微草堂筆記・姑妄聽之跋》）、「且夫今之所謂小說者亦野矣！非淫詞豔說蕩人心志，即剿襲雷同厭人聽睹，欲求其自抒心裁，有關風化者，蓋不數數觀矣。」（西冷散人《熙朝快史・序》）、「從古說部，無慮數千百種，其用意選辭，非失之虛無入幻，即失之奧折難明；非失之孤陋寡聞，即失之膚庸迂闊，令人不耐尋味，一覽無餘。」（洪隸元《鏡花緣・序》）、「反不若稗官野乘，福善禍淫之理悉備，忠佞貞邪之報赧然，能使人觸目儆心，如聽晨鐘，如聞因果，其於世道人心不爲無補也。」（靜恬主人《金石緣・序》）。胡應麟之說尤其可與前文所引的憨憨子《繡榻野史・序》之說做一呼應，這一前一後的說法及對照的事實，都顯示了如果小說所表現出的道德觀及價值觀是不符合社會既定的、主流勢力的標準規範的話，便有可能遭到排擠、甚至淘汰。當然，決定權便是操縱在文人讀者手上。

由此看來，小說作者在寫作時，所面臨的使命感的壓力是雙重的，一方面是來自自己社會化過程中所接受的社會價值及道德標準，使小說作者意欲做出具有顛覆傾向的動作時，所不由自主產生的罪惡感；另一方面，則是來自與其階層相似的讀者群的規範要求。這兩種分別來自內在「恥感取向」及外在輿論壓力的雙重壓力，迫使小說作者在寫作小說時，不能不強烈考慮小說終究必須回歸正軌權力價值體系的問題。

然而，對於寫作小說時出於情感衝動的動機，卻也是小說作者所不能否認的事實。所謂「南華是一部怒書，西廂是一部想書，楞嚴是一部悟書，離騷是一部哀書」（雁宕山樵《水滸後傳・序》），傳統文人觀念中，多承認寫作情緒衝動的事實，而小說的寫作，更多少都有出於激憤的情緒動機，有所爲而爲。因此，在「偶戲取古今所聞一二奇局可紀者，演而成說，聊舒胸中塊磊。非日行之可遠，姑以游戲爲快意耳……然意存勸戒，不爲風雅罪人。」（即空觀主人《二刻拍案驚奇・小引》）、「窮愁潦倒，滿眼牢騷，胸中塊磊，無酒可澆，故借此殘局而著成之也」（雁宕山樵《水滸後傳・序》）、「顧時命不倫，即間擲金聲，時裁五色，而過者若罔聞罔見，淹忽老矣。欲人致其身，而既不能；欲自短其氣，而又不忍。訐無所之，不得已而借烏有先生以發洩其黃

梁事業。」（天花藏主人《天花藏合刻七才子書・序》）、「窮愁而著書……抑鬱無聊之意，以寓乎其間」（張潮《虞初新志・總跋》）、「浮白載筆，僅成孤憤之書」（蒲松齡《聊齋志異・自志》）、「故夫忠臣義士與孝子烈媛，湮滅無聞者，思所以表彰之。其奸邪叛道者，思所以黜罰之，以自釋其胸懷之哽咽。」（劉廷璣《在園品題》）等衝動的寫作下，這樣一個情緒的出發點，難免會因對於現實的不滿，而有溢出體制之外的小說情節。

此外，小說藝術美感的要求，卻也是作者所不能忽視的。大致而言，這個範圍的論點都集中在小說必須求新求奇之上。如「物不自異，待我而後異；異果在我，非物異也。……夫玩所習見，而奇所希聞，此人情之常蔽也。」（《山海經・敘》）、「今之人但知耳目之外，牛鬼蛇神之為奇；而不知耳目之內，日用起居，其為譎詭幻怪，非可以常理測者固多也。」（即空觀主人《拍案驚奇・序》）、「一切可驚可愕，可欣可怖之事，枉不曲描細敘，點綴成帙。俾觀者娛目，聞者快心。」（煙水散人《珍珠舶・序》）。這些論點，甚至表示其實題材是否真得那麼新、奇倒不是很重要，重要的是作者如何化腐朽為神奇、挖掘出日常生活中的驚奇可愕之處——而問題是，新奇之事多半也較屬於驚世駭俗、越出體制者。

這些屬於小說藝術層面，無論是內在情感的衝動，或是小說美感本身的要求，都會導至小說的顛覆色彩的出現，而使作者在前述雙重壓力下，面臨一種兩難的局面。然而即使如此，因為其基本上還是屬於社會權力核心階層的同路人，因此，一般的看法，終究還是以世道人心為前題，如「苟有補於人心世道者，即微訛何妨；有壞於人心世道者，雖真亦置。」（吟嘯主人《平虜傳・序》）、「人不必有其事，事不必麗其人。其真者可以補金匱石室之遺，而贋者必有一番激揚勸誘，悲歌感慨之意。事真而理不贋，即事贋而理亦真，不害於風化，不謬於聖賢，不戾於詩書經史，若此者豈可廢乎！」（無礙居士《警世通言・序》）。則在這樣的觀點之下，為了達到這樣的要求，小說藝術的完整性便很難免會在某程度上被犧牲掉了。

要特別強調的是，對於女性主角形象特質方面的若干矛盾色彩，由宏觀角度來說，其表象下的深層因素固來自於如前章各節所述的由現實生活的行為遊戲規則；但其微觀方面的變化，則不能不考慮特定時代下的影響。如前所言，寓教化於小說之中的說法，大盛於中晚明以後。其時文人對小說的價值地位給予肯定與提升，因此特別強調小說教育人心的功用。之前對於小說，

頂多強調其可以廣見聞、或含糊地說其可以補史之不足，並沒有刻意突出前述小說女性主角的形象的矛盾色彩。加上時代不同特質的影響——如魏晉時代之放誕及唐代之開放——尤其魏晉甚至某些唐代作品中的女性主角，反而不太見到必須背負這樣的社會規範包袱，而出現前述的矛盾色彩；而是越到後來，此種矛盾色彩也越加濃厚。因此，即使在明清白話小說評點者對於人物的塑造理論已有頗多精彩之論，典型人物的藝術價值，如所謂「全在不同處有辨……各有光景，各有家數，各有身份，一毫不差，半些不混，讀去自有分辨，不必見其姓名，一睹事實就知某人。」（李贄《容與堂本李卓吾先生批評忠義水滸傳》回評），但基於上述的種種小說價值觀創作觀等文學因素的影響，文言小說卻仍無法擺脫愛情小說女性主角形象上的塑造盲點，使女性主角完整地擁有一己獨特的形象特質，小說的舞臺，不得不讓之於較無包袱壓力的白話小說了。

第五節　結論——文學表層結構現象與深層結構機制的聯繫

　　從一個宏觀的角度來省視古典短篇文言愛情小說女性主角形象問題，可以發現，由文學表層現象到現象背後的深層因素，不論是愛情故事的情節結構，女性主角的行為命運、或是作者的創作行為等，傳統社會結構及意識型態的權力分配問題一直是影響小說各個表層結構面貌的關鍵。

　　就小說情節結構及女性主角的行為取向、條件特質言，都表現出回歸家庭體系的傾向。我們可以發現，如「未婚類」的女性主角，不論一開始她們為了追求愛情而做出如何驚世駭俗之舉（如私奔），但最後一定回歸父母懷抱、取得家長認可、並且乖乖履行家庭義務（如生子）。又如異類身份的女性主角，魏晉的女性主角多在一夜之間來去匆匆，她們沒有來歷，沒有行蹤，像飄浮的蓬草；但唐代以下，即使只是一個託詞，這類女性卻多有一個家庭背景，更別說清代《聊齋》中的女性主角們，不但其家人浩浩蕩蕩地活動於小說之中，女性主角還登堂入室、進到男性主角（人類）的家中主中饋。相較之下，魏晉所謂的愛情小說，顯然「志怪」的神怪成份十分濃厚、愛情的浪漫氣息還有所不足；越至後世，女性主角已無法自外社會、而與人類世界人間社會緊密結合，其愛情的成份便十分濃厚，而志怪的色彩也就漸行脫落。

家庭是傳統中國社會權力結構的核心組織，對於權力的回歸、對於家庭的認同，爲愛情的傳奇性的增加了眞實感，也使愛情的叛逆性增加了容忍度，而更易爲讀者所接受；至於人間味的增加，則使愛情更貼近人心、更扣人心弦。當然，女性主角形象特質中私我情欲與大我規範之間所形成的矛盾色彩也因此而更鮮明。

　　以女性主角的人際結構言，來自外在社會環境（大我環境）的人物在女性主角的愛情歷程中有著相當強勢的地位；而女性主角雖在小說情節地位上如此重要，她在人物結構中卻處在弱勢地位，因爲不但她的愛情必須受到前述強勢權力因素的宰割，她所能運用的人脈資源，是甚至比她還要弱勢的婢嫗之類。除非她能掌握具有相當強勢的資源（如清官、天命、生死），才能扭轉愛情的命運。

　　此外，小說的各類女性主角中，「妓類」、「鬼類」、「妖類」等，與「仙類」在外表、專長方面，都有相當大的重疊性，這除了來自男性對於女性的「類型化」觀念傾向，還在於她們都同樣具有強烈的「邊緣」色彩：或是爲來自社會最底端、卻最容易與高階男性交往的賤民階層，或是非我族類的異類。事實上，小說作者似乎特別偏愛這類的女性角色，她們不但佔了古典文言愛情小說女性角色的大部份比例，且短篇文言愛情小說更是主要起源於文人與這類身份的女性主角之間的豔遇故事。其原因，正是在於這一類的女性因爲身份的特殊性，所面對的道德規範要求較寬鬆，遂使文人作者可以略微拋去社會權力結構的既定標準，而盡情──或至少或較適意地──寄托其情色幻想和需求。

　　然而正如《房內記》所顯示出男性的矛盾態度，他們既要求嫻婉端莊的婦女條件（「好女第二十二」）；又企圖挑起女性的情欲，而達到「女則煩悅，其樂如倡」的情境（「九法第十二」）──他們總是希望他們的女人白天像位聖女，晚上像個蕩婦。前述面對情色幻想時釋放壓力的心理需求，或許可以因時代風氣（如魏晉、唐）而獲得空間；但是宋以下禮教的要求越形嚴苛，男性面對情色幻想時所遭遇到的情欲勃動及禮教規範矛盾的焦慮感也越形沉重。這種面對女性時聖──俗、理──情、大我──私我、現實──理想的掙扎，透過文學的折射，除了導致異類身份的女性主角大量出現外，亦使小說女性主角的形象出現不同層次的矛盾色彩。如小說中另一項比例極大的角色類別：未婚女性，往往也會出現前述異類的特質；或者一些女性主角們在

愛情的開始（或發展）與結束階段，其行為往往表現出前後判若兩人的取向（如在開始時背叛制度，到結尾時卻回歸體制）。

古典短篇文言愛情小說的女性主角之為男性視角下的情欲投影，乃呈現出充滿權力色彩的形象特質。但它們決不是一個靜態畫面的顯影而已，而是在充滿了權力與自我、大我與小我、制度與私欲的衝突、消長、抉擇的過程後，追求一個雙方和諧或單方獨大的結果。因此，女性主角在愛情結尾階段通常與男性主角處在一個對等地位（不論是身份類別、或是感情狀態等）者，多以喜劇收場；反之，則是悲劇的結局。但是，如果一切不對等的情境可以歸零、回到某一個生命的原點時，時所有不對等所引發出的恩怨情仇、報恩報復，都可以飛灰煙滅，而這個原點，通常就是「死亡」。「死亡」這個母題所以成為小說女性主角為自己愛情爭取公平待遇最後也最有效的武器，便是因為對傳統女性而言，在她們所遭受的處境之下，「死亡」往往是一種提昇生命價值、超越現有生命形式、通往「再生」的捷徑。現實世界的女性對於「死亡」既有一種宗教狂熱般的崇拜，對於以殉死殺身為其終極選擇，正如飛蛾撲火般含有濃厚的宿命色彩；而愛情既值得生死以之，女性主角輕易以此為愛情的結束方式，自有其理直氣壯之處。

古典短篇文言愛情小說女性主角形象的種種問題，確切來說，應該都是傳統男性——且至少是文人階層——問題。因為，小說的角色，不過一個男性書寫下的產物：所謂的「愛情」，不過是男性的的豔遇；所謂的「女性主角」，只是男性眼中的女性形象。這個人物形象所表現出的種種理想、困擾、矛盾、掙扎、權衡、取捨，不過是男性對「愛情」或「異性」思考時所投射出的問題及觀點。因此，「『女性主角』形象」這個符號的背後，其實有著極為複雜的符碼。它們包含了男性觀念中的種種思考邏輯，包含了文人作者的情色幻想與寄託，包含了文學史文類演變條件及主題傳統的影響，以及社會權力結構下關於道德價值的強勢意識型態——當然，更重要的是，所有的意識型態、權力結構，都是以男性為中心所建構出來的；而所有文學表層的終極面貌，正是源自男性（文人）作者權衡小我文學觀感、情欲狀態與大我權力現實、社會評判後取捨的結果。小說中的女性主角，並非真實世界的女性重現，而是男性作者對心靈世界與現實世界激盪後所凝聚而成的理想女性形象的投影。

第四章 結 論
——中國古典短篇文言愛情小說女性 主角形象結構的重建與反思

一、古典短篇文言愛情小說女性主角完整形象結構的重建

（一）表層結構現象——男性視角下的小說文本

　　本文以古典短篇文言愛情小說爲範圍，觀察小說女性主角的形象特質，就其角色塑形來源而言，根據身份屬性的不同，可區分爲「仙類」、「人類」與「異類」——恰恰分屬「天」、「人」、「地」三種性質，而表現爲「上」、「中」、「下」三種層級關係。其中「人類」根據其婚姻狀態，又可區分爲「妻子」、「未婚類」及「妓女類」；「異類」則根據其原形之不同，又可區分爲「鬼類」及「妖類」。而塑造這三大類、六小類的女性主角的靈感來源，有來自「歷史人物」者，有來自「傳說人物」者，還有來自「寓意人物」者。三類塑形根據中，其虛構性依類增加，其在古典短篇文言愛情小說中所佔比例亦依類增加。因此，古典短篇文言愛情小說的女性主角，基本上是屬於一個以作者幻想虛構爲主的產物。

　　對照前述六類女性主角身份及地位層級，小說所表現出的人物結構，其結構觀是以一個主要以凡人男性爲中心所發展出的下對上（男人→女仙）、上對下（男人→女鬼、女妖），或平行（男人→凡人的妻子、未婚女子、妓女）的兩性關係；其結構型態則隨時代而有不同的面貌。一般而言，清代以前，多半呈較單純的「線性結構」，清代以後，則大量出現較複雜的「四方結構」，

而以《聊齋》為代表。這樣的演變，顯示越晚期的古典短篇文言愛情小說，所敘述「愛情」事件，不但影響愛情的變數增加、引起衝突的因素複雜化，女性主角所面臨的問題也更加多樣化。

處在這樣的兩性關係及人際結構中，女性主角在靜態的條件特質及動態的行為取向上，因為不同的身份屬性及地位層級，不但各類自有其特色、強調重點，且面對其愛情發展時，亦有不同的的表現。一般而言，身份地位越屬「人類」、越為中上階層、婚姻狀態越明確者，其容貌、性情、特長表現得越單純，行為取向也有單一化的傾向。因此，「人類」中「妻子」身份的女性主角，不論動靜方面，所顯示出的形象特質，最為單調；屬「異類」的取向方面則可見複雜矛盾的表現。而後者這種形象特質，呼應前述人際結構越至晚期越形複雜的現象，其矛盾色彩也有越強烈的傾向。

由一個「結構」的觀念來看，這些古典短篇文言愛情小說女性主角文本的表層結構現象，其呈現必來自於文字背後、種種社會文化機制的深層因素操控所致。尤其傳統的社會文化，乃是建構於一個以男性為中心的結構體之上，種種社會文化意識型態，也表現出一個以男性為中心的父權社會文化觀。這樣的社會結構型態不但很清楚地反映在古典短篇文言愛情小說的兩性關係結構上，小說文本的種種現象，也正是成形於這樣一個男性視角的敘述觀點之下。因此，要說明小說文本現象，便必須由上述敘述角度切入，藉著對於男性種種意識型態的分析，才能建構描繪出古典短篇文言愛情小說女性主角形象真實而完整的肌理面貌。

古典短篇文言愛情小說女性主角形象的種種文本現象，不論是其兩性結構關係、人際結構型態、或是角色本身的條件特質、行為取向，都明顯傳達出小說「『男性』、『文人』作者兼述敘者」這樣一個敘述傳統其主體及演變過程的影響痕跡。一方面，短篇文言小說的作者，自魏晉以來的敘述傳統，一向便是男性文人的天下。因此，小說女性主角多半是生活在男性作者身邊的各類女性；愛情發生的場景，也是貼近於男性作者的生活範圍。而有很大比例——尤其越早期的小說越明顯——的篇章，不但具有一個「男性作者兼敘述者」的敘述視角，而且更由小說中的男性主角的角度去看小說的事件、乃至女性主角。如，小說總是以對男性主角的基本資料介紹開始，然後才帶出女性主角。小說對於男性主角，總是集中寫其心理狀態、內心所想等內在世界，至於其外表如何，不是付之闕如，便是簡單幾筆；對於女性主角，則相

對的集中於外貌的、情緒性的外在形容，很少觸及其內心世界。即使筆力刻畫較深刻的作者，能將女性主角的愛恨掙扎寫得動人心脾，但也多就其外在的「行為」面來描摩，並沒有將自己化身成女性主角、設身處地地深入其內在的思維邏輯，更別說讀者能透過女性主角的眼光去看整個（小說）事件的發展了。在這種情況下，身兼敘述者的男性作者不但和男性主角站在同一陣線，有時甚至就是男主角化身，對男性主角就如同敘述自己遭遇一般——或者說，敘述者對於自己的同類（男性主角）是很熟悉的——他能進入男性主角的思想人格中，交待其動機。因此讀者對於小說的男性主角，便可以「知其所以然」，知道後者「為什麼」會有如此的表現。但對於女性主角，讀者卻多半只能「知其然」，只能由她的外表行為去推測體會她的情感狀態，對她，始終有霧中看花的感覺，永遠只能站在一旁觀看她。即使如〈李娃傳〉這樣的傳奇名篇，李娃堪稱具有所謂「典型人物」，我們只見她對鄭生的傾訴答稱「我心亦如之」、對鄭生詐言他去時的自然不露痕跡、以及對鴇兒力爭收容乞兒鄭生時的義正辭嚴等行為表現；但即使如此個性生動鮮明，我們仍不知李娃二度見到鄭生的應答是出自職業應酬、抑或由衷而發？她在對鄭生說謊時是早有所謀、或是內心衝突痛苦？她堅持收容鄭生時對鴇兒所諫是出於一時良心發現、抑或對鄭生的贖罪早做此想？那些女性主角的內在心理狀態，讀者全然無從獲悉。顯然敘述者打算陳述的，不只是一件「愛情故事」而已，而且是「男性主角的愛情故事」，作者（兼敘述者）所關心的，是男性主角遭遇到什麼樣的一位異性；所書寫的，不是「她」的故事，而是「他」的故事，而「她」只是「他」的故事中的女主角。如〈霍小玉傳〉中，作者能站在女性主角的立場，在一個中宵之夜對對方的自剖心境，寫出「她」心中的擔憂與顧慮，這樣的文筆與角度事實上在古典短篇文言小說中是很少見的。由於傳統小說寫作觀念重在「記事」，對作者而言，他的任務只是要「敘述」一個故事而已，因此，全知視角的形成，乃是自然而然、出於不自覺的，作者並沒有意識要化身成一個他類身份的人來敘述故事——即使有，敘述者仍只是作者的一個自我投射的影像，與真實作者的性格思維並沒有差異。透過這樣一個全知式的敘述視角，小說在一個普遍由男性作者書寫的傳統之下，身兼敘述者的作者自然會以他所習慣的觀看角度來敘述事件或描述人物，而對小說男性及女性主角出現如上述的敘述特質及差別待遇。

　　劉紀蕙曾在〈女性的複製：男性作家筆下二元化的象徵符號〉指出「浪

漫詩中常常有這種藉著女性來表現第二個自我的例子。正如佛洛依德所說，人所愛的對象實際上是自己的影子。……這些男性所愛的女性不需要有獨特的面貌個性，她永遠戴著面紗，永遠沉默，她所說的話語是男性的聲音、男性的思想。她是男性的影子、男性的夢、男性想像力的產物。因此，在男性的文學中，女性成為男性意義認同的象徵符號與自我表達的形式。女性是男性自我另一面相的複製。」〔註1〕又該文註3亦指出「Freud在『論自戀』一文中指出人們的愛情多半是一種自戀式的追求。而自戀是一種保衛自己的本能，使自我的不足得到補償。因此，人們所愛的對象都是自我的不同形象。」〔註2〕——劉文的論點對於解讀古典短篇文言愛情小說女性主角的呈現意義，頗有值得參考之處。

　　雖然浪漫詩的創作依據，是「自寧靜中去回憶經驗到一事一物時的情，緒然後付諸於詩」〔註3〕，這顯然與古典短篇文言愛情小說傳奇記事的寫作意旨有所差異。但浪漫詩的發源：浪漫主義，其精神既在於「想像高於理性和規範……高於事實或真實感」、「以個體的人為文學藝術的中心……文學的最高價值在於表現個人的獨特的情感和觀點，並且要求文學作品能精確地描摩個人的體驗，不管這種體驗多麼零碎不全。」其情調則表現為「人們的一種心理需要的產物，……指人們想要逃避和擺脫種種令人不快的現實的心理需要」〔註4〕。而如前所言，中國古典短篇文言愛情小說在寫作動機的深層心理方面，有來自於對現實生活中性愛情欲匱乏的投射與彌補；加上以此鋪敘情節、設計人物行為取向時首重快樂原則的文本結構現象，都顯示古典短篇文言愛情小說在內在質性上，其實亦有濃厚的「浪漫主義」色彩。由此點相通處檢視劉文論點對於中國古典短篇文言愛情小說女性角色的適用性，可以發現，就古典短篇文言愛情小說同為男性中心的社會及文化結構下的產物，以及其主題在於「愛情」——一種具有相當程度普遍性的感情形式，劉文所引述的觀點確有頗多啟發借鏡之處——且文類屬於「傳奇」及時代屬明清者，其相符性亦更強烈。然古典短篇文言愛情小說的女性主角，嚴格來說並非「男

〔註1〕《中外文學》第十八卷第一期，民國78年6月，頁117。
〔註2〕同前註，頁131。
〔註3〕蔡源煌：《從浪漫主義到後現代主義・浪漫主義》，臺北：雅典出版，民國76年初版，頁10。
〔註4〕見林驤華主編：《西方文學批評術語辭典》「浪漫主義」條，上海社會科學院出版社，1989年第一版，頁200～201。

性自我另一面相的複製」、或是「自我的不同形象」，但她確然是「所說的話語是男性的聲音、男性的思想。她是男性的影子、男性的夢、男性想像力的產物」，因而女性主角的塑造便「不需要有獨特的面貌個性，她永遠戴著面紗，永遠沉默」。古典短篇文言愛情小說女性主角的呈現，絕對不是眞正現實世界的女性顯像或者投影的結果，而是被視爲一個全然外於男性的客體〔註5〕，或是負載著男性作者的意識型態，或是爲作者心中某種理想對象的化身——所謂的「她」，只不過是男性作者爲現實尋求「彌補」而形成的投射。

　　小說對於人物的刻畫正是這種這種潛意識的男性視角的書寫結果，隨著小說情節的推進，讀者對於小說的觀看，正如透過以男性主角之眼光角度爲鏡頭去觀看一般。因此，上自唐代下至清代，我們常可以發現即使以女性主角爲篇名者，固然寫的是男女主角離合的愛情故事，但是，通篇之中，不但敘述的重點放在男性主角，甚至美其名爲主角的女性角色，卻塑造單薄，只如依附在前者身邊的一層影子，並不見獨立的角色生命。事實上，特別是愛情小說，最爲人詬病的，便是主角人物的千人一面——尤其是女性主角。對照男性主角，他們儘可以保有自己的姓名、身份、甚至相當程度的眞實性，我們可以在現實生活中對號入座。由女性主角形象分析中我們可以看到，很多方面，女性主角不論由外表到內在，其形象特質重疊的情形相當頻繁。她們似乎都出身自一些標準雷同的選美會，這些選美標準的制定者，正是男性。因此，同樣的女性主角，令之套入其他相同主題的故事情節中，小說似乎也能敘述下去。這些現象，正是因爲基本上，文人階層的價值觀、審美觀，有其一定程度的共通性；而對大部份的短篇文言愛情小說而言，通常所謂「女性主角」的設定及出場，不過是做爲男性特定觀點下的另一個「性別族群」的代表而已，並非在於她的獨一無二。

　　除了作者階層本身的特殊性影響小說的文本呈現，其階層由上向下調整的趨勢也對角色的呈現有一定的影響。如明胡應麟《少室山房筆叢・九流緒論》評論唐宋文言小說之異時，有所謂「蓋唐以前出文人才士之手，而宋以後率俚儒野老之談故也。」唐代以前，集中於較高等階層的文士；明清以降，除了前述階層以外，一般介乎前者與普通百姓之間的讀書人也紛紛加入創

〔註5〕劉紀蕙在同註1引文中（頁123～129）也曾指出在西方基督教文化之文學傳統中，女性角色之二元對立乃善＼善、靈＼肉、提昇＼沉淪、天使＼惡魔；而中國者則多半是情＼理、陰＼陽。前者之對立乃爲理想之投射，爲下意識中畏懼之對象；後者之對立乃建立在互補之關係上。

作，後者對於文言小說在藝術上或許沒有什麼空前絕後的貢獻，但其在精神思想上，卻可能更容易受到民間小傳統的影響，而同時呈現大小傳統價值觀、道德觀交融的情況。因此，越到後期——尤其以清代《聊齋》為代表——的女性主角，不論其人際結構、角色本身種種形象特質，都較早期的小說要複雜許多，對愛情的思慮及處理也顯得更為多元化，這正是小說作者文化衝擊的影響。

男性視角的書寫方式，不但貫穿著整個古典文言小說的寫作時代，且已經形成一種理所當然、不自覺而無法擺脫的小說敘述視角傳統——甚至，很多小說作者到故事篇末乾脆跳出來向讀者自白，以上故事是他或他的某一位朋友親身遭遇或親口傳述的〔註6〕。小說的敘述角度既是如此，當然所呈現出的女性主角形象也是符合男性理想、觀點的。

（二）深層結構因素——父權社會文化機制的操控

古典短篇文言愛情小說女性主角形象的小說文本，既是成型於一個父權的敘述視角之下，而操控角色結構各個項面的機制，即是傳統以男性為中心的社會文化觀。其中影響小說文本最主要的，大至人類社會現實生活的「交換」法則，以至傳統社會的「性觀念」、「死亡觀念」，乃至古典文學由文本到閱讀傳播結構的傳統等。這些不同層次、不同範圍的社會文化機制，便是前述小說本女性主角形象的深層結構部份，它們深刻影響了角色形象在小說文本表層的結構面貌。

就「性觀念」言，傳統男性對於「性」的態度，多偏重其「功能」意義；自此衍生者，便是對於「性」關係中不可或缺的「女性」的定位，亦重在其功能性上。傳統男性的女性觀，不但將之視為自己的附屬品，且基於女性觀的功能論色彩，女性的價值觀，亦定義在男性的初級統治範圍：「家庭」之內。因此，如為主婦，則其任務便是傳宗接代、主中饋；如為調劑生活之用，其任務便是提供娛目賞心的效果——女性的存在，乃是以一種類型化的姿態出現。男性所在乎的，是女性是否能達成她們類型特質上所應做到的事務；至於女性個人的心靈、想法如何，並不是男性所十分關切的。男性這種類型化、功能化的女性觀，使短篇文言愛情小說的女性主角，由靜態的外表到動態的行為取向，雖然因為不同作者寫作動機及功力的不同，每個女性主角總會有

〔註 6〕如〈任氏傳〉、〈狐夢〉等。

些許差異；但整體而言，依其身份屬性之異，各類女性主角亦呈現出類型化、公式化的傾向，形成角色千人一面的現象。甚至，因為男性作者複雜的情色幻想，某些類型的女性主角身上，便會重疊著他類身份角色的形象特質。如「鬼類」與「仙類」，前者同時可見「未婚類」的特質，後者則交疊著「妓女類」與「妖類」的特色。

　　至於對性的思考，不論以之養生，或者藉以傳嗣，不論視之為自然，或是載以道德評論，在傳統性意識中，「性」只是男性為達成某些目標所必經的程序、或者手段而已。這種功能論投射於小說中，便是小說女性主角在愛情發展過程中，「性」行為不但未必因「愛情」而發生，反而成為確定、證明愛情的一段手續。因此，小說女性主角的性行為不但往往發生於愛情萌發之前，女性主角藉著奉獻肉體，以證明心跡、表達感激的行為取向，亦屢屢可見。通過「性」的手續，角色發展其愛情；利用「性」的手段，作者製造愛情故事的魅惑性。而其根本的出發點，正在於傳統「性意識」的「功能」論。

　　由性意識所引發的相關思考，還有傳統男性（文人階層）充滿矛盾色彩的情色觀。就心理狀態而論，由愛欲而激發性欲，是必然的生理現象。但傳統性意識既認為「性」非關心靈活動的範圍，不認為「愛情」為性的一部份、甚至動力來源，而是亟欲將之排除在外；社會禮教又強調男女之分甚至革除人欲。這些原欲及社會規範所形成的衝突，不但對中上階層男性所造成的影響及衝擊最大，也造成這些男性現實生活中情色需求的匱乏，及心理上的焦慮感，使其情色觀呈現出想要又不敢要的強烈矛盾色彩。短篇文言愛情小說的女性主角不但是男性文人作者前述焦慮感的宣洩對象，後者矛盾的情色觀也投射到小說女性主角的形象塑造上。除了表現為異類身份的女性主角大量出現外，還有便是女性主角行為取向上的矛盾色彩：女性主角們總是於愛情之初出現大膽越軌的行為、一旦愛情穩定發展或兩性關係穩定下來，便又回歸社會認可的行為規範。

　　傳統性意識對於小說女性主角的身份塑型來源及愛情開始、發展、結束階段的行為取向皆有其深刻的影響力，「死亡」觀念則主要影響女性主角對於愛情的結束。「死亡」本身，因其予人的神秘感及恐懼感而具有無比的吸引力，一向是文學哲學最感興趣的課題。傳統的死亡觀念，則並非將之視為生命的終結，而是具有延伸、再生、超越的作用，具有生命關口的儀式意義。對婦

女而言,「死亡」所具有的意義,還在於引發對於自己身體所有權的體認。傳統社會對於女性身體的控制,表現為一種恩威並施的方式。一方面除了法律以外,還透過各類家訓、女戒、社會輿論等不成文法的再三告誡或是監察,使女性對自己身體權的體認,是在只能將之奉獻於家庭利益及合法男性的前提下,意識到自己的身體是非常珍貴的;另一方面,則是統治階層大力旌表獎勵貞節,使女性甘於在必要的時刻、勇於以自己的生死做為最強力的行動宣言、表達對制度及男性的忠貞——因為身體既如此珍貴,若能以對身體的摧殘或終結(死亡)來證明某件事,則其心跡之明確自無可置疑!女性對於這些身體的觀點,不但要努力實踐,更要加以內化,成為自己內在的道德標準。「身體」對女性而言,是自我實踐的最佳也是唯一資產,但諷刺的是,實踐的終極目標,卻不在於女性自身,而是為男性權力結構效忠。

死亡觀念及對(女性)身體所有權的體認及內化,使小說作者不但很自然地運用「死亡」做為愛情發展過程中情節轉折的關鍵,更因「死亡」之於生命的強烈象徵意義,亦輒以之為對比女性主角對愛情之珍惜程度。而既然敘述視角是男性的,能為「愛」而死,就是為「他」而死。於是在愛情中處於弱勢地位的女性主角,不但不畏懼「死亡」(包括自然病故、相思而死、殉情、殉夫等),更習於以身體做為賭注、以換取扭轉愛情頹勢的轉機;甚至勇於赴死,以宣示對於愛情的無悔與忠誠。

客觀而論,上述深層機制與小說文本之間,後者所描述的現象,輒有前者所大加撻伐者。如女性主角中良家子特長方面的吟詩弄詞、或者行為上的私會、自薦等等,其實違反一般社會的價值或道德標準。但是人類社會所普遍存在的「壓抑—顛覆」的「權力—話語—認知」之間的行為結構關係法則,使深層機制的悖謬現象成為小說文本的表層現象,成為可能甚至必然。尤其如前所述,小說女性主角形象的許多表層結構現象,多有源自於男性文人階層作者的情色焦慮,而這層焦慮的形成,與社會權力機制利用對於情、性或女性行為進行的各種形式的壓抑又有直接的關連。文學既天生具有負責宣洩壓抑的人類情緒的使命感;而「小說」這種文類,又有被劃歸為「小道」的傳統,意味著其具有溢出於權力控制範圍的邊緣性格,這種邊緣性格,最適合於悖謬現象的寄生。因此,既以愛情為主題,上述人類社會行為結構法則及小說特殊的文類性格,提供了小說女性主角顛覆傳統道德價值觀的可能性,使其擁有享受小我情欲、表現不同風情的活動空間。

　　然而不論小說史如何推進、小說觀念如何演變，在小說傳播結構中一個
不變的觀念是，小說安身立命之所，不是文人的書齋，而是社會大眾。因此
儘管悖謬之於小說文本有其可行性與必然性，小說作者仍需衡量文本呈現與
社會接受之間的張力平衡問題。則基於交換原則，前述溢出於社會權力的文
本現象，必須再次回歸到權力架構所認可的標準，以爭取如社會大眾等預設
傳播對象的容忍度乃至接納性、換取小說的生存空間、閱讀認同。而這也可
以由另一角度說明古典短篇文言愛情小說女性主角形象表層結構方面若干矛
盾現象的產生，正是爲了調整小我私欲與大我社會公理之間的張力均衡問
題，以維持小說傳播結構關係的連繫與平衡。

　　上述各不同層次的社會文化機制，主要給予小說文本以較宏觀複雜的影
響，但女性主角形象的塑造方面，也有一些較單純細緻的層面，其來源則與
一些文學傳統有關，顯示出古典短篇文言小說其他古典文學之間的依存關
係。以女性主角在靜態的條件特質論，其類型化的傾向，自有其女性觀方面
的深層因素；至於其較具體的描寫細節，其靈感則來自於古典文學中其他文
類的對於理想女性美感的傳統。而小說女性主角情欲的描寫傾向於大膽直
接，雖然有來自前述機制的操作；但不容否認的，民歌俗曲中所呈現另類的
女性情欲狀態，則提供了小說作者活生生的情境依據，使小說中的女性情欲，
不是只是男性文人鏡花水月般性幻想的投射而已，而是有其說服力及生活實
況的依據。

　　最後要指出的是，古典短篇文言小說由作者——讀者——評論者所組成
的傳播結構關係，爲前述屬於普遍性的人類社會行爲法則，提供了發生的文
化背景。而由這個結構關係所結論出的小說價值觀，則影響了小說寫作時種
種表層現象——尤其是快樂原則與現實原則的分配——如何呈現的問題。因
此，它對於小說文本面貌的影響性，其實千絲萬縷地滲透在小說表象的各個
結構點上。

　　事實上，前述各個層面的深層機制，彼此之間都有一定的關聯性，其對
於小說表象的影響力，亦絕非各自爲政，而是彼此交疊、互有干涉，甚至發
生推波助瀾的效果。小說任何表象結構的呈現，必然同時受到各深層機制不
同程度影響的結果，並非單一機制所能成就者。從結構的觀點來看，小說無
異如同一個有機體，不論此結構體的表層深層部份，或各層面的各個項面，
彼此結合的途徑是「化合」而非「聚合」。不論分析文本、或探索深層，其目

的都只是為更清晰真實地發現研究主體：「小說」的真實完整的結構究竟如何，所有的分析最後都應回歸到「小說」這個單一的主體之上。任何一部份的分析演繹都不應或缺，但任何的分析演繹最後也都應回歸文學，並引發後續的思考，這樣，才是一個有效且又意義的研究。

二、對古典短篇文言愛情小說女性主角形象結構的反思

閱讀文本，本來就是一種再創造、再詮釋的過程，百年後的讀者重讀百年前的小說，當然無法起逝者於地下，以閱讀的結果詢問作者，是恰如其份地做到一個稱職讀者應做的分析，還是只是重建了一堆「誤讀」的海市蜃樓？然而人類的心靈活動如此複雜，不論由個人的意識層到潛意識、甚至集體潛意識，或者由所謂本我面到超我面、乃至民族性，各個層面的因素都會影響這個活動的最終結果。因此，從詮釋學的觀點，固然讀者自文本所閱讀到或分析到的訊息，會有過份閱讀、誤讀的情形；但亦有作者原本未意識到而終究不能不承認的確實存在者。其實如何拿捏誤讀與正確詮釋之間的份際，詮釋學的學者尚各說紛云，至於筆者的立場，只能儘量以客觀科學而非自由心證式的分析角度、言之成理的方法架構、輔以小說以外的相關資料，由文本出發，進入其深層結構，然後兩者同時觀照，以整理並呈現中國古典短篇文言愛情小說女性主角的完整真實的形象結構。筆者所嘗試的，便是利用敘述學的分析方法、由女性主義及結構主義的觀看角度切入，以達到上述的研究目標。透過這樣的分析，我們可以發現，古典中國的愛情觀，其存在意義其實非關愛情的純度，而關乎其與社會的張力關係是否能夠解除、如何解除，關乎愛情附加價值是否具備足夠說力、是否誘人。而女性主角形象，亦非關女性自身怎麼想怎麼做，而在男性怎麼去定義。中國古典短篇文言愛情小說女性主角的形象結構，正是一個以男性敘述視角為樞紐，以父權社會文化觀為深層操控機制，投射出表象結構面上諸般具有理想又充滿矛盾的女性形象。

正如許多家訓中千方百計阻止家眷看所謂的「淫詞小說」，認為「淫詞小說，多演男女之穢跡，敷為才子佳人，以淫奔無恥為逸韻，以私情苟合為風流，雲期雨約，摹寫傳神，少年閱之，未有不意蕩心迷、神魂顛倒者。賢在作者本屬子虛，在看者認為實有，遂以鑽穴逾牆為美舉，以六禮父命為迂闊，遂致傷風敗俗，滅理亂倫，則淫詞小說之為禍烈也。……有司者正其士

民，有家者閒其子弟，於此等淫詞，嚴行禁毀。」〔註7〕務必「案頭不置淫書，惟以節烈事引述化導，令見聞皆有規矩，此又端本澄源之道也。」〔註8〕「凡導淫小說，如情史、豔史之類，宜以毒蛇猛獸視之，豈可畢覽，以亂衷曲。……有志自立者，一見導淫小說，宜即刻焚去，以絕其萌芽，斯爲有勇耳。」〔註9〕——小說所描述的愛情，或許也是女性所嚮往的；其中的女性主角形象，或許也會令女性讀者豔羨。「女性」既是愛情小說不可或缺的角色，「女性主角」在小說角色結構中的地位及風采甚且要比「男性主角」重要而出色，但她們的出場，卻始終沒有女性作者參與。我們無法了解如果由女性自己來定義，現身說法，則筆下的愛情將會如何發展？女性主角形象將會如何呈現？甚至，男性角色形象又是如何？

　　追尋傳統女性的情欲狀態，雖不乏出於女性作者之手的書寫產物，藉著這些文學作品，可以窺見她們的心聲，對於自己的地位與遭遇有著難以掩飾的不平與寞落〔註10〕。站在一個女性的小說研究者的立場，對於這樣的史料呈現，不免感觸良多。因爲傳統社會對於女性並不鼓勵創作、更別說以此來抒發心聲〔註11〕；一般婦女——尤其是上層社會的婦女——即使有作，也傾向採用正統的、雅正的詩詞文賦等文類。因此所謂的「婦女文學史」，觸目所見仍是這些文類〔註12〕，而不見小說戲曲等文類的創作紀錄。但前者所強調的，不外溫柔敦厚之旨，甚至所抒發的內容，在維護或強調父權社會的價值觀；對於傳達描寫內心深處幽微隱晦的情感欲望，難免有所「隔」。明清以後，出現大量的「才女」，她們除了參與前述雅正文類的創作外，尚投入如戲曲、彈詞小說等極適合「寫情」的文類的寫作〔註13〕。明清才女文學現象的意義，在於開闢了傳統婦女創作的自我領域，尤其才女們所青睞的彈詞小說，創作內容多在於才子佳人，終於可見女性自道對於愛情兩性的看法（不

〔註7〕 李仲麟《增訂愿體集》卷二。引自《元明清三代禁毀小說戲曲史料》，上海古籍出版社，1979年。

〔註8〕 《重訂福壽金鑒》卷一，又見陳宏謀《教女遺規》卷下，同前註引書。

〔註9〕 湯來賀《內省齋文集》卷三十一，同前註引書。

〔註10〕 參本論文第三章第四節〈文學傳統〉之「二、民歌俗曲中的女性情欲」。

〔註11〕 即使小說都傳達這樣的觀念，如〈申屠澄〉中，袁氏對其夫說：爲婦之道，不可不知書；倘更作詩，反似嫗妾耳。

〔註12〕 如謝無量：《中國婦女文學史》，臺北：台灣中華書局，民國68年臺二版。

〔註13〕 胡曉眞：〈才女徹夜未眠——清代婦女彈詞小說中的自我呈現〉，《近代中國婦女史研究》第三期，民國84年8月，頁51～76。

論這看法中的意識型態為何）。對中國古典文學史而言，不論在那一種文類的領域，雖不能說由男性所獨佔，卻一向由男性所宰治，女性作者不過聊為點綴而已；敘事體的道情之作，更是如此。明清才女們大量創作彈詞小說，不但打破前述局面，所運用的文類更是男性所不太涉足的領域，似乎有意將彈詞小說發展成一種專屬於女性的文類〔註14〕，就婦女文學的發展來說，確有其積極意義。但與此形成明顯對比的，是在這些女性書寫中，獨缺傳奇體的文言小說，使後者畢竟成為一個純粹男性的書寫產物。如是，若將明清才女的文學發展置於一個宏觀的古典文學史中加以觀照，女性於文言小說的缺席，顯示所謂彈詞小說的獨領風騷，其實卻尷尬地映照出女性文學畫地自限的困窘。女性與小說之間，前者還是無法走出「閨閣」這扇小門，走入大千世界與男性一較長短。使不論雅正或通俗，「小說」這項文類的傳播結構中，由作者、刊行者、讀者到評點者，還是始終充斥著男性的聲音，權力、話語與認知的主控權依然掌握在男性手中。「女性」雖然在古典文學的晚期（明清）發展出一片自足之地，並形成獨特的閱讀傳統〔註15〕，但是其影響卻限於女性社群自身，並未能進而撼動男性的權力架構及價值觀；甚至，父權社會文化觀的影響力還伸入了這個小傳統中，使文學中難得呈現的女性自覺與反省的勇氣受到質疑、乃至發生動搖。「女性」之於小說，不論做為一個閱讀者、評論者、甚至作者、敘述者，雖然始終存在、也不可或缺，但卻永遠是被操控者。

　　古典短篇文言愛情小說既是一個不折不扣的男性書寫產物，對於分析這樣一種由男性執筆、出自於男性敘述觀點的女性角色形象，再比較其他女性書寫的文學作品後，所引發的思考是：如果由女性作者寫女性角色、女性情欲，則其文本將會如何呈現？那些深層因素又會影響文本的呈現？或者，作者與敘述者的「性別」，是否真的那麼重要？

　　以彈詞小說為例，如陳端生《再生緣》中的女主角孟麗君，其反抗君權、父權、夫權，不甘柔順地依其規範行事，努力為自己爭得一片天空，這種極端顛覆父權社會宰治的舉動，不但堪稱女性自覺的典型人物，更可藉此體察到女性作者的陳端生，對於女性自主的激越情懷。但是，同樣是女性作者，

〔註14〕同前註。
〔註15〕胡曉真：〈閱讀反應與彈詞小說的創作〉，《中國文哲研究集刊》第八期，民國85年3月，頁305～364。

卻也有人對前述的顛覆色彩大不以為然，而企圖以續作為翻案，使眾女子的行為再度回到父權社會的軌範之內。如繼《再生緣》之後，侯芝的《再造天》、邱心如的《筆生花》等，都在不同程度上藉著安排其彈詞小說中女性主角的終極命運，來寄寓其對於傳統（父權）道德觀、價值觀、婦女觀的認同。因此，後二者的彈詞小說，不論是或明或暗地顯示出對於《再生緣》的續作動機，也不論其女性主角在向父權挑戰後，是難免以自刎收場；或是柔順地回歸「正統」體制，而得以享受「天倫之樂」〔註16〕，都可以對比出對於陳端生及其作品截然不同的意識型態，及對於父權社會的認同態度——顯然女性書寫，並不絕對表現為女性主義文本。

　　我們還可以由另一個角度來省視作者、敘述者與文本性別之間的關係。以寫女性角色著稱的元雜劇作家關漢卿，其《竇娥冤》儘管以女性為中心，對角色的塑造亦可見充滿了對女性的同情，寫出一位形象鮮明、敢於質問天的非傳統格局的傳統女性。但是，女鬥士竇娥雖然可以選擇自己的前途，但她命運的肇端或者終結，卻始終操縱在「它」人——不論是人或者天——手中。而這個「它」，顯然都是陽性的：在第一齣中，是她的父親；在第二齣中，是張驢兒和縣令；在第三齣中，是老天爺；在第四齣中，又回到她的父親。劇中唯一的女性蔡婆，不但對竇娥一點幫助也沒有；即使頑強如竇娥，她的救贖或平反，仍得賴男性（老天及其父親）來成就。《竇娥冤》的女性角色儘管精彩，卻仍是男性意識形態下的產物。對與此例成一對比的，是西方著名的芭蕾舞劇《吉賽兒》。女主角吉賽兒為愛人翩然而舞、因受騙狂舞而死；當夜晚來臨，森林裡其他死亡少女的幽魂尋找男性犧牲者、令其狂舞而亡時，亦為幽魂的吉賽兒，一方面坐視少女亡魂們崇死導致愛情悲劇發生的始作俑者；一方面則對其情人挺身相救、阻擋其實是為吉賽兒復仇的幽魂之后。不論《吉賽兒》原著浪漫詩的作者德國詩人海涅，或是舞劇劇本作者法國詩人高第耶、編舞者佩帝帕，全是男性；但是女性主角吉賽兒的角色呈現及故事架構，卻充滿了女性自覺的色彩——可見男性書寫的作品，依然可賦予豐富的女性色彩與自覺意識。

　　由上述例子可以看出，不論是何種文類，作者、敘述者與文本之間，性別與意識型態的關係並不是絕對的。一個文本及其意識型態如何呈現，關鍵

〔註16〕關於《再造天》、《筆生花》等彈詞小說對於《再生緣》的續書及其意識型態問題，見同前註，頁335～351。

其實在於這個作者（無關乎性別）的意識型態如何，以及其所運用的敘述角度、所設定的敘述者，其意識型態又是如何；而不同作者及其文本所呈現的意識型態，又受到不同發展階段的社會文化機制操作所影響。尤其對古典小說而言，作者總是習於不自覺地以自己所浸潤、熟悉的意識型態來思考、創作。男性書寫表現為一個男性敘述觀點的、父權色彩的文本，本屬自然；對一個從小生長於父權社會、接受傳統觀念教育的女性而言，除非特殊的經歷、氣質使其有所自覺，促使其思考女性的處境與出路的問題，時代環境是否提供了足夠的思考空間或刺激因素，使這層意識得以突顯浮現，亦是關鍵所在。否則，在強大的大傳統勢力籠罩之下，女性是很難擺脫經過種種「內化」、「社化」等洗腦過程、早已深深進入人心的傳統（父權社會）意識型態思考框架的。因此，追究一個女性角色文本的呈現，若執於討論作者性別所起的影響，將會陷入見樹不見林的一隅之蔽；一個研究者面對文學作品時，所應該分析探索的，除了文本表層結構的呈現，更不能能忽略文本所在的社會文化意識型態的結構如何、兩性在此深層結構中的處境及對應地位又是如何，才能對文本做到一個較全面客觀且有意義的分析。

逝者已矣，來者可追，對於小說女性角色的創作，現代小說中，固然值得欣慰的是，描寫女性情欲的女性作家，由前輩的張愛玲到中生代的李昂、廖輝英、蕭麗紅、蘇偉貞，乃至少壯、新生代的許多女性作家，不但呈現百家爭鳴之局，其作品更可見不同程度的女性意識；雖然在「質」的呈現上精粗不一，但「小說」這一文類的主流寫作中，女性作者與男性作者總算平起平坐、一爭春秋，而不必自欺欺人地自足於「閨秀文學」的框框之中。然而，如前所言，對於小說女性角色文本的思考，我們不應只滿足於關注作者是否為「女性」的問題，重要的是觀察其如何敘述、為什麼這樣敘述的問題；甚至，關注作者、敘述者、文本、閱讀者與社會結構之間，其「性別」與「意識型態」的關係如何；在這樣的關係背後，其深層因素如何作用；以及透過表層文本與深層因素的結構關係，所顯示出的意義又是如何。

短篇文言小說（包括所謂的筆記及傳奇體裁者）既是古典小說的起點，本文以「古典短篇文言愛情小說的女性主角」為研究對象，以其「形象結構」為出發點，不過是筆者企圖完整建構古典言情小說敘事結構系統等系列研究的一個開始而已。而這個研究的全面開展，應以古典小說流變史為經，以主題為緯，針對上述課題依小說體例的不同，進行一個全方位的分析比較與綜

合演繹。其終極目標，則是爲古典小說建立起一個立體的、全視角的敘事結構系統，從而更深刻地挖掘古典小說這個有機結構體的內在意涵與社會文化的意義。而這個工作的完成，將有待來日的深耕與細耘。

參考書目

說明：

一、參考書目之排列原則，以學科領域爲之，其先後次序並不代表在論文中所使用之份量比重。

二、各標題下之書目，除特別標示「專書」或「論文」者，其形式皆指前者而言。

三、各標題下書目之排列方式：

（一）「壹、使用文本」之書目乃依其內容排列，其排列原則：

1. 依文本所屬年代先後。

2. 先通史後斷代。

3. 先通論後專題。

（二）「貳、方法論」及「參、其他論述」之書目，其排列原則：

1. 爲能表現學術軫域及特色，所有書目（論文）先依內容加以分類，各類之下主題相近者各自依時排列，如「小說史」部分，先列通史、再列斷代史、批評史、各類體裁史等。

2. 各項分類下，先列專書，後列論文。

3. 各項分類中之專書（論文）皆依出版時間先後序排。

四、各書目之出版時間標示方式，凡出版地爲臺灣者，以民國紀元；臺灣以外地區出版者，則以西元紀年。

壹、使用文本

一、原　典

（一）文言小說

1. 〔晉〕干寶：《搜神記》，臺北：木鐸出版社，未著出版時及版次。

2. 〔晉〕陶淵明：《搜神後記》，臺北：木鐸出版社，未著出版時及版次。

3. 〔宋〕李昉編：《太平廣記》臺北：文史哲出版社，民國 76 年 5 月再版。

4. 〔宋〕劉斧編：《青瑣高議》，收入《筆記小說大觀》九編第五冊，臺北：新興書局，民國 70 年初版。

5. 〔宋〕皇都風月主人：《綠窗新話》，上海：上海古籍出版社，1991 年 2 月第一刷。

6. 〔宋〕洪邁：《夷堅志》，臺北：明文書局，民國 71 年 4 月初版。

7. 〔宋〕羅燁：《醉翁談錄》，臺北：世界書局，民國 72 年 3 月五版。

8. 〔明〕瞿佑：《剪燈新話》，臺北：世界書局，民國 63 年 11 月三版。

9. 〔明〕李昌祺：《剪燈餘話》，臺北：世界書局，民國 63 年 11 月三版。

10. 〔明〕邵景詹：《覓燈因話》，臺北：天一出版社，民國 74 年，未著版次。

11. 〔明〕馮夢龍：《情史》，收入《馮夢龍全集》，上海：上海古籍出版社，1993 年 6 月一版一刷。

12. 〔清〕蒲松齡：《聊齋誌異》，臺北：世界書局，民國 63 年 6 月四版。

13. 〔清〕蒲松齡：《聊齋誌異》（會校會注會評本），臺北：里仁書局，民國 80 年 9 月，未著版次。

14. 〔清〕紀昀：《閱微草堂筆記》，臺北：大中國書局，民國 81 年 6 月初版。

15. 〔清〕蟲天子：《香豔叢書》，北京：人民文學出版社，1992 年 8 月初版一刷。

（二）白話小說

1. 〔宋〕：《京本通俗小說》，臺北：臺灣商務印書館，民國 75 年 11 月臺四版。

2. 〔明〕洪楩編：《清平山堂話本》，江蘇：江蘇古籍出版社，1990 年 4 月第一刷。

3. 〔明〕馮夢龍：《古今小說》，收入《馮夢龍全集》第二十、二十一冊，上海：上海古籍出版社，1993 年 6 月一版一刷。

4. 〔明〕馮夢龍：《警世通言》，收入《馮夢龍全集》第二十二、二十三冊，上海：上海古籍出版社，1993 年 6 月一版一刷。

5. 〔明〕馮夢龍：《警世恆言》，收入《馮夢龍全集》第二十四、二十五冊，

上海：上海古籍出版社，1993 年 6 月一版一刷。

6. 〔明〕凌濛初：《拍案驚奇》，臺北：河洛出版社，民國 70 年 5 月初版。

7. 〔明〕凌濛初：《二刻拍案驚奇》，臺北：河洛出版社，民國 70 年 5 月初版。

（三）其他文類

1. 〔明〕馮夢龍：《山歌》，收入《馮夢龍全集》第四十二冊，上海：上海古籍出版社，1993 年 6 月一版一刷。

2. 〔明〕馮夢龍：《掛枝兒》，收入《馮夢龍全集》第四十二冊，上海：上海古籍出版社，1993 年 6 月一版一刷。

3. 〔明〕馮夢龍編：《夾竹桃》，收入《國立北京大學中國民俗學會民俗叢書》第一三二冊《墨憨齋歌・謎》，臺北：東方書局，民國 59 年（序）。

4. 〔清〕王楷堂編：《霓裳續譜》，收入《國立北京大學中國民俗學會民俗叢書》第六十七、六十八冊，臺北：東方書局，民國 59 年（序）。

5. 〔清〕華廣生編：《白雪遺音》，收入《中華古籍叢刊》第二十二集，臺北：大西洋圖書公司，民國 57 年 5 月初版。

二、今人編輯

（一）小　說

1. 魯迅編：《古小說鉤沉》（影印本），未著出版者、地、時及版次。

2. 李劍國輯釋：《唐前志怪小說輯釋》，臺北：文史哲出版社，民國 76 年 7 月再版。

3. 王夢鷗校釋：《唐人小說校釋》，臺北：正中書局，民國 74 年 8 月初版。

4. 程毅中編：《古體小說鈔——宋元卷》，北京：中華書局，1995 年 11 月初版一刷。

5. 《熊龍峰刊行小說四種》，江蘇：江蘇古籍出版社，1990 年 4 月第一刷。

（二）小說資料

1. 袁行霈、侯忠義編：《中國文言小說書目》，北京：北京大學出版社，1981 年 11 月初版。

2. 王國良：《唐代小說敘錄》，臺北：嘉新水泥公司文化基金會，民國 68 年 11 月。

3. 曾祖萌等選注：《中國歷代小說序跋選注》，湖北：長江文藝出版社，1982 年 8 月第一刷。

4. 文鏡編輯部編：《歷代小說序跋選注》，臺北：文鏡文化事業有限公司，民國 73 年 6 月初版。

5. 黃霖等選註:《中國歷代小說論著選》,南昌:江西人民出版社,1990 年8 月第一刷。

6. 孫遜、孫菊園編:《中國古典小說美學料匯粹》,上海:上海古籍出版社,1991 年 5 月初版一刷。

7. 王利器輯錄:《元明清三代禁毀小說戲曲史料》(增訂本),上海:上海古籍出版社,1979 年 6 月第一刷。

8. 譚正璧編:《三言兩拍資料》,上海:上海古籍出版社,1985 年 7 月第八刷。

（三）其他文類

1. 蘇者聰選注:《中國歷代婦女作品選》,上海:上海古籍出版社,1987 年11 月初版一刷。

2. 梁國輔等編:《中國豔歌大觀》,長春:吉林文史出版社,1994 年 9 月初版一刷。

貳、方法論

一、文學批評通論

1. 樂黛雲:《比較文學與中國現代文學》,北京:北京大學出版社,1987 年8 月初版一刷。

2. 蔡源煌:《從浪漫主義到後現代主義——文學術語新詮》,臺北:雅典出版社,民國 76 年 12 月初版。

3. 張雙英、黃景進中譯主編:《當代文學理論》,臺北:合森文化事業有限公司,民國 80 年 9 月初版。

4. 呂正惠主編:《文學的後設思考:當代的文學理論家》,臺北:正中書局,民國 80 年 9 月臺初版。

5. 富蘭克‧蘭特利奇、湯瑪士‧麥克列林著,張京媛等譯:《文學批評術語》,香港:牛津大學出版社,1994 年初版。

二、女性主義方面

（一）書 專

1. 西蒙‧波娃著,歐陽子譯:《第二性》,臺北:志文出版社,民國 82 年 7月再版。

2. 安德蕾‧米歇爾著,張南星譯:《女權主義》,臺北:遠流出版社,民國82 年 8 月初版三刷。

3. 王逢振:《女性主義》,臺北:揚智出版社,民國 84 年 2 月初版。

4. 鮑曉輝主編:《西方女性主義研究評介》,北京:三聯書店,1995 年 5 月

初版第一刷。

5. 林芳玫等：《女性主義理論與流派》，臺北：女書文化事業有限公司，民國 85 年 9 月初版。

6. 瑪麗・伊格爾頓編，胡敏等譯：《女權主義文學理論》，長沙：湖南文藝出版社，1989 年 2 月第一刷。

7. 陶麗・莫依著，林建法等譯：《性與文本的政治——女權主義文學理論》，長春：時代文藝出版社，1992 年 7 月第一刷。

8. 康正果：《女權主義與文學》，北京：中國社會科學出版社，1994 年 2 月初版第一刷。

9. 克莉絲・維登著，白曉紅譯：《女性主義實踐與後結構主義理》，臺北：桂冠圖書股份有限公司，民國 83 年 8 月初版。

10. 周蕾：《婦女與中國現代性——東西方之間閱讀記》，臺北：麥田出版社，民國 84 年 11 月初版一刷。

（二）論　文

1. 崔伊蘭：〈性別角色的泛文化研究〉，《婦女研究暑期研習會論文集》，台大人口究中心婦女研究室，民國 77 年 12 月，頁 13～24。

2. 周顏玲：〈婦女與性別研究的理論架構，方法及其中國化及未來發展〉，《性別角色與社會發展學術研討會論文集》，台大人口究中心婦女研究室，民國 78 年 4 月，頁 25～43。

3. 德威：〈女性主義與西方漢學研究〉，王《中國近代婦女史研究》第三期，民國 84 年 8 月，頁 163～168。

4. 張珣：〈人類學與中國婦女研究〉，《中國近代婦女史研究》第三期，民國 84 年 8 月，頁 193～203。

5. 伊蘭・修華特著，張小虹譯：〈荒野中的女性批評主義〉，《中外文學》第十四卷第十期，民國 75 年 3 月，頁 77～114。

6. 凱若琳・赫布蘭著，李欣穎譯：〈雙性人格的體認〉，《中外文學》第十四卷第十期，民國 75 年 3 月，頁 115～123。

7. 宋美晔：〈經驗論與理念論——女性主義批評之修辭兩極〉，《中外文學》第十四卷第十二期，民國 75 年 5 月，頁 34～49。

8. 《文學的女性／女性的文學》（全國比較文學會議專輯），《中外文學》第十八卷第一期，民國 78 年 6 月，頁 4～175。

9. 廖炳惠：〈試論當前研究與女權批評之得失〉，收入《形式與意識型態》，臺北：聯經出版事業公司，民國 79 年 10 月初版，頁 87～138。

10. 廖炳惠：〈女性主義與文學批評〉，收入《形式與意識型態》，臺北：聯經出版事業公司，民國 79 年 10 月初版，頁 139～176。

11. 孫康宜等：〈女性主義重閱古典文學〉專輯，《中外文學》第二十二卷第六期，民國 82 年 11 月，頁 8～131。

12. 朱崇儀：〈分裂的忠誠：書寫／再現？：記號學／女性主義〉，《中外文學》第二十三卷第二期，民國 83 年 7 月，頁 126～137。

三、結構主義方面

（一）通　論

1. T‧霍克思著，陳永寬譯：《結構主義與符號學》，臺北：南方叢書出版社，民國 77 年 3 月初版。

2. 羅蘭‧巴特著，洪顯勝譯：《符號學要義》，臺北：南方叢書出版社，民國 77 年 4 月初版。

3. 顧建光、楊柳：《人文科學中的結構方法》，江蘇：南海出版公司，1995 年 2 月初版一刷。

（二）文學理論及應用

1. 周英雄、鄭樹森合編：《結構主義的理論與實踐》，臺北：黎明文化事業公司，民國 69 年 3 月初版。

2. 周英雄：《結構主義與中國文學》，臺北：東大圖書公司，民國 72 年 3 月初版。

3. 古添洪：《記號詩學》，臺北：東大圖書公司，民國 73 年 7 月初版。

4. 羅伯特‧休斯著，劉豫譯：《文學結構主義》，臺北：桂冠圖書股份有限公司，民國 81 年 5 月初版一刷。

四、敘事學方面

（一）通　論

1. 高辛勇：《形名學與敘事理論》，臺北：聯經出版事業公司，民國 76 年 11 月初版。

2. 張寅德編：《敘述學研究》，北京：中國社會科學出版社，1989 年 5 月一刷一刷。

3. 華萊士‧馬丁著，伍曉明譯：《當代敘事學》，北京：北京大學出版社，1991 年 5 月初版二刷。

4. 徐岱：《小說敘事學》，北京：中國社會科學出版社，1992 年 9 月一版一刷。

（二）中國古典小說論

1. 陳平原：《中國小說敘事模式的轉變》，臺北：久大文化股份有限公司，民國 79 年 5 月初版二刷。

2. 董乃斌著：《中國古典小說的文體獨立》，北京：中國社會科學出版社，1994 年 2 月初版一刷。

五、其　他

1. 帕瑪著，嚴平譯：《詮釋學》，臺北：桂冠圖書股份有限公司，民國 81 年 5 月初版。

2. 艾柯等著，王宇根譯：《詮釋與過度詮釋》，香港：牛津大學出版社，1995 年初版。

3. 龍協濤：《讀者反應理論》，臺北：揚智出版社，民國 86 年 3 月初版。

參、其他論述

一、文學方面

（一）通　論

1. 孫琴安：《中國性文學史》，臺北：桂冠圖書股份有限公司，民國 84 年 5 月初版。

2. 康正果：《重審風月鑑：性與中國古典文學》，臺北：麥田出版社，民國 85 年 1 月初版一刷。

（二）小說史

1. 魯迅：《中國小說史略》，臺北：谷風出版社，未著出版時及版次。

2. 楊義：《中國古典小說史論》，北京：中國社會科學出版社，1995 年 12 月初版。

3. 程毅中：《唐代小說史話》，北京：文化藝術出版社，1990 年 12 月初版一刷。

4. 劉良明：《中國小說理論批評史》，臺北：洪葉文化事業有限公司，民國 85 年 1 月初版一刷。

5. 王先霈、周偉民：《明清小說理論批評史》，廣州：花城出版社，1988 年 10 月初版一刷。

6. 侯忠義、劉世林：《中國文言小說史稿》，北京：北京大學出版社，1983 年 2 月初版。

7. 劉葉秋：《歷代筆記概述》，臺北：木鐸出版社，未著出版時。

8. 吳禮權：《中國筆記小說史》，臺北：臺灣商務印書館，民國 82 年 8 月初版。

9. 陳文新編著：《中國筆記小說史》，臺北：志一出版社，民國 84 年 3 月初版。

10. 陳文新編著：《中國傳奇小說史話》，臺北：正中書局，民國 84 年 3 月臺

初版。

11. 楊義：《中國古典白話小說史論》，臺北：幼獅出版社，民國 84 年 10 月初版。

12. 胡士瑩：《話本小說概論》，未著出版者、地、版次。

13. 歐陽代發：《話本小說史》，湖北：武漢出版社，1994 年 5 月初版。

14. 李劍國：《唐前志怪小說史》，天津：南開大學出版社，1984 年 5 月初版。

15. 吳禮權：《中國言情小說史》，臺北：臺灣商務印書館，民國 84 年 3 月初版。

（三）小說研究

1. 龔鵬程、張火慶：《中國小說史論叢》，臺北：學生書局，民國 73 年 6 月初版。

2. 葉師慶炳：《古典小說論評》，臺北：幼獅文化事業公司，民國 74 年 5 月初版。

3. 陳平原：《小說史：理論與實踐》，北京：北京大學出版社，1993 年 3 月初版一刷。

4. 于天池：《中國文言小說論叢》，銀川：寧夏人民出版社，1994 年 11 月初版。

5. 葉師慶炳：《晚鳴軒論文集》，臺北：大安出版社，民國 85 年 1 月初版。

6. 馬振方：《小說藝術論稿》，北京：北京大學出版社，1991 年 2 月初版一刷。

7. 陳炳熙：《古典短篇小說藝術新探》，上海：華東師範大學出版社，1991 年 9 月初版一刷。

8. 葉師慶炳編：《古典小說中的愛情》，臺北：時報文化出版企業股份有限公司，民國 70 年 7 月四版。

9. 鄭明娳編：《貪嗔癡愛——從古典小說看中國女性》，臺北：師大書苑，民國 78 年 1 月初版。

10. 茅盾等：《中國古代小說中的性描寫》，天津：百花文藝出版社，1993 年 3 月初版一刷。

11. 何滿子：《中國愛情與兩性關係：中國小說研究》，臺北：臺灣商務印書館，民國 84 年 1 月臺灣初版一刷。

12. 林芳玫：《解讀瓊瑤愛情王國》，臺北：時報文化出版企業股份有限公司，民國 84 年 1 月初版二刷。

13. 葉師慶炳：《談小說妖》，臺北：洪範書局，民國 72 年 5 月三版。

14. 顏慧琪：《六朝志怪小說異類姻緣故事研究》，臺北：文津出版社，民國 83 年 5 月初版一刷。

15. 李壽菊：《狐仙信仰與狐狸精故事》，臺北：學生書局，民國 84 年 10 月初版。

16. 郭玉雯：《聊齋誌異的幻夢世界》，臺北：學生書局，民國 74 年 7 月初版。

17. 陸又新：《聊齋誌異中的愛情》，臺北：學生書局，民國 81 年 5 月初版。

18. 王國良：《魏晉南北朝志怪小說研究》，臺北：文史哲出版社，民國 73 年 7 月初版。

19. 王國良：《六朝志怪小說考論》，臺北：文史哲出版社，民國 77 年 11 月初版。

20. 俞汝捷：《幻想和寄託的國度——志怪傳奇新論》，臺北：淑馨出版社，民國 80 年 4 月初版。

21. 周啓志、羊列容、謝昕：《中國通俗小說理論綱要》，臺北：文津出版社，民國 81 年 3 月初版。

22. 樂蘅軍：《意志與命運——中國古典小說世界觀綜論》，臺北：大安出版社，民國 81 年 4 月初版。

23. 劉開榮：《唐人小說研究》，臺北：臺灣商務印書館，民國 83 年 5 月二版一刷。

24. 劉燕萍：《愛情與夢幻——唐朝傳奇中的悲劇意識》，臺北：臺灣商務印書館，民國 85 年 12 月臺灣初版一刷。

25. 樂蘅軍：〈浪漫之愛與古典之情〉，收於《古典小說散論》，臺北：純文學出版社，民國 71 年 5 月三版，頁 187～226。

26. 胡曉真：〈才女徹夜未眠——清代婦女彈詞小說中的自我呈現〉，《近代中國婦女史研究》第三期，民國 84 年 8 月，頁 51～76。

27. 胡曉真：〈閱讀反應與彈詞小說的創作〉，《中國文哲研究集刊》第八期，民國 85 年 3 月，頁 305～365。

二、歷史方面

（一）專　書

1. 薛允升：《唐明律合編》，臺北：臺灣商務印書館，民國 66 年 12 月臺一版。

2. 〔唐〕長孫無忌：《唐律疏議》，臺北：臺灣商務印書館，民國 79 年 12 月臺六版。

3. 李國祥等編：《明實錄類纂》（婦女史料卷），武漢：武漢出版社，1995 年 9 月初版一刷。

4. 李又寧、張玉法編：《中國婦女史論文集》（第一輯），臺北：臺灣商務印書館，民國 81 年 10 月初版二刷。

5. 李又寧、張玉法編：《中國婦女史論文集》（第二輯），臺北：臺灣商務印書館，民國民國77年5月初版。

6. 鮑家麟編：《中國婦女史論集》，臺北：稻鄉出版社，民國77年4月再版。

7. 鮑家麟編：《中國婦女史論集》（續集），臺北：稻鄉出版社，民國80年4月初版。

8. 鮑家麟編：《中國婦女史論集》（三集），臺北：稻鄉出版社，民國82年3月初版。

9. 鮑家麟編：《中國婦女史論集》（四集），臺北：稻鄉出版社，民國84年10月初版。

10. 楊家駱主編：《歷代婦女著作考》，臺北：鼎文書局，民國62年5月初版。

11. 陳東原：《中國婦女生活史》，臺北：商務印書館，民國75年10月臺八版。

12. 劉士聖：《中國古代婦女史》，青島：青島出版社，1991年6月初版一刷。

13. 詹石安：《唐代婦女》，西安：三秦出版社，1988年6月初版一刷。

14. 王書奴：《中國娼妓史》，上海：三聯書店，1988年2月初版一刷。

15. 嚴明：《中國名妓藝術史》，臺北：文津出版社，民國81年8月初版一刷。

16. 詹石窗：《道教與女性》，上海：上海古籍出版社，1990年第一刷。

17. 趙鳳喈：《中國婦女在法律上之地位》，臺北：稻鄉出版社，民國82年初版。

18. 韋溪、張萇：西安：《中國古代婦女禁忌禮俗》，陝西人民出版社，1994年6月初版一刷。

19. 劉詠聰：《女性與歷史——中國傳統觀念新探》，臺北：臺灣商務印書館，民國84年1月臺灣初版一刷。

20. 王慶淑：《中國傳統習俗中的性別歧視》，北京：北京大學出版社，1995年6月初版一刷。

21. 廖美雲：《唐妓研究》，臺北：學生書局，民國84年9月初版。

（二）論　文

1. 王翠貞著：〈佛教的女性觀〉，文化大學印度文化研究所碩士論文，民國76年。

三、文化方面

（一）專　書

1. 陳顧遠：《中國婚姻史》，臺北：臺灣商務印書館，民國72年5月五版。

2. 戴偉：《中國婚姻性愛史稿》，北京：東方出版社，1992年11月第一刷。

3. 王潔傾：《中國婚姻——婚俗、婚禮與婚律》，臺北：三民書局，民國77年8月初版。

4. 李曉東：《中國封建家禮》，臺北：文津出版社，民國78年8月臺初版。

5. 陳其南：《家族與社會》，臺北：聯經出版事業公司，民國79年3月初版。

6. 向淑雲：《唐代婚姻法與婚姻實態》，臺北：臺灣商務印書館，民國80年11月初版一刷。

7. 劉廣明：《宗法中國》，上海：三聯書店，1993年6月初版一刷。

8. 馮爾康主編：《中國社會結構的演變》，鄭州：河南人民出版社，1994年4月初版一刷。

9. 顧鑒塘、顧鳴塘：《中國歷代婚姻與家庭》，臺北：臺灣商務印書館，民國83年4月初版一刷。

10. H・馬庫色著，羅麗英譯：《愛欲與文明》，臺北：南方叢書出版社，民國77年2月初版。

11. 瓦西列夫著，趙永穆、陳行慧譯：《愛情論》，臺北：聯合文學出版社，民國77年11月初版。

12. 瓦西列夫著，趙永穆、陳行慧譯：《愛情續論》，臺北：聯合文學出版社，民國77年11月初版。

13. 叔本華著，陳曉南譯：《愛與生的苦惱》，臺北：志文出版社，民國84年10月再版。

14. 黛安・艾克曼著，莊安祺譯：《愛之旅》，臺北：時報文化出版企業股份有限公司，民國85年3月初版二刷。

15. 索洛維約夫著，董友、楊朗譯：《愛的意義》，北京：三聯書店，1996年9月初版一刷。

16. 傅柯著，謝石等譯：《性史》，臺北：結構群文化事業有限公司，民國79年2月初版。

17. 馬基利斯、沙岡著，潘勛譯：《性的歷史》，臺北：時報文化，民國82年5月初版。

18. 石方：《中國性文化史》，哈爾濱：黑龍江人民出版社，1993年7月初版一刷。

19. 高羅佩著，李零等譯：《中國古代房內考》，臺北：桂冠圖書股份有限公司，民國80年11月初版一刷。

20. 高羅佩著，楊權譯：《秘戲圖考》，廣東：廣東人民出版社，1992年7月初版一刷。

21. 閔家胤主編：《陰柔與陽剛的變奏——兩性關係和社會模式》，北京：中國社會科學出版社，1995年9月初版一刷。

22. 江曉原：《性張力下的中國人》，上海：人民出版社，1995年12月初版

一刷。

23. 李豐楙：《探求不死》，臺北：久大文化股份有限公司，民國 76 年 9 月初版。

24. 段德智：《死亡哲學》，臺北：洪葉文化事業有限公司，民國 83 年 8 月初版一刷。

25. 郭于華：《死的困惑與生的執著》，臺北：洪葉文化事業有限公司，民國 83 年 10 月初版一刷。

26. 張三夕：《死亡之思》，臺北：洪葉文化事業有限公司，民國 85 年 3 月初版一刷。

（二）論　文

1. 楊聯陞著，段昌國譯：〈報──中國社會關係的一個基礎〉，收於《中國思想與制度論集》，臺北：聯經出版事業公司，民國 74 年 11 月初版五刷，頁 349～372。

2. 鄭培凱等：《情色專輯》，《當代》第十六期，民國 76 年 8 月，頁 16～58。

3. 鄭培凱：〈天地正義僅見於婦女〉（下）（《情色專輯》續篇），《當代》第十七期，民國 76 年 9 月，頁 58～64。

四、人類學方面

（一）文化人類學

1. 基辛著，于嘉雲、張恭啓合譯：《當代文化人類學》，臺北：巨流圖書公司，民國 75 年 10 月初版三印。

2. 莊錫昌、孫志民編：《文化人類學的理論架構》，臺北：淑馨出版社，民國 80 年 2 月初版。

（二）社會人類學

1. 艾恩・陸一士著，黃宣衛、劉容貴合譯：《社會人類學導論》，臺北：五南圖書公司，民國 74 年 1 月初版。

2. 芮克里夫布朗著，夏建中譯：《社會人類學方法》，臺北：久大文化股份有限公司、桂冠圖書股份有限公司，民國 80 年 2 月初版一刷。

五、社會學方面

（一）通　論

1. 喬納森・唐納著，吳曲輝等譯：《社會學理論的結構》，臺北：桂冠圖書股份有限公司，民國 81 年 5 月初版一刷。

（二）專　題

1. 何師金蘭：《文學社會學》，臺北：桂冠圖書股份有限公司，民國 78 年 8

月初版一刷。

2. 布勞著，陳非等譯：《社會生活中的交換與權力》，臺北：久大文化股份有限公司、桂冠圖書股份有限公司，民國 80 年 2 月初版一刷。

3. 德雷福斯、拉比諾著，錢俊譯：《傅柯——超越結構主義與詮釋學》，臺北：桂冠圖書股份有限公司，民國 81 年 5 月初版一刷。

4. 巴托莫爾著，廖仁義譯：《法蘭克福學派》，臺北：桂冠圖書股份有限公司，民國 82 年 7 月初版四刷。

六、心理學方面

1. 羅洛梅著，蔡伸章譯：《愛與意志》，臺北：志文出版社，民國 74 年 10 月再版。

2. 佛洛伊德著，賴添進譯：《文明及其不滿》，臺北：南方叢書出版社，民國 77 年 3 月初版。

附　錄

附錄一：分析篇章總目〔註1〕

仙　類

魏　晉	*王遠	廣〔註2〕7 神仙－3 出《神仙傳》
	*介象	廣 13 神仙－4 出《神仙傳》
	天台二女	廣 61 女仙－7 出《神仙傳》
	趙文昭	廣 295 神－15 出《八朝窮怪錄》
	劉子卿	廣 295 神－19 出《八朝窮怪錄》
	蕭總	廣 296 神－4 出《八朝窮怪錄》
	*崔子武	廣 327 鬼－1 出《三國典略》
	*袁相根碩	《搜神後記》（唐前頁 413）

〔註 1〕 本表中各篇目前標示*號者，表示該篇僅在敘事中部分情節疑似涉及或僅具
　　　　備「愛情」雛型者，並非最嚴格義之「愛情小說」。按選取篇章採取如此較寬鬆
　　　　範圍，有古典小說發展條件及分析量化等因素考量，詳見第一章第四節「愛
　　　　情小說」之說明。
〔註 2〕 本表中各書簡稱如下，其相關書目資料詳參「參考書目」。
　　　　廣：《太平廣記》
　　　　唐前：《唐前志怪小說輯釋》
　　　　夷堅：《夷堅志》
　　　　聊：《聯齋誌異》（按（世）指世界書局版，（里）指里仁書局版）
　　　　古小說：《古小說鈎沈》
　　　　新話：《剪燈新話》
　　　　餘話：《剪燈餘話》
　　　　初刻：《初刻拍案驚奇》

	洞庭山	《拾遺記》（唐前頁 415 引）
	*劉晨阮肇	（出明抄本《搜神記》）
		《幽明錄》（唐前頁 462）
	黃原	《幽明錄》（唐前頁 468）
唐	*元柳二公	廣 25 神仙－2 出《續仙傳》
	*韋弇	廣 33 神仙－1 出《神仙感遇傳》
	*殷天祥	廣 52 神仙－2 出《續仙傳》
	*張卓	廣 52 神仙－4 出《會昌解頤錄》
	*楊真伯	廣 53 神仙－5 出《博異志》
	*玄天二女	廣 56 女仙－4 出《集仙錄》
	*畫工	廣 286 幻術－9 出《聞奇錄》
	*后土夫人	廣 299 神－1 出《異聞錄》
	*張無頗	廣 310 神－1 出《傳奇》
	*王勳	廣 384 再生－8 出《廣異記》
宋（元）	*縉雲鬼仙	夷堅甲 12
明		
清	*翩翩	聊 7（世）＼3（里）
	*西湖主	聊 8（世）＼5（里）
	*仙人島	聊 8（世）＼7（里）
	*雲蘿公主	聊 9（世）＼9（里）
	神女	聊 9（世）＼10（里）
	*蕙芳	聊 10（世）＼6（里）
	嫦娥	聊 11（世）＼8（里）
	*粉蝶	聊 12（世）＼12（里）
	*錦瑟	聊 12（世）＼12（里）

夫妻類

魏 晉	*營陵人	廣 284 幻術－4 出《列異傳》
		古小說本《列異記》
	*荀澤	廣 318 鬼－6 出《異苑》

	*王肇宗	廣 318 鬼－10 出《述異記》
	*周義	廣 322 鬼－11 出《述異記》
		古小說本《述異記》
	*陸東美	廣 389 冢墓－10 出《述異記》
	*胡邕	廣 389 冢墓－12 出《笑林》
	韓憑妻	《搜神記》11－141 （又廣 463 禽鳥－5「韓朋」出《嶺表錄異》）
	*望夫石	《列異傳》（唐前頁 147／古小說頁 147）
唐	*李夫人	《拾遺記》（唐前頁 363）
	李行脩	廣 160－2 出《續定命錄》
		初刻 23 入話
		《情史》10
	*崔尉子	廣 121 報應－19 出《原化記》
	*陳義郎	廣 122 報應－1 出《乾𦠆子》
	*李文敏	廣 128 報應－4 出《聞奇錄》
	*華陽李尉	廣 122 報應－3 出《逸史》
	*崔碣	廣 172 精察－8 出《唐闕史》
	*許至雍	廣 283 巫－17 出《靈異記》
	*唐晅	廣 332 鬼－1 出《通幽記》
	韋氏子	廣 351 鬼－6 出《唐闕史》
	韋隱	廣 358 神魂－9 出《獨異記》
宋（元）	*張夫人	夷堅甲 2
	*吉撝之妻	夷堅丁 12
	*胡生妻	夷堅丁 12
	*袁從政	夷堅丁 18
	太原意娘	夷堅丁 9
	*楊政姬妾	夷堅支乙 8
明	翠翠傳	新話 3
	芙蓉屏記	餘話 4
清	庚娘	聊 6（世）＼3（里）
	*江城	聊 7（世）＼6（里）

*章阿瑞	聊 8（世）＼5（里）	
*呂無病	聊 12（世）＼9（里）	
*土偶	聊 15（世）＼5（里）	
*鬼妻	聊 15（世）＼8（里）	
*林氏	聊 15（世）＼6（里）	
*姚安	聊 16（世）＼8（里）	

未婚類

魏晉	河間男子	廣 161 感應－17 出《法苑珠林》 （附：〈河間郡男女〉搜 15－360） （附：〈王道平〉出勾道興《搜神記》）
	南徐士人	廣 161 感應－23 出《系蒙》
	買粉兒	廣 274 婦人－1 出《幽明錄》
		古小說本《幽明錄》
	吳王小女	廣 316 鬼－1 題名〈韓重〉
		《搜神記》
		古小說本出《續異記》
	龐阿	廣 358 神魂－1 出《幽明錄》
	*徐玄方女	廣 375 再生－12 出《法苑珠林》
	*鄞中婦人	廣 375 再生－17 出《神異錄》
	零陵太守女	廣 359 妖怪－12 出《搜神記》
		搜 11－295
	賈公女	《郭子》6 條（古小說本頁 50）
	庚邀	《述異記》81 條（古小說本頁 190）
唐	*盧李二生	廣 17 神仙－2 出《逸史》
	*薛肇	廣 17 神仙－3 出《仙傳拾遺》
	*邛人	廣 120 報應－19 出《法苑珠林》
	鄭德璘	廣 152 定數－1 出〈德璘傳〉（《類說》作出《傳奇》）
	韋皋	廣 274 情感－5 出《雲谿友議》
	崔護	廣 274 情感－2 出《本事詩》
	王乙	廣 334 鬼－2 出《廣異記》

	王宙	廣 358 神魂－4 出《離魂記》
	*鄭生	廣 358 神魂－8 出《靈怪錄》
	*李仲通婢	廣 375 再生－18 出《驚聽錄》
	劉氏子妻	廣 386 再生－11 出《原化記》
	柳氏傳	廣 485 雜傳記－2 題許堯佐撰
	飛煙傳（註）	廣 491 雜傳記－3 題皇甫枚撰
	無雙傳	廣 488 雜傳記－2 題薛調撰
	鶯鶯傳	廣 488 雜傳記－1 題元積撰
	孫五哥	夷堅丙 4
宋（元）	*鄂州小將	廣 130 報應－6 出處不詳
	*劉潛女	廣 460 禽鳥－16 出《大唐奇事》
	吳小員外	夷堅甲 4
	*生王二	夷堅支甲 1
	*翟八姊	夷堅支乙 1
	鄂州南市女	夷堅支庚 1
	薛瓊瓊	《麗情集》（《香豔叢書》五集卷二\《古體小説鈔》——宋元卷）
	潘黃奇遇	《綠窗紀事》
	金彥春游遇會娘	《綠窗新話》上卷出《剡玉小説》
	流紅記	《青瑣高議》
	張浩花下與李氏結婚	《青瑣高議》
	雙桃記	《雲齋廣錄》（《古體小説鈔》——宋元卷）
	靜女私通陳彥臣	《醉翁談錄》乙集卷一
	楊生私通孫玉娘	《綠窗新話》出《聞見錄》
明	金鳳釵記	新話 1
	聯芳樓記	新話 1
	渭塘奇遇記	新話 1
	秋香亭記	新話 4
	連理樹記	餘話 2
	鶯鶯傳	餘話 2
	鳳尾草記	餘話 3

	瓊奴傳	餘話 3
	秋千會記	餘話 4
	賈雲華還魂記（略）	餘話 5
清	阿寶	聊 2（異）＼2（異）
	陳雲棲	聊 3（世）＼11（異）
	黃九郎	聊 5（世）＼3（異）
	*連城	聊 6（世）＼3（異）
	青娥	聊 7（世）＼7（異）
	*宦娘	聊 9（世）＼6（異）
	阿繡	聊 9（世）＼7（異）
	*菱角	聊 11（世）＼6（異）
	王桂菴	聊 12（世）＼9（異）
	寄生	聊 12（世）＼9（異）
	*寶氏	聊 16（世）＼5（異）

註：〈飛煙傳〉之分類說明見論文第二章之註 44。

妓女類

魏　晉		
唐	歐陽詹	廣 274 情感－6《閩川名士傳》
		《綠窗女史》
	戎昱	廣 274 情感－8 出《本事詩》
	薛宜僚	廣 274 情感－7 出《抒情集》
	韋氏子	廣 351 鬼－6 出《唐闕史》
	李娃傳	廣 484 雜傳記－1 出《異聞集》
	*霍小玉傳	廣 487 雜傳記－1 題蔣防撰
	楊娼傳（註）	廣 491 雜傳記－2 題房千里撰
宋（元）	*古田倡	夷堅甲 6
	*犬囓張三首	夷堅甲 15
	*碧瀾堂	夷堅甲 16
	吳女盈盈	夷堅三志己卷 1

	*傅九林小姐	夷堅三志己卷 4	
	盈盈傳	《筆奩錄》（《古體小説鈔》——宋元卷）	
	王廷評	《括異志》（《古體小説鈔》——宋元卷）	
	王魁傳	《摭遺》（《古體小説鈔》——宋元卷）	
	王幼玉記幼玉思柳富而死	《青瑣高議》	
	譚意歌記記英奴才華秀色	《青瑣高議》	
	書仙傳曹文姬本係書仙	《青瑣高議》	
	夫妻復舊約	《摭青雜説》（《古體小説鈔》——宋元卷）	
明	愛卿傳	新話 3	
清	*彭海秋	聊 5（里）＼8（里）	
	瑞雲	聊 10（里）＼4（里）	

註：〈楊倡傳〉之分類説明見論文第二章之註 44。

鬼　類

魏晉	徐玄方女	廣 276 出《幽冥錄》簡較
		《搜神後記》（唐前頁 426）
	*盧充	廣 316 鬼－4 出《搜神記》
	談生	廣 316 鬼－4 出《列異傳》
		古小説本
	*吳祥	廣 317 鬼－1 出《法苑珠林》
	*鄭奇	廣 317 鬼－8 出《風俗通》
	*秦樹	廣 324 鬼－1 出《甄異錄》
		《甄異傳》（唐前頁 405）
		《甄異傳》（古小説頁 158）
	張果女	廣 330 鬼－1 出《廣異記》
	李陶	廣 333 鬼－8 出《廣異記》
	王玄之	廣 334 鬼－5 出《廣異記》
		古小説本出《述異記》82 條（頁 190）
	章汎	廣 386 再生－2 出《異苑》（唐前頁 531 做章沉）
	劉長史女	廣 386 再生出《廣異記》

	*周秦行記	廣 489 雜傳記－1 題牛僧儒撰
	徐琦	古小說本出《幽明錄》136 條
	*李仲文女	《搜神後記》4
		《情史》13
	*鍾繇	《三國志・魏志》〈鍾繇傳〉裴松之注引《陸氏異林》（唐前志怪小說頁 192）
	王敬伯	《續齊諧記》（唐前頁 625）
唐（五代）	*許老翁	廣 31 神仙－2 出《玄怪錄》
	*葛氏婦	廣 313 神－14 出《玉堂閒話》
	*王志	廣 328 鬼－12 出《法苑珠林》
	*道德里書	廣 331 鬼－6 出《紀聞》
	*新繁縣令	廣 335 鬼－7 出《廣異記》
	*范俶	廣 337 鬼－3 出《廣異記》
	*李咸	廣 337 鬼－7 出《通幽錄》
	*王垂	廣 338 鬼－2 出《通幽記》
	李章武	廣 340 鬼－3
	*獨孤穆	廣 342 鬼－1 出《異聞錄》
	華州參軍	廣 342 鬼－2 出《乾膜子》
	曾季衡	廣 347 鬼－3 出《傳奇》
	*鄔濤	廣 347 鬼－3 出《集異記》
	*梁璟	廣 349 鬼－5 出《宣室志》
	*顏濬	廣 350 鬼－2 出《傳奇》
	*李雲	廣 352 鬼－3 出《聞奇錄》
	*何四郎	廣 353 鬼－5 出《玉堂閒話》
	謝翱	廣 364 妖怪－5 出《宣室志》
宋（元）	*項宋（元）英	夷堅甲 4
	*蔣通判女	夷堅甲 5
	*葉若谷	夷堅甲 5
	*京師異婦人	夷堅甲 8
	*饒州官廨	夷堅甲 8
	*張太守女	夷堅甲 11

	*繻雲鬼仙 又見〔妖〕之〈蔣教授〉	夷堅甲 12
	*楊大同	夷堅甲 13
	*婦人三重齒	夷堅甲 13
	*乘氏疑獄	夷堅甲 18
	*陳王獻婦	夷堅甲 19
	*莫小儒人	夷堅乙 2
	*劉子昂	夷堅乙 5
	*趙七使	夷堅乙 6
	*餘杭宗女	夷堅乙 6
	胡氏子	夷堅乙 9
	*京師酒肆	夷堅乙 15
	*童銀匠	夷堅乙 20
	*魏秀才	夷堅丙 2
	*大儀古驛	夷堅丙 7
	*張客奇遇	夷堅丁 15
	*史翁女	夷堅丁 18
	*唐蕭氏女	夷堅丁 18
	*張相公夫人	夷堅支甲 1
	*呂使君宅	夷堅支甲 3
	*寧行者	夷堅支甲 8
	*南陵美婦人	夷堅支乙 8
	馬絢娘	《睽車志》（唐前頁 432）
	錢塘異夢	《雲齋廣錄》（《古體小說鈔》——宋（元）元卷）
	四和香	《雲齋廣錄》（《古體小說鈔》——宋（元）元卷）
	越娘記	《青瑣高議》別集卷三
明	金鳳釵記	新話 1
	滕穆醉遊聚景園記	新話 2
	牡丹燈記	新話 2
	綠衣人傳	新話 4
	田洙遇薛濤聯句記	餘話 2

	秋夕訪琵琶亭記	餘話 2
清	*聶小倩	聊 2（世）＼2（里）
	蓮香	聊 2（世）＼2（里）
	巧娘	聊 2（世）＼2（里）
	林四娘（附林四娘記）	聊 3（世）＼2（里）
	魯公女	聊 3（世）＼3（里）
	晚霞	聊 4（世）＼11（里）
	*連瑣	聊 5（世）＼3（里）
	*阿霞	聊 6（世）＼3（里）
	*公孫九娘	聊 6（世）＼4（里）
	梅女	聊 7（世）＼7（里）
	*章阿端	聊 8（世）＼5（里）
	伍秋月 ·	聊 8（世）＼5（里）
	*宦娘	聊 9（世）＼6（里）
	*小謝	聊 10（世）＼6（里）
	*愛奴	聊 11（世）＼9（里）
	*呂無病	聊 12（世）＼8（里）
	*鬼妻	聊 15（世）＼8（里）

妖　類

昆蟲類		
魏　晉	*園客	廣 473 昆蟲－7 出《列仙傳》
	*朱誕給使	廣 473 昆蟲－9 出《搜神記》
	徐邈	廣 473 昆蟲－16 出《續異記》
	*王雙	廣 473 昆蟲－26 出《異苑》
	*殷琅	廣 478 昆蟲－12 出《異苑》
	*蠶女	廣 479 昆蟲－9 出《原化傳》
	蠶馬	《搜神記》（唐前頁 265）
唐	*淳于棼	廣 475 昆蟲－出《異聞錄》
	*張景	廣 477 昆蟲－1 出《宣室志》
	*登封士人	廣 477 昆蟲－8 出《酉陽雜俎》

宋	*蔣教授	夷堅乙 2
清	*蓮花公主	聊 8（世）＼5（里）
	*綠衣女	聊 8（世）＼5（里）
	*素秋	聊 10（世）＼10（里）
水族類		
魏　晉	*白水素女	廣 62－5 出《搜神記》
		《搜神後記》（唐前頁 433）
	張福	（又：廣 468 水族－7「張福」出《搜神記》）
		《搜神記》（唐前頁 311）
	*丁初	廣 468 水族－8 出《搜神記》
	*楊醜奴	廣 468 水族－15 出《甄異志》
	謝宗	又廣 468 水族－16 出《志怪》「謝宗」
		《志怪》（唐前頁 380）
	*張方	廣 469 水族－1 出《異苑》
	*鍾道	廣 469 水族－2 出《幽明錄》
	*微生亮	廣 469 水族－5 出《三峽記》
	*彭城男子	廣 469 水族－7 出《列異傳》
	朱法公	廣 469 水族－8 出《續異記》
唐	*吳堪	廣 83 異人－9 出《原化記》
	*武昌民	廣 468 水族－11 出《廣古今五行記》
	王素	廣 468 水族－5 出《三吳記》
	*隋文帝	廣 469 水族－14 出《廣古今五行記》
	*長鬚國	廣 469 水族－17 出《酉陽雜俎》
	*薛二娘	廣 470 水族－5 出《通幽記》
	*高昱	廣 470 水族－7 出《傳奇》
	*鄧元佐	廣 471 水族－1 出《集異記》
清	白秋練	聊 4（世）＼11（里）
畜獸類		
（虎）		
魏　晉	*袁雙	廣 426 虎－7 出《五行記》

唐	*虎婦	廣 427 虎－2 出《廣異記》
	*天寶選人	廣 427 虎－7 出《原化記》
	申屠澄	廣 429 虎－2 出《河東記》
	*虎婦	廣 431 虎－6 出《廣異記》
	*崔韜	廣 433 虎－8 出《集異記》
（馬）		
唐	*張全	廣 436 馬－6 出《瀟湘記》
（犬）		
魏　晉	*溫敬林	廣 438 畜獸之犬－6 出《幽明錄》
	*庚氏	廣 438 畜獸之犬－7 出《續搜神記》
	*沈霸	廣 438 畜獸之犬－8 出《異苑》
唐	*杜修己	廣 438 畜獸之犬－15 出《瀟湘錄》
宋	*劉狗	夷堅丁 18
	*顧端仁	夷堅支乙 1
（豕）		
魏　晉	*吳郡士人	廣 439 畜獸之豕－20 出《搜神記》
唐	*元佶	廣 439 畜獸之豕－22 出《廣古今五行記》
	*李汾	廣 439 畜獸之豕－23 出《集異記》
（鼠）		
唐	*崔懷疑	廣 440 畜獸之鼠－18 出《廣異記》
宋	*張四妻	夷堅支乙 1
（狼）		
魏　晉	梁瑩	《述異記》87 條（古小說頁 192）
唐	*冀州刺史子	廣 442 畜獸之狼－3 出《廣異記》
	*張某妻	廣 442 畜獸之狼－6 出《稽神錄》
清	*黎氏	聊 15（世）＼5（里）
（獐）		
清	花姑子	聊 8（世）＼5（里）
（狸）		
魏　晉	*孫乞	廣 442 畜獸之狸－16 出《異苑》

唐	*淳于矜	廣 442 畜獸之狸－13 出《玄怪錄》
	*鄭氏子	廣 442 畜獸之狸－19 出《廣異記》
（狐）		
魏　晉	*陳羨	廣 447 狐－5 出《搜神記》
	*孫巖	廣 447 狐－9 出《洛陽伽藍記》
唐	*上官翼	廣 447 狐－18 出《廣異記》
	*楊伯成	廣 448 狐－5 出《廣異記》
	*劉甲	廣 448 狐－7 出《廣異記》
	*李參軍	廣 448 狐－8 出《廣異記》
	*李元恭	廣 449 狐－3 出《廣異記》
	*李氏	*廣 449 狐－5 出《廣異記》
	*韋明府	*廣 449 狐－6 出《廣異記》
	*王苞	廣 450 狐－1 出《廣異記》
	*徐安	廣 450 狐－4 出《廣異記》
	*楊氏女	廣 450 狐－8 出《廣異記》
	*薛迥	廣 450 狐－9 出《廣異記》
	*賀蘭進明	廣 451 狐－2 出《廣異記》
	*王黯	廣 451 狐－7 出《廣異記》
	*王璿	廣 451 狐－11 出《廣異記》
	*李麈	廣 451 狐－12 出《廣異記》
	*僧晏通	廣 451 狐－15 出《集異記》
	任氏傳	廣 452 狐－1 題沈既濟撰
	*李令緒	廣 453 狐－3 出《騰聽異志錄》
	*計眞	廣 454 狐－3 出《宣室志》
	*張立本	廣 454 狐－5 出《會昌解頤錄》
	*姚坤	廣 454 狐－6 出《傳奇》
	*昝規	廣 455 狐－3 出《奇事記》
宋	*玉眞道人	夷堅丁 16
	*茶僕崔三	夷堅支乙 2
	*衢州少婦	夷堅支乙 4

	西池春游侯生春遊遇狐怪	《青瑣高議》別集卷一
	西蜀異遇	《雲齋廣錄》(《古體小說鈔》——宋元卷)
明	*狐媚娘傳	餘話 3
清	青鳳	聊 1(世)＼1(里)
	*嬌娜	聊 1(世)＼1(里)
	嬰寧	聊 2(世)＼2(里)
	*蕭七	聊 10(世)＼6(里)
	*胡四姐	聊 2(世)＼2(里)
	蓮香	聊 2(世)＼2(里)
	巧娘	聊 2(世)＼2(里)
	*紅玉	聊 3(世)＼2(里)
	*恆娘	聊 4(世)＼10(里)
	*狐諧	聊 5(世)＼4(里)
	*辛十四娘	聊 5(世)＼4(里)
	*狐妾	聊 6(世)＼3(里)
	*阿霞	聊 6(世)＼3(里)
	*毛狐	聊 6(世)＼3(里)
	*青梅	聊 6(世)＼4(里)
	鴉頭	聊 7(世)＼5(里)
	*荷花三娘子	聊 8(世)＼5(里)
	*狐夢	聊 8(世)＼5(里)
	阿繡	聊 9(世)＼7(里)
	小翠	聊 9(世)＼7(里)
	*長亭	聊 10(世)＼10(里)
	鳳仙	聊 11(世)＼9(里)
	*小梅	聊 11(世)＼9(里)
	*張鴻漸	聊 11(世)＼9(里)
	嫦娥	聊 11(世)＼8(里)
	*雙燈	聊 14(世)＼4(里)
	*汾州狐	聊 14(世)＼2(里)

	*武孝廉	聊 15（世）＼5（里）
	*醜狐	聊 16（世）＼8（里）
（猿猴）		
魏　晉	*翟昭	廣 446 畜獸之彌猴－3 出《續搜神記》
	*徐寂之	廣 446 畜獸之彌猴－4 出《異苑》
唐	補江總白猿傳	廣 444 畜獸題作〈歐陽紇〉
	*陳巖	廣 444 畜獸之猿上－5 出《宣室志》
	*孫恪	廣 445 畜獸之猿－3 出《傳奇》
	*焦封	廣 446 畜獸之猩猩－11 出《瀟湘錄》
爬蟲類		
（蛟龍）		
魏　晉	*張魯女	廣 418 龍－3 出《道家雜記》
	*陸社兒	廣 425 龍之蛟－13 出《九江記》
	*長沙女	廣 425 龍之蛟－14 出《續搜神記》
唐	*湘中怨解	廣 298 題作〈太學鄭生〉
	*柳毅	廣 419 龍－1 出《異聞集》
	*凌波女	廣 420 龍－4 出《逸史》
	*柳子華	廣 424 龍－5 明鈔本出《劇談錄》
	*洪氏女	廣 425 龍之蛟－17 出《歙州圖經》
	*老蛟（另參〈靈應傳〉）	廣 425 龍之蛟－19 出《通幽記》
		廣 492 雜傳記－1 未題撰者出處
	*煙中怨	《唐人小說》引《綠窗新話》〈謝生取江中水仙〉
宋	*淨居巖蛟	夷堅甲 15
	*趙良臣	夷堅甲 18
（蛇）		
魏　晉	*楚王英女	廣 456 蛇－22 出《列異傳》
	*太元士人	廣 456 蛇－31 出《續搜神記》
唐	*王眞妻	廣 456 蛇－37 出《瀟湘錄》
	*朱覲	廣 456 蛇－38 出《集異記》
	*朱黃	廣 458 蛇－14 出《博異志》
	*李黃附	

鳥　類		
魏　晉	*徐奭	廣 460 禽鳥之鶴－6 出劉敬叔《異苑》
	蘇瓊	廣 460 禽鳥之鶴－11 出《幽冥錄》 （唐前頁 485 出《幽明錄》）
	豫章男子	玄中記（唐前頁 196）
	*新喻男子	（又：廣 463 禽鳥－11 出《搜神記》）
	*錢塘士人	廣 462 禽鳥之鷺－9 出《續搜神記》
	*烏君山	廣 462 禽鳥之烏－23 出《建安記》
	*史悝	廣 462 禽鳥－1 出《廣古今五行記》
唐	*柳歸舜	廣 18 神仙－1 出《續玄怪錄》
	*泰州人	廣 361 妖怪－13 出《朝野簽載》
	*戶部令史妻	廣 460 禽鳥之鶴－8 出《廣異記》
宋	王榭風濤飄入烏衣國	《青瑣高議》別集卷四
清	*阿英	聊 7（世）＼7（里）
草木類		
魏　晉	*趙尊師	廣 79 方士－9 出《野人閒話》
唐（五代）	*鮮卑女	廣 416 草木之花卉怪 7 出《異苑》
	*崔玄微	廣 416 草木之花卉怪 10 出《西陽雜俎》及《博異記》
	*光化寺客	廣 417 草木之花卉怪下－1 出《集異記》
	*田登孃	廣 417 草木之藥怪－9 出《西陽雜俎》
宋	*蘇昌遠	廣 52 神仙－2 出《續仙傳》
	*殷天祥	廣 417 草木之花卉怪下－7 出《北夢瑣言》
清	香玉	聊 3（世）＼11（里）
	葛巾	聊 4（世）＼10（里）
	黃英	聊 4（世）＼11（里）
	*封三娘	聊 8（世）＼5（里）
其　他		
（魅）		
唐	金友章	廣 364 妖怪－9 出《集異記》
宋	*漳民娶山鬼	夷堅甲 14
	*王彥太家	夷婺支乙 1

（土偶）		
魏　晉	趙文昭	廣 295 神－15 出《八朝窮怪錄》
	劉子卿	廣 295 神－19 出《八朝窮怪錄》
		《綠窗新話》〈劉卿遇康皇廟女〉
	*崔子武	廣 327 鬼－1 出《三國典略》
唐	*畫工	廣 286 幻術－9 出《聞奇錄》
	*張氏子	廣 366 妖怪－14 出《北夢瑣言》
	*廣陵士人	廣 367 妖怪－10 出《稽神錄》
	*姚司馬	廣 370 精怪－2 出《酉陽雜俎》
	*盧涵	廣 372 精怪－5 出《傳奇》
	*王勳	廣 384 再生－8 出《廣異記》
宋	*土偶胎	夷堅甲 17
	*永康倡女	夷堅甲 17
	*僧寺畫像	夷堅甲 19
	*唐四娘侍女	夷堅支甲 5
	*花月新聞	夷堅支庚 4
明	江廟泥神記	餘話 4
（其他）		
魏　晉	*楊禎	廣 373 精怪－出《墓異記》
	*陳濟妻	廣 396 精怪－21 出《神異錄》
	*玉龍	廣 401 寶－13 出《列異傳》
唐（五代）	*宜春郡民	廣 401 寶－3 出《玉堂閑話》
	*蔡彥卿	廣 401 寶－9 出《稽神錄》
	*岑氏	廣 401 寶－10 出《稽神錄》

附錄二：人物結構

仙 類

篇 名	女性主角（♀）		男性主角（♂）		女性配角		男性配角	
	姓 名	身 份	姓 名	身 份	姓 名	關 係	姓 名	關 係
*崔子武		山祠畫女	崔子武					
趙文昭	不詳	清溪神廟神女	趙文昭	東宮侍講	不詳	清溪廟畫中侍女＋		
袁相根碩	一名瑩珠	不詳	袁相根碩	會稽剡縣民				
洞庭山	不詳		不詳	採藥石之人				
天台二女（劉晨阮肇）	不詳	天台山仙女	劉晨阮肇	採藥				
黃原	妙音		黃原	不詳	不詳	婢＋		
劉子卿	不詳	廬山康王廟泥塑女神	劉子卿					
蕭總	巫山神女	神女	蕭總	南齊太祖族兄之子				
*王勳	不詳	華岳廟第三女	王勳	進士			趙望舒	王勳徒
*王遠	麻姑							
*介象	不詳	（神仙）						
*元柳二公	南溟夫人使女	水仙					不詳	♂舊門生
*韋弇	仙子	玉清仙府						
*殷天祥	花神	杜鵑花神						
*張卓	不詳	仙人之女	張卓	明經及第			不詳	仙人＋♀之父
*楊眞伯	不詳	豈非洞庭諸仙乎	楊眞伯		不詳	青衣		
*玄天二女	旋波提謨	九天玄女所化						
*畫工	眞眞	畫中之女南嶽地仙	趙顏	進士			畫工	＋
							不詳	♂之友－

*后土夫人	后土夫人		韋安道	起居舍人眞之子			韋眞夫婦	
*張無頗	不詳	廣利王女	張無頗	進士	袁大娘	善易者+ 袁天綱女 程先生妻	廣利王	+
					王后	♀之母+		
*緝雲鬼仙	英華	鬼仙	齊生	主簿王傳表弟	不詳	主簿妻	王傳	緝雲主簿
							不詳	中奉
							不詳	部使者
							不詳	丞
							趙道之	邑令
嫦娥	嫦娥	仙	宗子美		林嫗	鴇（？）		
					顚當	狐		
*翩翩	翩翩	女仙	羅子浮	浪子	不詳	金陵娼		
					花城	女仙		
*西湖主		地仙	陳弼教（明允）		不詳	豬婆龍 ♀之母 洞庭湖君妃子		
					不詳	小魚婢子		
*仙人島	文芳雲	地仙	王勉（黽齋）		雲和夫人	神女	崔眞人	道士
					明璫	♀之婢	文若桓	♀之父+ 地仙
					文綠雲	♀之妹		
*雲蘿公主	雲蘿公主	神女	安大業		不詳	♂之母	袁大用	俠盜
神女	傅氏	仙女	米生		顧博士	♂之妾	傅翁	南岳都理司 ♀之父
*蕙芳	蕙芳	謫仙	馬二混	以貨麵爲業	不詳	♂之母		
					呂媼	媒		
*粉蝶	粉蝶	女仙婢	陽日旦	瓊州士人也	十娘	♂姑	晏海嶼	♂姑丈

*錦瑟	錦瑟	仙姬	王生	書生	蘭氏	富翁之女	蘭氏	富翁
					悍婦	不詳	陝中某賈
					春燕	♀之婢		
					瑤臺	♀長姊		
					不詳	陝賈之妾		

符號説明：♂表男性主角、♀表女性主角、●表男性配角、＋表對主角愛情有正面助力、—表對主角愛情有反面阻力（以下各表同，不另註明）。

夫妻類

篇　名	女性主角		男性主角		女性配角		男性配角	
	姓　名	身　份	姓　名	身　份	姓　名	關　係	姓　名	關　係
韓憑妻	何氏	舍人妻	韓憑	舍人			康王	貴族—
望夫石	不詳	軍人妻						
李夫人			漢武帝				李少君	（術士）＋
荀澤	孔氏	妻	荀澤					
王肇宗	韓氏	妻	王肇宗					
陸東美	朱氏	不詳	陸東美					
胡邕	張氏	不詳	胡邕					
*營陵人	不詳	不詳	不詳				北海道人	道士＋
周義	劉氏	沛國劉旦孫女	周義	豫彰艾縣令弟				
許至雍	某氏		許至雍				趙十四	男巫＋
韋隱	韓氏	將作少匠韓晉卿女	韋隱	尚衣奉御				
*唐晅	張氏	（其母）適張恭即安定張軹之後隱居滑州衛南，人多重之，有子三人，進士擢第，有女三人	唐晅	（其姑即其妻之母，故為其妻之表兄）				

*韋檢	不詳	姬	韋檢	舉進士不第				
韋氏子	不詳	妓爲姬	韋氏子	舉進士，門閥甚盛			任處士	方士＋
李行脩	王氏	江西廉使王仲舒女	李行脩	諫議大夫			蒼頭	
							王仲舒	江西廉使＋
							衛隨	李之秘書
							王老	稠桑驛老
*崔尉子	王氏	太原人	崔尉子	清河人，家居於滎陽授吉州大和縣尉	盧氏	崔尉母	孫氏	舟人－
*陳義郎	郭氏	郭愔之女					周茂方	同鄉同於三鄉習業
*李文敏	崔氏	夫李文敏爲廣州錄事參軍	李子	李文敏之子	李母	李文敏母	不詳	寇（廣州都虞侯）
*華陽李尉	不詳	華陽李尉之妻	張某	劍南節度使			李尉	
*崔碣	不詳	估客之妻	王可久	估客			楊乾夫	卜者－
								官府－
							崔碣	＋
*張夫人	鄭氏	太常博士夫人	張子能	太常博士			鄧洵仁	右丞
*陸氏負約	陸氏		鄭某					
*陳氏前夫	陳氏	侍郎之女	石氏	不詳			陳德應	侍郎
*晁安宅妻	不詳	晁安宅妻	晁安宅	大族之子巨富	不詳	♂乳母	王生	紅巾邵伯之黨
*俠婦人	不詳	不詳	董國慶	進士萊州膠水縣主簿			不詳	逆旅主人
							不詳	♀之兄估客

*吉撝之妻	王氏	樞密倫女弟也	吉撝	岳州平江令	不詳	巫嫗		
					張氏	♂之繼室同郡		
*胡生妻	不詳	不詳	胡氏	富家子	張氏	♂之繼室		
*袁從政	陳氏	不詳	袁從政	紹興庚辰登第調邰縣尉	涂氏	♂之繼室	史令	♂之同年
*楊政姬妾	不詳	姬	楊政	秦中名將官至太尉			不詳	♂所親大將
太原意娘	王意娘	士人妻	韓師厚	南朝遣使通和	不詳	打線嫗	楊從善	吏
愛卿傳	羅愛愛	嘉興名倡也	趙氏子	與♀同郡第六亦簪纓族	不詳	♂之母	劉萬戶	元人將領一
翠翠傳	劉翠翠	淮安民家女也	金定	♀之同學同年	不詳	媒	劉氏	♀父
							金氏	♂父
							李將軍	張士誠部將一
芙蓉屏記	王氏		崔英	家極富以父蔭補浙江永嘉尉	尼+		顧阿秀一	舟子
					高夫人+	高納麟之妻	郭慶春+	
							高納麟+	前御史大夫
庚娘	庚娘	太守女	金大用	中州舊家子	耿夫人+	巨家寡嫗	王十八一	舟子
							王十九	●之弟
							尹翁+	富民
							袁公+	副將軍與尹有舊
							不詳	盜墓者
*江城	江城	塾師之女	高蕃	書生	不詳	♀之婢	樊翁	♀之父
					不詳	♀之母	高仲鴻	♂之父
					不詳	♂之母	葛氏	諸生
					李媼	媒		♀之姊夫
					樊氏	♀之姊	王子雅	♂之同窗
					謝芳蘭	南昌名妓	不詳+	老僧

篇名								
*章阿瑞			戚生		不詳	♂之妻		
*呂無病	呂無病	（鬼）	孫麒	世家子	不詳	♂姨母	朱先生	廣文
					許氏	♂繼室		
					王氏－	♂繼室 王天官女		
*土偶	王氏	節婦	馬氏	鬼	不詳	♀之母		
					不詳	♀之姑		
						♂之母		
*鬼妻	不詳		聶鵬雲		不詳	繼室		
*林氏	林氏	賢婦	戚安期		海棠	婢		
*姚安	宮綠娥	與♂同里	姚安	與♀同里				

未婚類

篇　名	女性主角		男性主角		女性配角		男性配角	
	姓　名	身　份	姓　名	身　份	姓　名	關　係	姓　名	關　係
吳王小女	紫玉	帝女	韓重	平民	不詳	♀母 王后	吳王夫差	♀父－
河間男子	不詳	（民女？）	不詳	軍人			不詳	♀父母－
							不詳	女夫－
							不詳	廷尉＋
*河間郡男女	不詳	（民女？）	不詳	軍人			不詳	父母－
							不詳	女夫－
							王導	秘書郎＋
*徐玄方女	徐玄方女	前任太守女	馬子	馮孝將子				
*鄭中婦人	不詳	魏文帝宮人	竇建德	將				
*李仲通婢	不詳	李仲通婢						
*王道平	唐父喻	（民女？）	王道平	軍人			不詳	♀父母－
							劉祥	女後夫－
							州縣	
							不詳	王＋

零陵太守女女	史氏女	太守女	不詳	書吏			史滿	♀父+太守
賈公女	賈充（公閭）女	高級士人女	韓壽	小吏?	不詳	婢+		
	（陳騫）女					+	陳騫	♀父+
南徐士人	不詳	客舍女子	不詳	士人				
庚邈	郭凝	不詳	庚邈					
買粉兒	不詳	商人女賣胡粉	不詳	富家獨子	♂之母	富家母+		
龐阿	石氏女	不詳	龐阿	不詳	不詳	龐阿妻－	石氏	不詳+♀父
王乙	李氏女	莊所女兒	王乙	官宦	婢	♀婢+		
*盧李二生	陸長源女	行軍之女						
*薛肇	柳氏	不詳						
*邛人	不詳	一婦人	韋氏	不詳				
王宙	張倩娘	官小姐幼女（其姐早亡）	王宙	♀之表兄	不詳	♂母+	張鎰	♀父♂舅因官家於衡州－+
孫五哥	王眞眞	♂表妹	孫愈	不詳	王氏	♂之母♀之姑	王氏	♀之父－♂之舅
*鄭生			鄭生	應舉之京	不詳	♂之從姑	柳氏	淮陰縣令
					柳母	縣令妻		
韋皋	玉簫	使君子奶娘之女青衣	韋皋	西川節度使			姜荊寶	使君之子已習二經辭韋之後尋以明經及第，再選青城縣令+
	玉簫	東川盧八座送一歌姬					祖山人	+
崔護	不詳	不詳	崔護	舉進士第			不詳	♀父+

柳氏傳	柳氏	李生之姬	韓翊				李生	＋
							沙吒利	蕃將－
							許俊	虞侯＋
飛煙傳	步飛煙	妾	趙象	亦衣纓之族	不詳	門媼＋	武公業	河南府功曹參軍－
					不詳	♀女奴－		
無雙傳	劉無雙	朝臣之女♂之表妹	王仙客	♀之表兄	王氏	♂之母＋	劉震	建中中朝臣－♀之父♂之舅
					不詳	♀之母＋♂之舅母	塞鴻	蒼頭＋
					彩蘋	♀婢＋	古生	押衙＋
鶯鶯傳	崔鶯鶯	不詳	張生	士人	鄭氏	♀之母		
					紅娘	♀之婢＋		
鄂州南市女	吳氏	富人之女	彭先	草市茶店僕	不詳	♀之母	吳氏	♀父－＋
							不詳	♀親戚＋
							不詳	樵夫
吳小員外	不詳	當壚女	吳小員外	富人之子			趙應之	南京宗室♂友＋
							皇甫法師	－
*劉潛女	劉氏	大富之女						
金鳳釵記	吳慶娘	妹　富家女	崔興哥	宦族♀之鄰	♀母		崔君	宦族＋
					吳興娘	富家女＋♂之鄰	吳防禦	富人＋
							金榮	舊家僕
聯芳樓記	薛蘭英薛惠英	吳郡富室之女父以糶米爲業	鄭生	亦甲族，其父與薛素厚			薛氏	♀之父
渭塘奇遇	不詳	肆主亦富家	王生	本士族子			不詳	酒肆主人亦富家
秋香亭記	楊采采		商生		商氏	♀之祖母♂之姑祖	楊氏	延祐大詩人浦城公之裔
							商氏	♂之父
							王氏	♀之夫

連理樹記	賈蓬萊	國史檢討之幼女	上官粹	奎章閣授	不詳	♀之母	上官守愚	奎章閣授經郎
							賈虛中	♂之父國史檢討
鶯鶯傳	趙鶯鶯（文鵷）		柳穎	經郎之子	不詳	♀之母	繆氏	♀之後聘者
					王媽媽	穿珠匠婦	趙舉	♀之父＋
					不詳	巫媼		
					不詳	趙萬戶夫人		
鳳尾草記	不詳	其母爲♂姑之妯娌	龍生	其姑爲♀母之妯娌	不詳	♂之姑♀之嬸	張眞人	—
					不詳	♀之母		
瓊奴傳	王瓊奴		徐苕郎		不詳	♀母＋	沈必貴	富人＋♀之繼父
							劉均玉	●(1)父—
							劉漢老	●(1)—
							沈耕雲	族長
							吳指揮	●(2)—
							杜君	老驛使亦常山人＋
							丁總旗	♂同伴＋
							傅公	監察御史＋
秋千會記	速哥失里	三夫人之女	帖木兒拜住（往）	樞密同簽之子	不詳	♂之母	字羅	宣徽院使♀之父
					不詳	三夫人—♀之母		
阿寶	阿寶	大賈之女	孫子楚	名士也			不詳	大賈♀之父
陳雲棲	陳雲棲	道士	眞毓生	孝廉之子	白雲深	♀師姐		
					不詳	♂母＋		

*連城	史連城	孝廉之女	喬年（大年）		史賓娘	長沙太守女	史孝廉	♀父
							史太守	賓娘父
							王化生	釃賈之子♀所定之夫－
							顧生	♂之友
青娥	武青娥	其父武評事者好道入山不返	霍桓（匡九）	父官縣尉早卒	不詳	♂之母	歐公	邑宰
					不詳	♀之母	不詳	道士＋
							不詳	老叟
							武評事	♀之父－
阿繡	阿繡	商人之女前世為狐	劉子固	書生	不詳	♂之母	不詳	僕－
					（假阿繡）	狐＋		
*菱角	焦菱角	畫工之女	胡大成		不詳	♂母	崔爾成	♀父好友
王桂菴	孟芸娘	士人家之後	王樨（桂庵）	大名世家子			孟江離	榜人
							徐太僕	與有世誼
							莫翁	＋
寄生	張五可	大姓之女	寄生（王孫）	癡	閨秀	♂表妹	鄭子僑	♂之姑丈
					孟芸娘	♂母	王桂庵	♂父
					王二娘	♀之母	張氏	♀父
					于氏	媒媼		
*寶氏	寶氏	農家女	南三復	晉陽世家也	不詳	大家女	寶廷章	農人
					曹女	進士女	不詳	大家－
					姚女	孝廉女	不詳	官－＼＋
*宦娘	葛良工	部郎之女	溫如春	秦之世家	不詳	♀之姨	不詳	道人
					葛夫人	♀母	葛公	林下部郎
					宦娘	鬼		
*生王二	不詳	不詳	王生二	獵戶				
*翟八姊	翟八姊	居孀	王三客	商人				

妓女類

篇　　名	女性主角	男性主角			女性配角		男性配角	
		姓　　名	社會身份	婚姻狀況	姓　名	關　係	姓　名	關　係
李娃傳	李娃	鄭生	世家子	未婚		♀假母-	滎陽公	♂父-+
							不詳	凶肆主人
霍小玉傳	霍小玉	李益	進士及第	未婚後論婚於高門	鮑十一娘	媒+	崔允明	♂中表弟+
					淨持	♀母+	（黃衫客）	無(豪俠)+
					不詳	♂母-		
楊娟傳	楊娟	不詳	嶺南帥	已婚	不詳	♂妻-	不詳	監軍使+
韋氏子	不詳	韋氏	舉進士	不詳			任處士	方士+
歐陽詹	不詳	歐陽詹	進士 國子四門助教	不詳	不詳	♀之妹+		
戎煜	不詳	戎煜	部內刺史	不詳			不詳	樂將-
							韓滉	鎮浙西+
薛宜僚	段東美	薛宜僚	新羅冊贈使	不詳				
吳女盈盈	盈盈	王山	通判	不詳				
*古田倡	周氏	陳築	古田尉	不詳				
*碧瀾堂	不詳	不詳	本富家子後淪為丐	不詳	（不詳）	（♂父母）-	（不詳）	（♂父母）-
*傅九林小姐	林小姐	傅九	為倡家營辦生業	不詳				
愛卿傳	愛卿	趙氏子	簪纓族	未婚	不詳	♂母（+）	劉萬戶	敵將-
瑞雲	瑞雲	賀生	才子 家僅中資	未婚	蔡媼	♀假母-	和生	（秀才）+
*彭海秋	娟娘	彭好古	諸生	不詳			彭海秋	書生+

鬼　類

篇　名	女性主角		男性主角		女性配角		男性配角	
	姓　名	身　份	姓　名	身　份	姓　名	關　係	姓　名	關　係
*吳祥	張姑子	鬼	吳祥	諸暨縣吏				
*鄭奇	吳氏婦	鬼	鄭奇	郡侍奉掾				
*秦樹	不詳	不詳	秦樹	不詳				
*周秦行記	薄太后	漢文帝母	牛僧儒					
徐玄方女	徐氏女	前太守北海太守徐玄方女	馮馬子	廣州太守馮孝將子			徐玄方	前任廣州太守＋♀父
章汎	徐秋英	不詳	章汎	護軍府吏			徐氏	♀父
徐琦	不詳	不詳	徐琦	不詳				
*李仲文女	李氏女	前任太守女	張子長	後任太守子	不詳	婢－	李仲文	前任太守♀父
劉長史女	劉氏女	劉長史女劉素與司丘掾高廣相善	高氏子丘掾高廣相	司丘掾之子	不詳	婢＋	劉長史	長史＋♀父
					劉夫人	♀母－＋	高廣	司丘掾♂父
張果女	張氏女	易州司馬女	劉氏子	後任司馬之子			劉乙	後任司馬＋
							（張果夫婦）馬氏	前任司馬數政前郡倅＋
盧充	崔氏女	崔少府女	盧充	范陽人	大家	♀姨母	崔少府	＋
談生	不詳	不詳	談生				睢陽王	♀父＋
鍾繇	不詳	不詳	鍾繇	字元長仕漢魏官至太傅封定陵侯卒謚成侯			不詳	不詳－
李陶	鄭氏女	不詳	李陶	官宦	不詳	♀婢＋		
					陶母	♂母－		

王玄之	不詳	兒本前高密令女嫁爲任氏妻任無行見薄父母憐念呼令歸後乃遇疾卒殯於此	王玄之					
崔基	朱氏	不詳	崔基	不詳				
王敬伯	劉妙容（字雅華一又做麗華）	吳令之女	王敬伯	仕於東宮爲衛佐	春條桃枝	♀婢＋	劉惠明	吳令＋♀父
李章武	不詳	不詳 王氏子婦	李章武		楊六娘	東鄉婦＋		
華州參軍	崔氏		柳參軍	名族之子	輕紅	青衣＋	王氏	♀舅－金吾將軍
					王氏	崔母＋	金吾子	♀表兄－
曾季衡	王麗眞	父今爲重鎮	曾季衡	監州防禦使曾孝安之孫				
謝翱	不詳	不詳	謝翱	嘗舉進士				
*獨孤穆	楊六娘（壽兒）	娘子與君乃有舊	獨孤穆	隋將獨孤盛之八代孫	不詳	青衣		
					來護兒	大將軍歌人		
*許老翁	李氏	士曹妻	裴兵曹	上元夫人衣庫之官	章仇妻	節度使夫人	章仇兼瓊	節度使
*葛氏婦	不詳	葛周子十二郎之妻	三郎君	天齊王之愛子				
*王志	王氏女	父王志爲益州縣令考滿還鄉	不詳	學生			王志	女父＋縣令秩滿
*道德里書生	不詳	不詳	不詳	書生				
*新繁縣令	不詳	女工	不詳	縣令			不詳	縣尉
*范俶	不詳	不詳	范俶	酒肆老闆				

*李咸	不詳	不詳	李咸	王容姨弟	王容	李咸姐夫		
*王垂	不詳	不詳	王垂		盧收	王好友		
*鄔濤	王氏	不詳	鄔濤	精習墳典好道術			楊景霄	道士－♂之所知
*梁璟	蕙娘		梁璟	將舉孝廉				
*顏濬	張貴妃	（陳朝）	顏濬	進士	趙幼芳	青衣＋		
					孔貴嬪	袁昭儀＋		
					江脩容			
					何婕妤			
*李雲	楚賓	姬	李雲	南鄭縣尉				
*何四郎			何四郎	以鬻粧粉自業				
*項宋英	不詳	某官亡女	項宋英	儀曹，館之書室				
*蔣通判女	蔣氏	蔣通判女	錢符	台州簽判				
*葉若谷	不詳	不詳	葉若谷	承信郎	不詳	不詳		
				爲鑄錢司催綱官				
*京師異婦人	不詳	不詳	不詳	京師士人			不詳	♂友人－
							王文卿	葆眞宮法師－
*饒州官廨	（韓秀）	官奴	胡价	士人館客			韓參	常平主管官
*楊大同	不詳	不詳	楊大同	士人			楊氏	♂之兄
							帝	上帝
*婦人三重齒	不詳	不詳	不詳	鄭雍（公肅）友丞之姪			不詳	不詳
*乘氏疑獄	不詳	倡女	傅家子	豪家子	不詳	♀之養母	傅氏	♂之弟
					不詳	♂之妻		
*陳王猷婦	不詳	陳王猷子婦	陳氏	陳王猷子（猷乃梅州守）				

*縉雲鬼仙	英華	鬼仙	齊生	主簿王傳表弟	不詳	主簿妻	王傳	縉雲主簿
							不詳	中奉
							不詳	部使者
							不詳	丞
							趙道之	邑令
*莫小儒人	莫小儒人		高公儒	不詳			林承信	提轄
							許叔容（子中）	不詳
							不詳	老僧
*劉子昂	不詳	巨屍	劉子昂	和州守			不詳	天慶觀道士
*趙七使	不詳	不詳	趙子舉（升之）	宗室			不詳	道人
*餘杭宗女	不詳	某王宮幾縣主宗女	不詳	寺僧	不詳	♀之母	不詳	宗室♀之父
*胡氏子	趙氏	前通判之女	胡氏	其父爲蜀中倅			不詳	蜀中倅
							趙氏	前任通判
*京師酒肆	不詳	大面惡鬼	廉布宣仲孫，肖之	太學生				
*童銀匠	王氏	不詳	童銀匠	銀匠				
*魏秀才	不詳	不詳	魏氏	私塾師			宇文氏	大族
*大儀古驛	不詳	不詳	姜迪	右侍禁爲天長鎭大儀縣巡檢	不詳	♀之妹	孫古者	供奉官
*張客奇遇	廿二娘	倡	楊生	商人	不詳	●之妻	張客	商人
*唐蕭氏女	蕭氏女		李立	殿前司遊弈軍卒			不詳	♂之同僚
							不詳	♂之長官
							宋安國	善術者
*張相公夫人	不詳	張相公夫人	錢履道	不詳	不詳	小妾		
			（嘉貞）	士人				

*呂使君宅	不詳	呂使君夫人	賀忠	殿前司後軍副將	不詳	♀之姐	賀氏	♂之子
					不詳	♂之妻		
*史翁女	不詳		胡質夫	士人	不詳	♀之祖母	饒邠	士人
							史翁	不詳 ♀之祖父
*寧行者			寧行者	不詳			不詳	主僧
*南陵美婦	不詳	不詳	不詳	民			不詳	道人
							周氏	縣宰徐大倫妻弟
馬絢娘	馬絢娘	數政前郡倅馬公之女	（不詳）	士人				
金鳳釵記	吳慶娘	妹 富室之女	崔興哥	宦族 ♀之鄰	♀母		崔君	宦族
					吳興娘	富家女+♂之鄰	吳防禦	揚州富人
							金榮	♀舊家人
滕穆醉遊聚景園記	衛芳華	故宋理宗宮人	滕穆					
牡丹燈記	符漱芳（麗卿）	故奉化州判女也	喬生	初喪其偶			不詳	鄰翁—
							魏法師	—
							鐵冠道人	—
綠衣人傳	不詳	賈似道侍兒	趙源	游學錢塘				
田洙遇薛濤聯句記	薛濤		田洙	成都教官子	不詳	♂之母	田百祿	♂之父
							張氏	附郭大姓
秋夕訪琵琶亭記	鄭婉娥	僞漢陳主婕妤	沈韶年					
*聶小倩	聶小倩		寧采臣		不詳	♂之母—+	燕赤霞	劍客+
蓮香	（蓮香）	（狐）	桑曉（子明）		李氏	鬼	不詳	東鄰生
					章燕兒 章母	富室之女	章氏	富室

巧娘	巧娘		傅廉	縉紳之子	三娘	狐	傅氏	富室
					華氏	狐母－		
					傅母	♂之母		
					媼	♂之僕		
林四娘 林四娘記	林四娘	衡府宮人	陳寶鑰	山東青州道僉事	不詳	♂之妻		
魯公女	魯公女	邑令之女	張於旦		不詳	♀二世之母	魯公	邑令
							盧戶部	♀二世之
晚霞	晚霞		蔣阿端		解姥		不詳	他部童子＋
*連瑣	連瑣		楊于畏				薛生	♂之友
							王生	♂之友＋
*阿霞	阿霞		文登（景星）		不詳	♂之妻	陳生	
							鄭生	♀之夫
*公孫九娘	公孫九娘		不詳		不詳	♂之外甥女＋	朱生	♂之友
					公孫老夫人	♀之母		
梅女	梅女		封雲亭		愛卿	浙娼	不詳	浙之世族
							展孝廉	♀後生之父
*章阿端	章阿端		戚生		不詳	♂之妻		
伍秋月	伍秋月	名儒之女	王鼎（仙湖）				王鼐	江北名士 ♂兄
*宦娘	宦娘		溫如春	秦之世家	不詳	♀之姨	不詳	道人
					葛夫人		葛公	林下部郎
					葛良工	部郎之女		
*小謝	阮小謝		陶望三	小吏	喬秋容		不詳	道士
							郝氏	秋容再生之父 富室
*愛奴	愛奴	鬼	徐生	塾師	蔣夫人			

					不詳	♂姨母	朱先生	廣文
*呂無病	呂無病		孫麒	世家子	許氏	♂繼室		
					王氏	♂繼室		
房文淑	房文淑	（不詳姑附於此）	鄧成德		婁氏	♂之妻		
*鬼妻	不詳		聶鵬雲		不詳	繼室		

妖　類

篇　名	女性主角		男性主角		女性配角		男性配角	
	姓　名	身　份	姓　名	身　份	姓　名	關　係	姓　名	關　係
蠶馬	不詳	不詳	不詳	牡馬			不詳	♀父－
*蠶女	不詳	不詳	不詳	馬	不詳	♀之母	不詳	♀父
*園客	不詳	五色蛾	園客	不詳				
*朱誕給使	不詳	給使妻	不詳	給使			不詳	蟬
*王雙	不詳	蚯蚓	王雙	不詳				
徐邈	不詳	大青蚱蜢	徐邈	中書侍郎			不詳	♂門生－
*張景	張氏	裨將之女	曹氏子	蟛蜞			張景	本郡裨將
*淳于棼	金枝公主瑤芳	蟻	淳于棼	武人之子				
*登封士人	不詳	蟲	不詳	士人				
*殷琅	不詳	蜘蛛	殷琅	養子	不詳	♂之養母		
*蔣教授	英華	白蚓	蔣教授	紹興二年登科處州縉雲主簿調信州教授	周氏	♂之妻	不詳	♀之父
					柯氏	♂之母		
張福	不詳	鼉	張福	不詳				
*丁初	不詳	大蒼獺	丁初	陂吏				
*楊醜奴	不詳	獺	楊醜奴	不詳				
*武昌民	不詳	不詳	不詳	白鼉			不詳	青蛇傳通
							不詳	龜是媒人
							不詳	巫

謝宗	不詳	龜	謝宗	會稽吏			不詳	人－
*張方	張道香	張方之女	不詳	獺			王纂	
*鍾道	不詳	不詳	鍾道	永興縣吏				
*微生亮	不詳	白魚	微生亮	溪人				
*彭城男子	不詳	不詳	不詳	不詳	不詳	鯉魚		
白水素女	白水素女	螺	謝端					
吳堪	不詳	白螺精	吳堪	縣吏	鄰母	♂鄰居	不詳	縣宰豪士－
朱法公	不詳	龜	朱法公	不詳				
王素	王氏女	民女	江郎	白魚妖	不詳	♀母	王素	會稽餘姚縣百姓＋一
*隋文帝	不詳	宮人	不詳	龜				
*長鬚國	不詳		不詳	士人	不詳	王		
					不詳	龍王		
*薛二娘	沈氏	民女	不詳	巨獺	薛二娘	巫		
*鄧元佐	不詳	螺	鄧元佐	不詳				
*袁雙	不詳	虎	袁雙	民			不詳	不詳
*虎婦	不詳	不詳	不詳	虎				
*天寶選人	不詳	不詳	不詳	選人				
申屠澄	不詳	虎	申徒澄	自布衣調補濮州什邡尉	不詳	女母	不詳	女父＋
*虎婦	不詳	賣飯人之子婦	不詳	虎				
*崔韜	不詳	虎	崔韜	士人				
*張全	不詳	馬	張全	益州刺史				
*溫敬林	桓氏	秘書監之妻	不詳	鄰家老黃狗			溫氏	♂兄之子－
*庚氏	庚氏	府佐之繼室	王氏	會稽府佐			不詳	老黃狗
*沈霸	不詳	牝狗	沈霸	不詳			不詳	♂之同伴
							不詳	♀之父

*杜修己	薛氏	趙州富人薛賓之女	不詳	白犬			杜修己	不詳
*劉狗	不詳	狗	劉生				不詳	⚥之僕
*顧端仁	不詳	貓精	顧端仁	秀才			張仲卿	⚥之友
							顧氏	⚥之父
							黃法師	
*吳郡士人	不詳	母豬	王	士人				
*元佶	不詳	母豬			不詳	大家主人		
*李汾	不詳	母豬	李汾	秀才			張叟	富人
*崔懷疑	不詳	不詳	不詳	鼠				
*張四妻	不詳	民妻	張四	民			不詳	白鼠
							混元法師董中莆	道士
*冀州刺史	不詳	大白狼	不詳	刺史之子			不詳	冀州刺史＋
*張某妻	不詳	縣民張某妻	不詳	狼			張某	縣民
梁瑩	梁瑩（假）	狸⚥鄰女	董逸	少時				
*淳于矜	不詳	狸	淳于矜	不詳			不詳	獵者⚥之友
*孫乞	不詳	大狸	孫乞	縣吏？				
*鄭氏子	不詳	狸	鄭氏子	不詳	不詳	鄭氏之妻		
*茶僕崔三	不詳	狸？	崔三	茶肆僕人			崔二	⚥之兄
*陳羨	阿紫	狐	靈孝	西海都尉陳羨部曲士			陳羨	西海都尉
*孫巖	不詳	狐	孫巖	挽歌者				
任氏傳	任氏	狐	鄭六	不詳	不詳	女奴	韋崟	韋使君第九信安王禕之外孫⚥爲其從父妹婿
					寵奴	刁將軍之吹笙者		
					不詳	寵奴之母任之內姊		

*上官翼	不詳	狐	上官子	絳州司馬之子	不詳	老婢	上官翼	絳州司馬
*楊伯成	楊氏	京兆少尹楊伯成之女	吳南鶴	狐			楊伯成	京兆少尹
							不詳	道士
*李氏	李氏		十四兄	大狐	不詳	老婦	不詳	小狐 十四兄之弟
*韋明府	韋氏	韋明府之女	崔參軍	狐	不詳	女之母	韋明府	女之父
							不詳	道士
*王苞	不詳	狐	王苞	太學生			葉靜能	不詳 ♂之師
*徐安	王氏	民妻	徐安	不詳	不詳	老狐		
*楊氏女	楊氏	不詳	小胡郎 大胡郎	野狐				
*薛迥	不詳	野狐	薛迥	士人				
*賀蘭進明	不詳	狐						
*王黯	不詳	狐	王黯	士人	崔氏	♂之妻	崔士同	沔州刺史 ♂之岳父
					不詳	老狐奴婢		
*王璿	不詳	狐						
*李麐	鄭四娘	狐 賣胡餅婦	李麐	東平尉	蕭氏	不詳		
*僧晏通	不詳	狐	不詳	易定軍人			晏通	僧
*劉甲	不詳	士人之妻	劉甲	士人				
*李參軍	蕭氏	狐	李參軍				不詳	老人
							蕭氏	老狐
							王顒	參軍
							陶貞益	都督
*李元恭	崔氏	吏部侍郎李元恭外孫女	胡郎	狐			李氏	吏部侍郎李元恭之子 崔氏之舅

*李令緒	不詳	狐鬼 本某太守女…嫁爲蘇氏妻遇疾終…天帝配娘子爲天狼將軍夫人故有神通	李令緒	兵部侍郎李紓堂兄	金花	金花是從嫁後數月亦卒……金花亦承阿郎餘蔭	胡璿	豫州刺史狐婿
*計眞	詳李氏	狐	計眞				李外郎	狐
*張立本	張氏女	草場官張立本之女	不詳	狐			張立本	草場官
							法舟	僧 張立本友
*姚坤	夭桃	狐	姚坤	處士			不詳	狐
*昝規	不詳	不詳 昝規妻	昝規	不詳			不詳	老父 老狐
*玉眞道人	玉眞道人	狐	高荷（子勉）					
*衢州少婦	不詳	狐 寡婦	李五七	沒落子弟			不詳	♂家人一
*狐媚娘傳	狐媚娘	狐	蕭裕	進士 新除耀州判官	不詳	黃興之妻	黃興	新鄭驛卒
							周榮	吏
							不詳	太守
							尹澹然	重陽宮道士
*陳巖	侯氏	猿	陳巖	舉孝廉			劉氏	眞源尉
							郝居士	不詳一
*翟昭	不詳	丁零王翟昭後宮妓	不詳	獼猴			翟昭	丁零王
*徐寂之	不詳	獼猴	徐寂之	不詳			徐（？）之	寂之弟一
*補江總白	不詳	歐陽紇妻	猿	吾已千歲	被擄眾婦女		歐陽紇	平南將軍別將一
*孫恪	袁氏	老猿	孫恪	秀才	不詳	青衣	張閒雲	處士一 ♂之表兄

*焦封	不詳	猩猩	焦封	前浚儀令	不詳	青衣		
*張魯女	張氏				不詳	婢女		
*陸社兒	不詳	大蛟龍	陸社兒	農民				
*長沙女	不詳	民女		（蛟）				
*洪氏女	洪氏女	不詳	不詳	蛟				
			不詳					
			黎氏	女之婿				
*老蛟	不詳	老蛟	不詳	少年				
*柳毅	不詳	龍女	柳毅	儒生			洞庭君	♀父
							錢塘君	♀叔
*凌波女	不詳	龍女						
*柳子華	不詳	龍女	柳子華	城都令				
*湘中怨解	不詳	湘中蛟宮之娣	鄭生	太學生			不詳	
*煙中怨	不詳	越溪漁者之女	謝生				漁者楊父	＋
*趙良臣	不詳	魚蛟之精	趙良臣	士人	不詳	♂之妻		
*楚王英女	英	楚王少女	伯敬	蛇			魯少千	
*太元士人	不詳	士人女	不詳	蛇				
*王眞妻	趙氏	華陰縣令王眞妻	王眞	華陰縣令			不詳	
*朱覬	鄧氏	逆旅主人鄧全賓之女	不詳	蛇			朱覬	陳蔡遊俠之士也
*李黃	袁氏	女前事李今身衣李之服方除服	李黃	鹽鐵使遜之猶子也	不詳	♀之姨		
*李黃附	不詳	蛇	李琯	鳳翔節度李聽之從子任金吾	不詳	♀之女奴		

*淨居巖蛟	不詳	蟒	宗譽	僧				
			善同	僧				
			妙印	游僧				
			祖淵	行者				
蘇瓊	蘇瓊	雌白鵠	不詳	不詳			不詳	♂從弟一
豫章男子	不詳	鳥	不詳	不詳				
*徐奭	不詳	白鶴	徐奭	不詳			徐氏	
*朱綜	不詳	朱綜妻	朱綜				不詳	白雄雞
*史悝	史氏	史悝之女	不詳	駿雄鵝			荀僉	不詳一
*錢塘士人	不詳	白鷺	杜氏	錢塘士人				
*烏君山			徐仲山	道士				
*戶部令史	不詳	戶部令史妻	不詳	戶部令史	不詳	♀之婢	不詳	蒼鶴
							不詳	胡人 ♂之鄰
*泰州人	不詳	羅剎	鄭氏	不詳				
金友章	不詳	山南枯骨之精	金友章	不詳				
*漳民娶山	不詳	山魈	不詳	樵夫	不詳	♂之妹		
*王彥太家	方氏	富人妻	王彥太	富人			不詳	不詳
*張氏子	不詳	盟器婢子	張氏子	京官之子弟			吳守元	開元觀道士一
*廣陵士人	不詳	不詳	不詳	士人			不詳	術士一
*姚司馬	不詳	姚司馬女	烏郎	若鱺者而毛			瞻	上都僧一
			黃郎	若鱉者而鰓				
*盧涵	不詳	盟器婢子	盧涵	學究				
*崔子武	不詳	山祠畫女	崔子武					
趙文昭	不詳	清溪神廟神女	趙文昭	東宮侍講	不詳	清溪廟畫中侍女一		

劉子卿	不詳	廬山康王廟泥塑女神	劉子卿						
*王勳	不詳	華岳廟第三女	王勳	進士				趙望舒	王勳徒
*畫工	眞眞	畫中之女南嶽地仙	趙顏	進士				畫工	
								不詳	♂之友＋
*土偶胎	不詳	土偶	黃氏	行者				不詳	主僧
*永康倡女	不詳	倡女	不詳	土偶馬卒				靈顯王	神
*唐四娘侍女	不詳	唐四娘廟侍女	不詳	胥吏				楊仲弓	右從政郎道州錄事參軍
*僧寺畫像	不詳	殯宮婦人畫像	徐廣	士人					
*花月新聞	不詳	神祠奉印女子劍仙	姜秀才	肄業鄉校	不詳	♂之母		不詳	道士劍仙
江廟泥神記	不詳	偶遇	謝生璉	鉅室之子				鍾聲遠	大姓♂之舅
								不詳	♂之父
*楊禎	不詳	燈	楊禎	進士	不詳	禎之乳母			
*陳濟妻	秦氏	州吏之妻	不詳	虹					
*宜春郡民	不詳	眞白金	章生	其家以孝義聞					
*蔡彥卿	不詳	白金	蔡彥卿	軍吏					
*玉龍	不詳	紫玉	江嚴	不詳					
*岑氏	不詳	白石	岑氏	不詳					
*鮮卑女	不詳	鮮卑	不詳	赤莧					
*崔玄微	楊	楊	崔玄微	處士					
	李氏	李							
	陶氏	桃							
	石阿措	安石榴							
	封十八姨	風神							

*光化寺客	不詳	百合	不詳	不詳				
*蘇昌遠	不詳	白蓮花	蘇昌遠	士人				
*田登孃	田登孃	村女	不詳	草藥	不詳	女母	田氏	村民
							不詳	衲僧
*柳歸舜	鳳花臺	鸚鵡	柳歸舜	士人	阿春	三十娘子婢		
*趙尊師	阮瓊之女	民女	不詳	巨黿			趙尊師	
							阮瓊	民
青鳳	青鳳	狐	耿去病	故大家之從子			胡義君	♀之叔—
							孝兒	♀之從兄弟
*嬌娜	嬌娜		孔雪笠	聖裔也	香奴	♀父之婢	皇甫氏	♀之兄
					松娘	♀之表姊 ♂之妻	太公	♀之父
嬰寧	嬰寧	♂之表妹 狐之女	王子服	♀之表兄	不詳	♂之母	吳生	♂之表兄弟
					秦氏	♂之姨 ♀之大母		
*蕭七	蕭七	狐	徐繼長		不詳	♂之妻	不詳	♀之父
*胡四姐	胡四姐	狐	尚生		胡三姐	狐	不詳	♂之父
蓮香	蓮香	狐	桑曉（子明）	李氏	鬼	不詳	東鄰生	
					章燕兒	富室之女	章氏	富室
巧娘	巧娘	鬼	傅廉	縉紳之子	三娘	狐	傅氏	富室
					華氏	狐		
					傅母	♂之母		
					嫗	♂之僕		
*紅玉	紅玉	狐	馮相如	諸生	衛氏		馮翁	諸生
							宋氏	邑紳 官御史坐行賕免
							不詳	刺客
							不詳	令

*殷天祥	花神	杜鵑花神						
香玉	香玉	白牡丹	黃生		絳雪	耐冬		
葛巾	葛巾	紫牡丹	常大用		桑姥姥	嫗		
					玉版	姜叔妹也 白牡丹 配♂弟		
黃英	陶黃英	菊	馬子才		呂氏	♂之妻	陶三郎	♀之弟
白秋練	白秋練	魚	慕蟾宮	商人慕小寰之子	白氏	♀之母	慕小寰	商人♂之父
*恆娘	恆娘	狐	洪大業		朱氏	♂之妻		
*狐諧	不詳	狐	萬福					
*辛十四娘	辛十四娘	狐	馮生		不詳	老嫗 ♂之遠房姑媽	辛蒙叟	狐♀之父
					不詳	狐婢	不詳	楚銀台之子
*狐妾	不詳	鬼而狐	劉洞九		不詳	狐	張道一先生	不詳
*阿霞	阿霞		文登（景星）		不詳	♂之妻	陳生	
							鄭生	♀之夫
*毛狐	不詳	狐	馬天榮	農子	不詳	媒		
					不詳	♂之妻		
*青梅	青梅	人狐之女	張介受		不詳	狐 ♀之母	程生	
					阿喜	♂之主人女	王進士	♀之主人
					張氏	♂之母		
					不詳	阿喜之母		
					不詳	尼		
*阿英	阿英	鸚鵡	甘玨		秦氏	♀之外姊	甘玉（璧人）	
					不詳	♂之嫂		

鴉頭	鴉頭	狐	王文東		妮子	狐妓－	趙東樓	♂之里戚大賈
					不詳	狐媼－♀之母		
*封三娘	狐	孟安仁	書生	范十一娘	瞱城祭酒之女	范氏	范之兄	
					不詳	范母♀之母	范氏	祭酒
*狐夢	三娘	狐	畢怡庵		大娘	♀之姊		
					二娘	♀之姊		
					四妹	♀之妹		
花姑子	花姑子	獐	安幼輿	陝之拔貢			章叟	獐＋
*蓮花公主	蓮花公主	蜂	竇旭（曉輝）				不詳	蜂王♀之父
*綠衣女	不詳	蜂	于璟（小宋）					
*荷花三娘	不詳	狐	宗湘若	士人也	荷花三娘	紅蓮子		番僧
阿繡	阿繡	商人之女前世爲狐	劉子固	書生	不詳	♂之母	不詳	♂僕
					不詳（假阿繡）	狐＋	不詳	♂舅
小翠	小翠	狐之女	王元豐	書生	不詳	狐♀之母	王大常	♂父
					不詳	♂之母		
*長亭	長亭	狐	石大璞	術士	紅亭	狐	不詳	鬼
					翁媼	♀之母＋	翁氏	♀之父－
*素秋	俞素秋	蠹魚	俞慎（謹庵）	順天舊家子	韓氏	♂之妻韓侍郎之猶女也	俞士忱（尙九）俞忱	♀之兄
					不詳	♀之婆	韓荃	♂之妻弟
							某甲	故尙書之孫
							周生	宛平之名士也
鳳仙	鳳仙	狐	劉赤水		八仙	狐♀之姊	不詳	狐♀之父

*小梅	小梅	狐	王慕貞	世家子	不詳	狐♀之母	黃太僕	
					不詳	♂之妻		
					不詳	♂之妾		
*張鴻漸	不詳	狐	張鴻漸	爲郡名士	方氏	♂之妻		
嫦娥	嫦娥	仙	宗子美		林媪	鴇（？）		
					顛當	狐		
*雙燈	不詳	狐	魏運旺	故世族大家也			不詳	狐♀之兄
*汾州狐	不詳	狐	朱公	汾州判				
*武孝廉	不詳	狐	石某	武孝廉	王氏	♂之從室	不詳	♂之中表
*黎氏	不詳	狼	謝中條		不詳	♂之妻	不詳	術士
*醜狐	不詳	狐	穆生				于氏	業農

附錄三：條件特質——外貌、性情、特長

仙　類

篇　目	容　貌	性　情	特　長	年　齡
*崔子武	姿色甚麗			
趙文昭	姿容絕世			
*袁相根碩	容色甚美著青衣			年皆十五六
*洞庭山	乃見眾女霓裳冰顏豔質與世人殊別			
天台二女	色甚美，婉態殊絕			
黃原	容色婉妙侍婢亦美			年已弱笄
劉子卿	忽見雙蝶五彩分明來游花上其大如鷰衣服霞煥容止甚都			各十六七
蕭總	所衣之服非世所有所佩之香非世所聞			當可笄年
*王勳	倩巧			

*王遠	是好女子……於頂上做髻餘髮散垂至腰衣有文采又非錦綺光彩耀目不可名狀皆世之所無也			年可十八九計
*介象	於山中見一美女……顏色非常被服五綵蓋神仙也			年十五六許
*元柳二公	衣五色文彩皓玉凝肌紅流膩豔神澄沆灩氣肅滄溟紫衣鳳冠			未笄
*韋弇	左右侍衛華裾靚粧亦非常世所賭既坐即張樂飲酒其陳設餚膳奇味珍果既非世之所嘗金石絲竹雅音清唱又非世之所聞			
*殷天祥	時或窺見三女子紅裳豔麗共遊樹下			
*楊眞伯	久棲幽隱服氣茹芝異芳芬馥……冠碧雲鳳翼冠衣紫雲霞日月衣精光射人		於眞伯案取硯青衣薦賤女郎書札數行腆然而去	年可二八
*玄天二女	並玉質凝膚體氣輕馥綽約而窈窕絕古無倫或形無影跡或積年不饑		王以纓縷拂之二人皆舞容冶妖麗靡於翔鸞而歌聲輕颺乃使女伶代唱	
*畫工	甚麗			
*后土夫人	中有飛傘傘下見衣珠翠之服乘大馬如后之飾每麗光豔其容動人又有後騎皆婦人才官持鉞負弓矢乘馬從亦千餘人			
不詳	衣翠羅縷金之襦			纔及笄年
*縉雲鬼仙	姿色絕豔肌膚綽約如神仙中人			
嫦娥	殊色也	然嫦娥重來恆持重不輕諧笑……嫦娥樂獨宿	嫦娥善諧謔適見美人畫卷……女笑曰若欲見之即亦不難乃執卷細審一過便趨入	

			室對鏡修裝倣飛燕舞風既又學楊妃帶醉長短肥瘦隨時變更風情意態對卷逼眞方作態時有婢自外至不復能識驚問其僚既而審注怳然始笑	
*翩翩	容貌若仙			
*西湖主	有二女郎乘駿馬來袖紫騁如撒菽各以紅綃抹額鬢插雉尾著小袖紫衣腰束綠錦一夾彈一臂青鞲度過嶺南則數十騎獵於榛莽並皆姝麗裝束若一……禿袖戎裝……鬢低斂霧腰細驚風玉蕊瓊瑛未足方喻諸女子獻茗薰香燦如堆錦		非是公主射得雁落空勞僕馬也 公主舒皓腕躡利屣輕如飛燕蹴入雲霄	年可十四五
*仙人島	異香濃射美姝十餘輩擁芳雲出光豔明媚若芙蕖之映朝日燈燭屏榻陳設精備	綠雲啓口欲言芳雲忍笑訶之曰婢子敢言打煞矣……芳雲失笑呵手扭脅肉數四幸芳雲語言雖虐而房幃之內猶相愛好……芳雲朝拜已燂湯請浴進以錦裳寢以香舍又遙致故老與之談讌享奉過於世家	芳雲低告曰上句是孫行者離火雲洞下句是豬八戒過子母河也芳雲向妹咕咕耳語遂掩口笑……妹每數句姊妹必相耳語似有月且之詞但囁囁不可辨……綠雲告父曰姊云宜刪切字……芳雲又掩口語妹兩人皆笑不可仰綠雲又告曰姊云羯鼓當是四撾……又視洞房中牙籤滿架靡書不有略致問難響答無窮……芳雲出素練一疋望南拋去化爲長堤其闊數丈瞬息馳過堤亦漸收至一處湖水所經四望遼邈芳雲止勿行上車取籃中草具偕明璫數輩布置如法轉眼化爲巨第並入解裝與島中居無少差殊洞房內几榻宛然	
文芳雲				
*雲蘿公主	忽聞異香俄一美婢奔入曰公主至即以長氈貼地自門外直至榻前……一女郎扶婢肩入服色容光映照四堵婢即以繡墊設榻上……每並肩坐喜斜倚人舉而	女郎微笑以袍袖掩口 女亦俯首相對寂然女無繁言無響笑與有所談但俯首微哂生曰卿輕若此可作掌上舞曰此何難但婢子之所爲不屑耳	一婢以紅巾拂塵移諸案上曰主曰耽 此 不 知 與 粉 侯 孰 勝……然南院人作事勤惰女輒知之每使生往譴責無不具服	

篇目	容貌	性情	特長	年齡
	加諸膝輕如抱嬰……閣上以錦裀布滿多未嘗寒夏未嘗熱女嚴冬皆著輕縠生爲製鮮衣強使著之踰時解去日塵濁之物幾於壓骨成瘵			
神女	車中以纖手搴簾微睨之絕代佳人也妾視娘子非人間人也昨簪花時得近視其美麗出於肌理非若凡人以黑白位置中見長耳……生年八十女貌猶如處子		女繡襪精工	
蕙芳	忽有美人來……椎布甚樸而光華照人見翠棟雕梁倖於宮殿几屏簾幙光耀奪視……女下床迎笑睹之若仙		因命二婢治具秋月一革袋執向扉後格格撼擺之已而以手探入壺盛酒盤盛炙觸類薰騰飲已則寢則花闕錦絪溫膩非常天明出門則茅廬依舊	年可十六七
粉蝶	見一門北向松竹掩藹時已初冬牆內不知何花蓓蕾滿樹飄灑豔麗			年十四五
錦瑟	見堂上籠燭四懸有女近後坐乃二十許天人也	娘子慈悲設給孤園收養九幽橫死無歸之鬼		二十許

夫妻類

篇目	容貌	性情	特長	年齡
韓憑妻	美		能詩	
*望夫石	亦有容止			
*許至雍	儀容淡雅			早歲亡沒
*韋氏子	顏色明秀（召魂而來）忽聞噓嘆之聲俄頃暎幃微出斜睇而立幽芳怨態若不自勝		尤善音律韋曾令寫杜工部詩得本甚舛姝隨筆改正文理曉然是以韋頗惑之	年二十一而卒

篇　目	容　貌	性　情	特　長	年齡
*李行脩		貞懿賢淑		
華陽李尉	妻貌甚美			
崔碣	有妻美少			
張夫人	美而豔			
陸氏負約	姿媚俊爽伉儷綢繆			
愛卿傳	色貌才藝獨步一時	識性通敏 愛卿入門婦道甚修家法甚飭擇言而發非禮不行	工為詩詞 佳篇麗什傳播人口風流人士咸修飾以求狎懵學之輩自視缺然郡中名士嘗以季夏望日會以鴛湖凌虛閣避暑玩月賦詩愛卿先成四首座間皆擱筆	
翠翠傳		生而穎悟能通詩書性又通慧	識善為詩	十七～二十四
芙蓉屏記		寬和柔善	讀書識字寫染俱通不期月見悉究內典大為院主所禮待凡事之巨細非王主張不敢輒自行者	
庚娘	麗而賢	（麗而賢）		
江城	美豔絕俗 見女明眸秀齒居然娟好	樊善怒反眼若不相而識辭舌嘲啁常聒於耳 承顏順志過於孝子見人則靦如新婦或戲述往事則紅漲於頰 勤儉	又善居積三年翁媼不問家計而富稱巨萬矣	十三四
林氏	美而賢 首為頸痕所牽常若左顧	（美而賢）		
宮綠娥	豔而知書		（豔而知書擇偶不嫁）	

未婚類

篇　目	容　貌	性　情	特　長	年　齡
吳王小女	才貌具美			年十八
*鄞中婦人	顏色如生姿容絕麗衣物形制非近世者			可年二十餘

*王道平	容色俱美		
南徐士人			年可十八九
買粉兒	美麗		
王乙			年可十五六
*盧李二生	容色極豔		新聲甚嘉
離魂記	端妍絕倫		
韋皋			（約二十出頭）
柳氏傳	豔絕一時	喜談謔善謳詠	
步飛煙	容止纖麗若不勝羅綺		善秦聲好文墨尤工擊甌其韻與絲竹合
無雙傳	端麗聰慧 姿質明豔若神仙中人		
鶯鶯傳	常服晬容不加新飾垂鬟接黛雙臉銷紅而已顏色豔異光輝動人 崔氏宛無難詞然而愁怨之容動人矣	久之辭疾……久之乃至……因坐鄭旁以鄭之抑而見也凝睇怨絕若不勝其體者……張生稍以詞導之不對終席而罷崔之貞慎自保雖所尊不可以非語犯之崔氏嬌啼宛轉時愁豔幽邃恆若不識喜慍之容亦罕形見異時獨夜操琴愁弄悽惻	善屬文往往沉吟章句怨慕者久之 崔氏甚工刀札善屬文大略崔之出人者藝必窮極而貌若不知敏辨而寡於酬對	
鄭德璘	韋氏美而豔瓊英膩雲蓮蕊瑩波露濯蘚姿月鮮珠彩	內一老叟挽舟若不為意韋氏而怒而唾之……韋氏乃悟恐悸召叟登舟拜而進酒果叩頭曰吾之父母當在水府可省覲否	女不工刀札	
吳小員外			年甚艾
*劉潛女	美姿質		
金鳳釵記	美		

聯芳樓記	皆聰明秀麗		能爲詩賦 二女日夕於其間吟詠不輟有詩數百首號聯芳集好事者往往傳誦時會稽楊鐵崖製西湖竹枝曲和者百餘家鏤版書肆二女見之笑曰西湖有竹枝曲獨東吳無竹枝曲乎乃效其體作蘇臺竹枝曲十章曰……由是名播遠邇咸以爲班姬蔡女復出易安淑眞而下不論也	長女年二十幼女年十八矣
渭塘奇遇記	態度不凡	一家內外罔不稱賢	知音識字	年十八
連理樹記			生所作編成一集粹題之曰絮雪藳，且爲序於首簡	
鶯鶯傳	幼時家人以香屑雜飲食中啖之長而體香故又名香兒有才貌	鶯既嫁而鬱鬱不得志凡佳辰令節異卉奇葩輒對之掩鏡悲吟閉門愁坐	喜文詞猶精於剪製刺繡之事景之接於目事之感於心一寓於詩積而成帙名曰破琴稿	
鳳尾草記	絕有姿容 女家貧未嘗有繪纊之飾粉黛之施而荊釵布裙略無垢污下至足纏亦潔白如雪雖患難之中瓊奴無復昔時容顏而青年粹質終異常人	賦性和柔婉娩特甚二嫂酷妒之女不較也	機杼之精剪製之巧爲一族冠拆之空紙也瓊奴笑成一絕以答茗曰……	長生三歲
阿寶	娟麗無雙			
陳雲棲	黃州四雲少者無倫……謙喜承迎度皆雅潔中一最少者世眞無其儔……女以手支頤但他顧姿容曼妙目所未睹意致嬌婉	但其人高自位置不然胡蹉跎至今也談笑甚懂自願母夫人女孝謹夫人雅憐愛	彈琴好弈不知理家業夫人頗以爲憂	年可十七八
連城			工刺繡知書父嬌愛之出所刺倦繡圖徵少年題詠意在擇婿	
青娥	美異常倫	幼時竊讀父書慕何仙姑之爲人父既隱立志不嫁 女爲人溫良寡默一日三朝其母餘惟閉門寂坐 二年餘子生一子孟仙一切委之乳保似亦不甚顧惜	不甚留心家務母或以弔慶他往則事事經紀罔不井井	年十四

阿繡	姣麗無雙			
菱角	有少女挽兒遨戲其中髮掩頸而風致娟然			
王桂菴	風姿韻絶	但頑女頗恃嬌愛好門戶輒便拗卻不得不與商榷免他日怨遠婚也		
寄生	五女皆美幼者小名五可尤冠諸姊 著松黃袍細褶繡裙雙鉤微露神仙不啻也 五可方病靠枕支頤婀娜之態傾絶一世			
竇氏	端妙無比			年十五六
宦娘	見一麗人麗絶一世有豔名		善詞賦 女自聞琴後心竊傾慕每冀再聆雅奏	及笄
生王二	年少美貌而身無衣袴 登絶高巉巖之峰涉回環過膝之水塗徑犖确足力不能給女不穿履步武如飛	覘王而笑 女又笑而不答良久 境趣邃寂如幽人居不聞煙火氣寢室尤雅潔		
翟八姊	身手雄健膂力過人其在塗荷擔推車頳肩繭足弗以爲勞壯男子所不若也	性又黠利	善營逐什一買賤貿貴	年且四十

妓女類

篇　目	容　貌	性　情	特　長	年　齡
李娃傳	妖姿要妙絶代未有 明眸皓腕舉止豔冶……觸類妍媚目所未睹復坐烹茶斟酒器用甚潔 俄徙坐西堂帷幙簾榻煥然奪目粧奩衾枕亦皆侈麗乃張燭進饌品味甚盛	節行瓌奇有足稱者……娃既備禮歲時伏臘婦道甚修治家嚴整極爲親所眷生父母皆歿持孝甚至	李氏頗贍前與通之者多貴戚豪族所得甚廣非累百萬不能動其志也	某爲姥子迨今有二十歲矣

霍小玉傳	姿質穠豔一生未見高情逸態事事過人但覺一室之中若瓊林玉樹互相照耀轉盼精彩射人閒庭邃宇簾幕甚華……言敍溫和辭氣宛媚解羅衣之際態有餘妍低幃暱枕極其歡愛生自以爲巫山洛浦不不過也容貌妍麗宛若平生著石榴裙紫襦襠紅綠帔子斜身倚幃手引繡帶	有一仙人謫在下界不邀財貨但慕風流初不肯母固強之	音樂詩書無不通解發聲清亮曲度精奇……玉管絃之暇雅好詩書筐箱筆研皆王家之舊物	(年十六)年始十八
楊娟傳	長安里中之殊色也態度甚都復以冶容自喜	娟有慧性事帥尤謹平居以女職自守非其理不妄發復厚帥之左右咸能得其歡心故帥益嬖之		
(韋氏子)	顏色明秀暎幃微出斜睇而立幽芳怨態若不自勝……無異平生或與之言頷首而已		尤善音律韋曾令寫杜工部詩得本甚舛妓隨筆改正文理曉然是以韋頗惑之	年二十一而卒
戎煜	色亦閒妙		善歌	
吳女盈盈	容貌甚冶	少年子弟爭登其門不惜金帛盈遴簡嘉藕乃許一笑	善歌舞尤工彈琴……詞翰情思翹翹出群	年才十六
*古田倡	周至紹興初猶在既老且醜		周能詩	
王幼玉記	美顏色	幽豔愁寂寒芳未吐	顏色歌舞甲於倫輩之上群妓亦不敢與之爭高下（能詩詞）	
譚意歌記	肌清骨秀髮紺眸長羨手纖纖宮腰嫋嫋	性明敏慧	解音律尤工詩筆	
書仙傳			生四五歲好文字戲每讀一卷能通大義人疑其夙習也自賤素外至於羅綺窗戶可書之處必書之日數千字人號爲書仙筆力爲關中第一（家人教以絲竹曰此賤事吾豈樂爲之）	

篇　目	容　貌	性　情	特　長	年　齡
王魁傳	絕豔		（能詩）	
*犬齧張三首	凶暴殘虐			
瑞雲	色藝無雙 隨手光潔豔麗一如當年	客求見者以贄贄厚者接一奕酬一畫薄者留一茶而已		年十四歲
彭海秋	宛然若仙……衣柳黃帔香溢四座	女含笑唯唯	女歌云……	年二八已來

鬼　類

篇　目	容　貌	性　情	特　長	年　齡
*吳祥	見年少女子綵衣甚美			
秦樹	美婦人 爲樹設食食物悉是陳久			
*周秦行記	忽聞有異 氣如貴香 至一宅門庭若富家 入十餘門至大殿殿蔽以珠簾有朱衣黃衣閣人數百立陛階間 （漢文帝母薄太后）太后著練衣狀貌瑰偉 既而太后命進饌芳潔萬端皆不得名……其器用具如王者 （高祖戚夫人）狹腰長面多髮不粧衣青衣 （元帝王嬙）柔肌穩身貌舒態逸光彩射遠近多服花繡 （楊貴妃）空中見五色雲下聞笑語聲寖近……忽車音馬跡相雜羅綺煥耀旁視不給 纖腰修眸儀容甚麗衣黃衣冠玉冠	昭君不對低眉羞恨	夫人約指玉環光照於座引琴而鼓其聲甚怨鼓其聲甚怨 年低太后	不甚年高 僅可二十餘 年三十許

	（齊潘淑妃）厚肌敏視小質潔白齒極卑被寬薄衣	潘妃匿笑不禁不成對		
	（綠珠）短髮麗服貌甚美而且多媚		善笛	
徐玄方女	至期日床前地頭髮正與地平次頭面出次肩項形體頓出開視女身體貌全如故……二百日中持杖起行一期之後顏色肌膚氣力悉復如常		陳說語言奇妙非常	不幸蚤亡亡來今已四年
徐琦	極豔麗			
李仲文女	顏色不常女體已生肉姿顏如故右腳有履左腳無也			年十八
劉長史女	殊色家中小娘子豔絕無雙未至十步光采映發馨香襲人至期乃共開棺見女姿色鮮明漸有暖氣			年十二病死官舍中
張果女	見一女子容色豐麗情態纏綿舉止閑婉女顏色鮮發肢體溫暖衣服粧梳無污壞者舉置床上細細有鼻氣少頃口中有氣			
談生	姿顏服飾天下無雙其腰以上生肉如人腰下但有枯骨			可年十五六
鍾繇	美麗非凡至一大塚墓中有好婦人形體如生人著白練衫丹繡裲襠傷左髀以裲襠中綿拭血			
李陶	異香芬馥有美女從西北阪壁中出女郎貌既絕代			

王玄之	姿色殊絕 左右一婢亦有美色 發襯女顏色不變粉黛如故		於女工特妙王之衣服皆其裁製見者莫不歎賞之	可年十八九
崔基	姿容絕倫			
王敬伯	姿質婉麗綽有餘態		女郎乃撫琴揮弦調韻哀雅類今之登歌……此非俗所豔所宜唯岩栖谷隱可以自娛耳……乃鼓琴且歌遲風之詞乃令小婢取箜篌作宛轉歌……女郎脫頭上金釵扣琴弦而和之意韻繁諧	年　十六……去年遇病逝
李章武	甚美 旋聞室北角悉籟有聲如有人形冉冉而至五六步即可辨其狀視衣服乃主人子婦也與昔見不異但舉止浮急音調輕清耳		子婦所供費倍之 子婦……又贈詩曰……	
華州參軍	曲江見一車子飾以金碧半立淺水之中後簾徐褰見摻手如玉指畫令摘芙藻女之容色絕代斜睨柳生良久 所施鉛黃如新衣服肌肉且無損敗			
曾季衡	乃國色也 有異香襲衣……乃神仙中人也			
謝翱	有金車至門見一美人……風貌舷麗代所未識 其器用物莫不珍豐出玉杯	娘子少年獨居性甚嚴整……自絕賓客已數年矣	某亦嘗學詩欲答來贈幸不見誚……美人求絳牋……其筆札甚工翱嗟賞良久	
*獨孤穆	青衣數十人前導曰縣主至見一女……姿色絕代 乃有舊	及亂兵入宮賊黨有欲相逼者妾因辱罵之遂為所害因悲不自勝……久之命酒對飲言多悲咽	為詩以贈穆曰……穆深嗟歎以為班婕好所不及也	年可十三四 妾離人間已二百年矣
*許老翁	容色絕代			
*葛氏婦	美容止			

*王志	有女美 夜初見此女來粧飾華麗			未嫁道亡停縣州寺中累月
*道德里書生	遇貴人部從車馬甚盛 丰姿絕世……入一甲第華堂蘭室 前有一死婦人身王洪漲月光照之穢不可聞			年二十餘
*新繁縣令	婉麗殊絕			
*范俶	有婦人從門過色態甚異 以髮覆面向暗而坐			
*李咸	須臾出半身綠裙紅衫素顏奪目 婦人白面長三尺餘不見面目下按悉力以勒之			
*王垂 （不詳）	容色殊麗衣服甚華負一錦囊 美豔粲然…… 收探囊中物視之滿囊髑髏耳 婦人四面有眼腥穢甚囓咬垂 得紙梳於席上	·	少所習乃撫軫泛弄冷然…… 其談慧辯不可言	
*鄔濤	乃絕色也 王氏令侍婢施服翫於濤寢室炳以銀燭			
*梁璟	有一美人鮮衣		願歌鳳棲之曲即歌之清吟怨慕	
*顏濬	果有美人從二女僕皆雙鬟而有媚態 何既睹妖冶情亦惑之矣婉淑之姿亦絕代	美人倚欄獨語悲歡久之		
*蔣通判女	便有大燈蛾撲燈滅物踞坐蹲床上背面不語審視蓋一婦人帶圓冠著淡碧衫繫明黃裙狀絕短小體冷如冰石			以產終於此

*葉若谷	意態閒麗 著粉青衫水紅袴既久未嘗易衣然常如新亦其異也	以言挑之陽為羞避之狀已而遂合		
*京師異婦人	美婦人 舉措張皇若有所失 每見過燭後色必變 意非人類 妖氣極濃 一錢篋極精巧常佩於腰間不以示人			
*楊大同	見婦人抱幼女坐轎中……旋踵間婦已在臥內 忽變形作可畏相欲殺楊			
*婦人三重齒	有婦人塵土其容而貌頗可取 婦人豔而麗 婦人忽苦齒痛通昔伸吟天明視之已生三重齒極聳牙可畏			
*縉雲鬼仙	姿色絕豔肌膚綽約如神仙中人		居無何簿妻病心痛瀕死更數醫莫能療英以藥一劑授齊生云以飲爾嫂當有瘳世間百藥不能起其疾若不吾信則死矣	
莫小儒人	其人顏色絕美隨身貲財可直數千萬 婦人青衣紅裳步堤上令童子以小青蓋障面腰支綽約容止閑暇為之心醉 犀象香藥盡白黑紙錢灰所謂金珠器皿蓋髑髏獸骨牛糞也			
*劉子昂	好婦人 掘之見巨屍偃然於地略無棺衾之屬僵而不損			
*餘杭宗女	粉黛鉛華如新傅者容色與生人無少異其腹皤然少焉折裂果有嬰兒已成形矣			可二十許歲 蓋距是時已四十年矣

胡氏子	屋簾微動若有人呼嘯聲俄一女子袪服出光麗動人			年十八歲未適人而死
*京師酒肆	獨見一騎來騶導數輩近而覘之美好女子也 婦人以巾蒙首不盡睹其貌……乃一大面惡鬼殊可驚怖			
*童銀匠	容貌可觀 婦人驚對曰誰道那邊升梁間吐舌長二尺而滅			年二十餘歲
*大儀古驛	見婦人高髻長裙類唐時裝束持朱柄銅戟來直前刺迪 又有二小手扼其喉甚急 便有小婦一人尤美色			
*張客奇遇	夢婦人鮮衣華飾求薦寢			
*唐蕭氏女	秀麗姝少類仕宦人			
*張相公夫人	高堂峻屋明燭盈前已羅列杯盤 夫人容色端妍 冠服華盛便與共宴侍兒歌舞之妙目所未睹			
*呂使君宅	澹裝素裳脩脩然有林下風致侍妾十數人延坐瀹茗			年將四十
*史翁女	絕姝美……光豔動人 眞國色也 供張華楚治具豐潔		言談晤點姿態橫生	
*寧行者	一女子頂魚枕冠語音儇利容儀不似田家人 所著衣皆新潔而襞褶處不熨帖伊伊露現……衣裳有土氣 女色態益妍繾綣歡洽……女熟睡鼾齁			

*南陵美婦人	美婦人		每至必有贈餉初但得錢久而攜銀盤浸浸於瓶罌所獲不勝多	
金鳳釵記	美姝			
滕穆醉遊聚景園記	俄見一美人先行一侍女隨之自外而入風鬟霧鬢綽約多姿望之殆若神仙	眾見其舉止溫柔……美人處生之室奉長上以禮待僕婢以恩左右鄰里俱得其歡心且勤於治家潔於守己雖中門之外未嘗經出眾咸賀生得內助	言詞慧利	年十七矣故宋理宗朝宮人也年二十三而歿
牡丹燈記	美人紅裙翠袖婷婷嫋嫋迤邐投西而去……韶顏稚齒真國色也態度妖妍詞氣婉媚			約年十七八
綠衣人傳	兒常衣綠將葬怪其柩甚輕啟而視之惟衣衾釵珥在耳		源素不善弈教之弈盡傳其妙凡平日以某稱者皆不能敵也每說秋壑舊事其所目擊者歷歷甚詳	
田洙遇薛濤聯句記	一美人延佇花下別出佳肴中多異味不能識取玻璃杯酌的洙		妾雖不敏亦頗解吟事今既遇賞音而高山流水何惜一奏因盡出其家所藏唐賢遺墨示洙其中元稹杜牧高駢詩詞手翰猶多	
秋夕訪琵琶亭記	聞月下彷彿有歌聲乍遠乍近或高或低……良久而寂忽奇香馥郁縹緲而來……茶頃一麗人宮妝豔飾貌類天仙二小姬前導一持黃金吊爐一抱紫羅繡褥冉冉登階竹陰中半里餘見朱門素壁燈燭交輝……出紫玉杯飲韶曰	妾沉鬱獨居無以適意每於此吟弄聊遣幽懷	與韶論舊事曰……韶聞其論心甚服焉為其所言當時宮掖間事多不悉記	妾僑漢陳主媲好鄭婉娥也年二十而死
聶小倩	彷彿豔絕女慨然華妝出一堂盡眙反不疑其鬼疑為仙由是五黨諸內眷咸執贄以賀爭拜識之	即欲拜嫂……乃止女即入廚下代母尸饔入房穿戶似熟居者女朝旦朝母奉匜沃盥下堂操作無不曲承母志黃昏告退	女善畫蘭梅輒以尺幅酬答得者藏什襲以為榮	有一十七八女子十八夭姐

		輒過齋頭就燭誦經覺寧將寢始慘然去		
巧娘	一麗人坐石上雙鬟挑畫燭分侍左右姿態豔絕			年可十七八
林四娘	而豔絕長袖宮裝談詞風雅		每與闔戶雅飲談及音律輒能剖析宮商……兒時之所習也唱伊涼之詞其聲哀婉 又每與公評騭詩詞瑕則疵之至好句則曼聲嬌吟意緒風流使人忘倦 公問工詩乎曰生時亦偶為之視其詩字態端好	妾衡府宮人也遭難而死十七年矣
（附林四娘記）	夜輒聞敲擊聲問之則寂無應者 但聞怒詈聲已而推中門突入則見有鬼青面獠牙赤體挺立頭及屋簷 則一國色麗人雲翹靚粧嫋嫋婷婷而至其衣皆鮫綃霧縠亦無縫綴之跡香氣飄揚莫可名狀……（一僕一婢）皆有影無形	陳密扣商所為終不洩其隱人之惡如此烈魂不散耳	凡署中文牒多出其手遇久年疑獄則為廉訪採末陳一訊皆服觀風試士衡文甲乙悉當名譽大振 我鬼也不從吾言力能禍汝……汝近日於某處行一負心事說出恐就死耳 性耽吟詠所著詩多感慨淒楚之音人不忍讀凡吾閭有訪陳者必與狎飲臨別輒贈詩其中廋詞曰後多驗有一士人悅其姿容偶起淫念四娘怒曰此獠何得無禮喝令杖責士人忽然仆地號痛求哀兩臂杖痕周匝眾為之請乃呼婢東姑持藥飲之了無痛苦仍與驩飲如初	
魯公女	見其風姿娟秀著錦貂裘跨小驪駒翩然若畫 女憂足弱不能跋履……女笑從之如抱嬰兒殊不重累		好獵	
晚霞	少時一美人撥蓮花而入	而女孝謹顧家中貧便脫珍飾售數萬	次按燕子部皆垂髫人內一女郎振袖傾鬟作散花舞翩翩翔起襟袖襪履間皆出五色花朵隨風颺下飄泊滿庭	年十四五已來
連瑣	麗者 見棺木已朽而女貌如生摩之微溫蒙衣舁歸置煖處氣咻咻然細於屬絲漸進湯酏半夜而蘇		既翻案上書忽見連昌宮詞慨然曰妾生時最愛讀此殆如夢寐與談詩文慧黠可愛剪燭西窗如得良友 女每於燈下為楊寫書字態端媚又自選宮詞百首錄誦之使	十七暴疾殂謝今二十餘年

			楊治棋坪購琵琶每夜教楊手談不則挑弄絃索作蕉窗零雨之曲酸人胸臆楊不忍卒聽則作曉苑鶯聲之調頓覺心懷暢適挑燈作劇樂則忘曉	
阿霞	丰韻殊絕	女厲聲抗拒紛紜之聲達於間壁		
公孫九娘	笑彎秋月羞暈朝霞實天人也	遙見女郎獨行邱墓間神情意致怪似九娘……女竟走若不相識……色坐怒舉袖自障……則溘然滅矣	且是女學士詩詞俱大高	一十七八女郎
梅女	見牆上有女子影……而久之不動亦不滅異之起視轉眞再近之儼然少女容靨舌伸索環秀領……冉冉欲下喜色充溢姿態嫣然張目吐舌顏色變異近以長簪刺其耳貌極端好但病癡又常以舌出唇外類犬喘日	女癡絕不知爲禮舉止皆佳……女但嫣然微笑		此十年前梅氏故宅年十六歲
章阿端	神情婉妙近臨之對燭如仙 則端娘已斃床上委蛻猶存啓之白骨儼然			憤悒夭逝瘞此二十餘年矣
伍秋月	容華端妙……則少女如仙 乘月去飄忽若風發棺視之女顏色如生抱入房中衣裳隨風盡化 三日盡蘇七日能步更衣拜嫂盈盈然神仙不殊但十步之外須人而行不則隨風搖曳屢欲傾側見者以爲身有此病轉更增媚			年可四十五 後十五歲果夭歿今已三十年

宦娘	貌類神仙		其聲梗澀似將效己而設絃任操若為師……至六七夜居然成曲少喜琴箏箏已頗能譜之獨此技未有嫡傳重泉猶以為憾 惜餘春之俚詞皆妾為之也	年十七八死百年矣
阮小謝	並皆姝麗 暗中鬼影幢幢 一日晨興有少女搴簾入明眸而皓齒光豔照人	長者翹一足踹生腹少者掩口匿笑……女遂以左手捋髭右手輕批頤頰作小響少者益笑 夜將半……覺人以細部穿鼻……但聞暗處隱隱作笑聲……俄見少女以紙條撚細股鶴行鷺伏而至……飄竄而去……又穿其耳……雞既鳴乃寂無聲……少者潛於腦後交兩……手掩生目瞥然去遠立以哂	一夕錄書未卒業而出返則小謝伏案頭操管代錄見生擲筆睍笑近視之雖劣不成書而行列疏整……蹴日小謝書居然端好	一約二十一可十七八
愛奴	風致韻絕 則見顏色如生然膚雖未朽而衣敗若灰頭上玉飾金釧都如新製又視腰間裹黃金數錠 尸即自起亭亭可愛探其懷則冷若冰雪笑語亦如常人但不食不息不見生人 立刻倒地口中血水流溢終日而尸已變			年十五六以來
呂無病	衣服不潔而微黑多麻類貧家女 忽聞氣息之來清如蓮蕊 媼慮其纖步為累無病乃先趨以示之疾若飄風媼力奔始能及		女翻檢得之先自涉覽而後進之……女閒居無事為之拂几整書焚香拭鼎滿室光潔	年約十八九
房文淑	豔絕			

妖　類

篇　目	容　貌	性　情	特　長	年　齡
昆蟲類				
*園客	（蠶）五色蛾			
*王雙	（蚯蚓）著青裙白巾來就其寢每聽聞薦下歷歷有聲見一清色白頸蚯蚓長二尺許 此女常以一奩香見遺氣甚精芬奩乃螺殼香則菖蒲根			
徐邈	（大青蚱蜢）瞥覩一物從屏風裏飛出直入前鐵鑊中仍逐視之無餘物唯見鑊中聚菖蒲根下有大青蚱蜢……便見一青衣女子從前度猶作兩髻姿色甚美			
*淳于棼	（蟻）儼若神仙			年十四五
*登封士人	（蟲）忽有星火發於牆堵下初爲螢稍稍芒起大如彈丸飛燭四隅漸低輪轉來往去士人面纔尺餘細視光中有一女子貫釵紅衫碧裙搖首擺臂具體可愛 乃鼠糞也大如雞栖子破視有蟲首赤身青			
*蔣教授	（蚯蚓）方初見時猶尋常女子至是顏色日豔嫣然美好也女忽變色厲聲曰……拊掌而滅 小史見一狐自室中穿牖升屋而去 行圃後隙地得巨井礌石覆之……見大白蚓長丈餘粗若柱			

*蓮花公主	（蜂）移時珮環聲近蘭麝香濃……妙好無雙俄見數十宮女擁公主出以紅錦覆首凌波微步而耳畔啼聲嚶嚶未絕審聽之殊非人聲乃蜂子二三頭飛鳴枕上			年十六七
*綠衣女	（蜂）綠衣長裙婉妙無比視女轉過房廊寂不復見哀鳴聲嘶……則一綠蜂奄然將斃矣……停蘇移時始能行步徐登硯池自以身投墨汁出伏几上走作謝字頻展雙翼已乃穿窗而去自此遂絕		一夕共酌談吐間妙解音律聲細如絲裁可辨任而靜聽之宛轉滑烈動耳搖心	
*素秋	（蠹魚）肌膚瑩澈粉玉無其白也		素秋出略道溫涼便入複室下簾治具少間自出行炙……素秋笑入頃之搴簾出則一青衣婢奉壺又一嫗托柈進烹魚……但聞簾內吃吃作笑聲……既而筵終婢嫗撤器公子適嗽誤墮婢衣婢隨唾而倒碎碗流炙則帛匑小人僅四寸許……素秋笑出拾之而去俄婢復出奔走如故……此不過妹子幼時卜紫姑之小技耳	年十三四已來妹年已二十矣
水族類				
張福	（鼉）容色甚美福視婦人乃是一大鼉……向小舟乃是一枯槎段長丈餘			
謝宗	（龜）姿性妖婉自爾舡人恆夕但聞言笑兼芬馥氣密伺之不見有人……遂共掩之良久得一物大如枕須臾又得二物並小如拳以火視之乃是三龜			

	初被索之時大怖形並縮小		
朱法公	（龜）形甚端麗女衣裙開見龜尾及龜腳		年可十六
*丁初	（蒼獺）顧後有小婦人上下青衣戴青傘乃自投陂中氾然作聲衣蓋飛散視是大蒼獺衣傘皆荷葉也		
*楊醜奴	（獺）衣裳不甚鮮潔而容貌美乘船載葦借食器以食盤中有乾魚生菜覺有臊氣又手指甚短……遽出戶變爲獺徑走入水		
*鍾道	（獺）道曰吾欲雞舌香女曰何難乃掬香滿手以授道……女曰我氣素芳不假此女子出戶狗忽見隨咋殺之乃是老獺口香即獺糞頓覺臭穢		
*微生亮	（白魚）釣得一白魚長三尺……見一美女在草下潔白端麗		年可十六七
*白水素女	（螺）後於邑下得一大螺如三升壺見一少女從甕中出		
吳堪	（螺）容顏端麗衣服輕豔		可十七八
*鄧元佐	（螺）誤入一徑甚險阻紆曲凡十數里莫逢人舍但見蓬蒿而已……見一蝸舍旁有一螺大如升子		年可二十許

王素	美貌 其女有孕至十二月 生下一物如絹囊大 如升在地不動…… 悉白魚子			年十四
*高昱	（魚）忽見潭上有 三大芙蕖紅芳頗異 有三美女各踞其上 俱衣白光潔如雪容 華豔媚瑩若神仙 觀大穴明瑩如人間 之屋室見三白豬寐 於石榻有小豬數十 方戲於旁 三豬忽驚起化白衣 美女小者亦俱爲童 女 明晨有黑氣自潭面 而出須臾烈風迅雷 激浪如山有三大魚 長數丈小魚無數周 繞沿流而去		吾性習釋……吾習道……吾 習儒……各談本教道義理極 精微	
白秋練	（魚）輒見窗影憧 憧似有人竊聽之 傾城之姝 則病態含嬌秋波自 流略致訊詰嫣然微 笑 將歸女求載湖水既 歸每食必加少許如 用醯醬焉由是每南 行必爲致數罈而歸		頗解文字	則十五六
畜獸類				
虎婦	（虎）姿容端正 後里有新死者葬後 此女逃往至墓所乃 解衣脫釧挂樹便變 形做虎發冢曳棺出 墓外取死人食之食 飽後還變作人		家資甚豐又生二男至十歲家 乃巨富	年十五六
*天寶選人	（虎）容色甚麗蓋 虎皮 女人大怒目如電光 猖狂入北屋間尋覓 虎皮披之於體跳躍 數步已成巨虎哮吼 回顧望林而往			年十七八

申屠澄	（虎）有老父及處女環火而坐……雖蓬髮垢衣而雪膚花臉舉止妍媚 更修容靚飾自帷箔間復出而閑麗之態尤倍昔時 於壁角故衣之下見一虎皮塵埃積滿妻見之忽大笑曰不知此物尚在耶披之即變爲虎哮吼拏攖突門而去		女復令曰風雨如誨雞鳴不已既至官俸祿甚薄妻力以成其家交結賓客旬日之內大獲名譽而夫妻情義益浹其於厚親族撫甥姪洎僮僕廝養無不歡心	年方十四五
*崔韜	（虎）於中庭脫去獸皮見一女子奇麗嚴飾昇廳而上 下階將獸皮衣著之纔畢乃化爲虎跳躑哮吼奮而上廳食子及韜而去			
*張全	（馬）其馬化爲一婦人美麗奇絕立於廐中 忽自醉倒俄化成駿馬一匹遂奔躍出隨意南走 經十餘載其婦人忽爾求還鄉張公未允之間婦人仰天號叫自撲身忽卻化爲駿馬奔突而出不知所之		妾本是燕中婦人因癖好駿馬每睹之必歡美駿逸	
*庚氏	（犬）年少美色			
*杜修己	（犬）經一年薛氏有孕生一男雖形貌如人而遍身有白毛	性淫逸		
*劉狗	（犬）見婦人衣二紅衫自外徑入……罵曰爾何之化爲花狗走出剖腹中已有異			
*顧端仁	（貓）恍恍間見一少女顏貌光麗 但見美人相引造一宮宇赫奕如王居			

*吳郡士人	（豕）母豬臂有金鈴			年十七八
*元佶	（豕）甚有姿質得錢輒沽酒並買脂粉而已後與少年飲過因入林醉臥復是牝豬形耳兩頰猶有脂澤在焉		其婦人甚能梳粧結束	年二十二三
*李汾	（豕）乃人間之極色也惟覺其口有黑色 索其履……女號泣而去 汾覺視床前鮮血點點出戶……視青氈履乃一豬蹄殼耳一牝豕後足刉殼豕視汾瞋目咆哮如有怒色		言笑談謔汾漠能及	
*崔懷疑	（鼠）其家房中屢聞地下有小兒啼聲……見女在坎中坐手抱孩子	女見家人不識主領		年十餘歲
*張四妻	（鼠）在輩流中稍光澤	袖出白金數兩爲賄妻因就之		年少
*冀州刺史子	（狼）見貴人家賓從甚眾中有一女容色美麗 有大白狼衝人走去其子偶食略盡矣		然新婦對答有理殊不疑之且其人馬且眾舉家莫不忻悅	
*張某妻	（狼）已而妊娠遂好食生肉常恨不飽恒舐唇咬齒而怒性益狠戾居半歲生二狼子 即生即走			
*黎氏	（狼）是好女子 一巨狼衝門躍出……入視子女皆無鮮血殷地惟二頭存耳			年二十許
花姑子	（獐）芳容韶齒殆類天仙	嫣然含笑殊不羞澀	眉目袍服製甚精工 乃登榻坐安股上以兩手爲按太陽穴安覺腦麝奇香穿鼻沁	

			骨按數刻忽覺汗滿天庭漸達四肢 女取出草一束燖湯升許即床頭進之	
梁瑩	（狸）年稚色豔 瑩因變形爲狸從梁上走去			
*淳于矜	（狸）美姿容 生兩兒當作秘書監 明果驪卒來召車馬從導前後部鼓吹 經少日有獵者過覓 經將數十狗徑突入 昨婦及兒並成狸絹帛金銀並是草及死人骨			
*孫乞	（狸）戴青幓…… 姿容豐豔通身紫衣電光照室乃是大狸……幓是荷葉			年可十六七
*鄭氏子	（狸）容色甚美			
*茶僕崔三	（狸？）容質甚美覺異香馥烈	大罵曰……女笑曰固知非汝所爲吾不恨汝		少年女子
*陳羨	（狐）狐始來時于屋曲角雞棲間作好婦形自稱阿紫朝我			
*孫嚴	（狐）取妻三年妻不脫衣而臥 有尾長三尺似狐尾 甫臨去將刀截嚴髮而走鄰人逐之變爲一狐追之不得 初變爲婦人衣服淨粧行于道路			
任氏傳	（狐）中有白衣者容色殊麗 見一宅土垣車門室宇甚嚴 妍姿美質歌笑態度舉措皆豔殆非人世所有 見土垣車門如故窺其中皆蓁荒及廢圃	鄭愛之發狂乃擁而凌之不服鄭以力制之方急則曰服矣請少迴旋既從則捍禦如初如是者數四鄭乃悉力急持之任氏力竭汗若濡雨自度不免乃縱體不復抗色慘變	竟買衣之成者而不自紉縫也 或有姝麗悅而不得者爲公致之可矣願持此以報德……旬餘果致之 日市人易不足以展效或有幽絕之難謀者試言之願得盡智力焉	

	任氏乃迴眸去扇光彩豔麗如初 崟遍比其佳者四五人皆曰非其倫是時吳王有女第六者則崟之內妹穠豔如神仙崟問曰孰與吳王家第六女美又曰非其倫也 見紅裳出於戶下……就明而觀之殆過於所傳矣 此必天人貴戚且非人間所宜有者願速歸之無及於禍其容色之動人也如此 見任氏欻然墜於地復本形而南馳蒼犬逐之……衣服悉委於鞍上履襪猶懸於鐙間若蟬蛻然唯首飾墜地餘無所見		
*上官翼	（狐）姿容絕代忽變作老狐宛轉而仆		年可十三四
*徐安	貌甚美人頗知之		
*薛迴	（狐）至水竇變成野狐從竇中出去	婦人躁擾求去數四	
*賀蘭進明	狀貌甚美	每到時節狐新婦恆至京宅通名起居兼持賀遺及問訊	
*王黯	（狐）及明見窗中有血眾隨血去入大坑中草下見一牝狐帶箭垂死		
*王璿	（狐）豐姿端麗雖僮幼遇之必斂容致敬自稱新婦	祇對皆有禮由是人樂見之每至端午及佳節悉有贈儀相送	
*李麐	（狐）有美色……性婉約		
鄭四娘	（狐）多媚點風流寂無所應……見牝狐死穴中衣服脫卸如蛻腳上著錦襪		女工之事罔不了心於音聲特究其妙

*僧晏通	（狐）忽有妖狐跟蹌而至……乃取髑髏安於其首遂搖動之儻振落者即不再顧因別選焉不四五遂得其一炗然而綴乃搴擷木葉草花障蔽形體隨其顧盼即成衣服須臾化作婦人綽約而去乃於道右以伺行人 妖狐遙聞則慟哭於路 髑髏應手即墜遂復形而竄焉			
*李參軍	（狐）既至蕭氏門館清肅甲第顯宦高槐修竹蔓延連互絕世之勝境 婦人又姝美 便遣女子隨去寶鈿犢車五乘奴婢人馬三十疋其他服玩不可勝數見者謂是王妃公主之流莫不健羨 李氏群婢見狗甚駭多騁而入門……合家拒堂門不敢喘息咋殺群狐唯妻死身是人而其尾不變			
*李元恭	容色殊麗……忽得魅疾			年十五六
*李令緒	（狐）雙梳雲髻光彩可鑒婢等皆以羅綺異香滿室 每至皆有珍饌 開籠見三四黑影出入籠中			年可三十餘
*計眞	（狐）妻色甚殊且聰敏柔婉 女才質姿貌皆居眾人先而李容色端麗無殊少年時		李氏常止之日……眞叱之乃終卷意其知道者亦不疑爲他類也	

	以背蒙首背壁臥食頃無聲……見一狐死被中……居歲餘七子二女相次而卒視其骸皆人也而終無惡心			
*張立本	女即濃粧盛服於閨中如與人語笑即狂呼號泣不已		某女少不曾讀書	
*姚坤	（狐）妖麗冶容夭桃亦化為狐跳上犬背抉其目大驚騰號出館望荊山而竄……逐之行數里犬已斃		至于篇什書札俱能精至	
*玉眞道人	（狐）美妾適有獵師過前眞戰栗之聲已聞於外少頃雙鷹往來掠簾外雙犬即轎中曳出之囓其喉立死……容質儼然如生將舉屍歸始尾垂地	有佳客至則呼之侑席無事輒終日閉關未嘗時節出嬉		
*衢州少婦	（狐）驀聞奇香襲鼻自攜小燈籠倚柱獨立姿態絕豔婦掣臂呦呦作聲化為青狐奔而出			約年十八九
狐媚娘傳	（狐）見一狐拾人髑髏向月拜俄化為女子絕有姿容哭新鄭道上且哭且行狐不意為興所窺故作嬌態俄而黑雲滃墨白雨翻盆霹靂一聲媚娘已震死闤闠矣……乃眞狐也而人髑髏猶在其首各家宅眷急取其所贈諸物觀之其綠羅則芭蕉葉數番臙脂則桃花瓣數片	媚娘賦性聰明為人柔順上自太守之妻次及眾官之室各奉綠羅一端臙脂十帖事長撫幼皆得其歡心由是內外稱譽人無間言暇則恭自訪績親線蠶絲深處閨房足不履外閾	其或賓客之來裕不及分付而酒饌之類隨呼即出豐儉舉得其宜裕有疑事輒以諮之則一一剖析曲盡其情裕自得內助而僚寀之間亦信其為賢婦人也	年十六七

青鳳	（狐）弱態生嬌秋波流慧人間無其麗也		頗慧所聞見輒記不忘	纔及笄耳
嬌娜	（狐）弱態生嬌秋波嬌波流慧細柳生姿		女乃斂羞容揄長袖就榻枕視把握之間覺芳氣勝蘭……口吐紅丸如彈大……女收丸入咽日愈矣	年約十三四
嬰寧	（人狐之女）有女郎攜婢撚梅花一枝容華絕代笑容可掬……其聲嬌細……一女郎由東向西執杏花一朵俯首自簪舉頭見生遂不復簪含笑撚花而入 彼此參疑但聞室中吃吃皆嬰寧笑聲……女猶濃笑不顧……始極力忍笑又面壁移時方出纔一展拜翻然遽入放聲大笑滿室婦女為之粲然 憨笑而已眾莫之測但善笑禁之亦不可止然笑媽然狂而不損其媚人皆樂之鄰女少婦爭承迎之至日使華妝行新婦禮女笑極不能俯	女過去數武顧婢曰個兒郎目灼灼似賊遺花地上笑語自去 良久聞戶外隱有笑聲……戶外嗤嗤笑不已婢推之以入猶掩其口 亦不鈍但少教訓嬉不知愁 笑不可遏……女忍笑而立……女復笑不可仰視媼謂生曰我言少教誨此可見也……呆癡裁如嬰兒 婢向女小語云目灼灼賊腔未改女又大笑顧婢曰視碧桃未遽起以袖掩口細碎蓮步而出至門外笑聲始縱 聞樹頭蘇蘇有聲仰視則嬰寧在上視生狂笑欲墮……女且下且笑不能自止方將及地失手而墮笑乃止……女笑又作倚樹不能行良久乃罷 母令與少女同寢止昧爽即來省問 每值母憂女至一笑即解奴婢小過恐遭鞭楚輒求詣母共話罪婢投見恆得免 女正色矢不復笑……而女由是竟不復笑雖故逗亦終不復笑然竟日未嘗有戚容	操女工精巧絕倫而愛花成癖物色戚黨竊點金釵購佳種數月階砌藩溷無非花者	年已十六

*蕭七	（狐）頃之峨冠博帶者四五輩先後並至女郎亦炫妝出姿容絕俗 則一美人華妝坐榻上見二人入起逆之……女掩口局局而笑參拜恭謹	女早起操坐不待驅使	女握手飄若履虛頃刻至其家	
*胡四姐	（狐）荷粉露垂杏花煙潤嫣然含笑媚麗欲絕……四姐惟手引繡帶俛首而已		得仙人正法當書一符黏寢門可以卻之	年方及笄
蓮香	（狐）則傾國之姝 衾將斂尸化為狐		妾以神氣驗之脈析析如亂絲鬼症也 蓮解囊出藥曰妾早知有今別後採藥三山凡三閱月物料始備療瘵至死投之無不蘇者然症何由得仍以何引不得不轉求效力 家中備具頗甚草草及歸則自門達堂悉以罽毯貼地百千籠燭燦列如錦	
*紅玉	（狐）美 女嬝娜如隨風飄去而操作過農家婦雖嚴冬自苦而手膩如脂 自言三十八歲人視之常若二十許人	乃翦莽擁篲類男子操作	遂出金治織具租田數十畝傭耕作荷钁誅茅牽蘿補屋日以為常里黨聞婦賢益樂貲助之約半年人煙騰茂類素封家 女笑曰妾前以四金寄廣文已復名在案若待君言誤之已久腴田連阡夏屋渠渠矣	
*恆娘	（狐）姿僅中人而言詞輕倩	見其室亦有小妻年二十來甚娟好鄰居幾半年並不聞其詬誶一語而秋獨鍾愛恆娘副室則虛員而已		三十許
*狐諧	（狐）顏色頗麗		凡日用所需無不給仰於狐 狐諧甚每一語即顛倒賓客滑稽者不能屈也群戲呼為狐娘子	
*辛十四娘	（狐）遇一小女著紅帔容色娟好從小奚奴躡露奔波履襪沾濡 聞房內嚶嚶膩語……內聞鉤動群立愕顧果有紅衣人	此婢大會作意弄媚巧 十四娘為人勤儉灑脫曰以紝織為事時自歸寧未嘗踰夜日杜門有造訪者輒囑蒼頭謝門	女聞謂生曰曩公子來我穴壁窺之其人猿睛而鷹準不可與久居也宜勿往 又時出金泉作生計日有贏餘輒投撲滿	

	振袖傾鬢亭亭拈帶渠有十九女都翩翩有風格……是非刻蓮瓣為高履實以香屑蒙紗而步者乎……然果窈窕朝視十四娘容光頓減又月餘漸以衰老半載黯黑如村嫗遇十四娘乘青騾婢子跨蹇以從			
*狐妾	（鬼而狐）俄偕一婢擁垂髫兒來……光豔無儔言已大笑烈烈如鴞鳴		婢嫗參謁賞賚甚豐妾固短於才然三十席亦不難辦……家人但聞刀砧聲繁碎不絕……轉視則看俎已滿托去復來十餘人絡繹於道取之不竭……客既去乃謂劉曰可出金貰償某家湯餅一夕酌偶思山東苦醢女請取之遂出門去移時返曰門外一甖可供數日飲女在署已知之向劉曰家中人將至可恨傖奴無禮必報之女凡事能先知之遇有疑難與議無不剖	
*阿霞	（狐）丰韻殊絕女子盈盈自房中出	女厲聲抗拒紛紜之聲達於間壁		
*毛狐	（狐）見少婦盛妝踐禾越陌而過貌赤色致亦風流覺其肌膚嫩甚火之膚赤薄如嬰兒細毛遍體		婦笑向袖中出白金二錠約五六金魁邊細紋雅可愛玩	
*青梅	（人狐之女）青梅長而慧貌韶秀酷肖其母女奴數輩捧一麗人出僕從赫冠蓋甚都	梅亦善候能以目聽以眉語由是一家俱憐愛之入門孝翁姑曲折承順尤過於生而操作更勤饘糠粃不為苦由是家中無不愛敬青梅	梅又以刺繡作業售且速賈人以候門以購惟恐弗得得資稍可御窮且勸勿以內顧誤讀經濟皆自任之	
鴉頭	（狐）儀度嫻婉實神仙也	趙知女性激烈……嫗以女性拗	女作披肩刺繡荷囊日獲贏餘飲膳甚優積年餘漸能蓄婢嫗	年十四矣

*封三娘	（狐）絕代姝也 把袂歡笑辭致溫婉		妾少得異訣吐納可以長生故 不願嫁耳	二八
*狐夢	（狐）態度嫻婉舉 世無匹	女在傍以小蓮杯易 合子去日勿爲奸人 所弄……把之膩軟 審之非杯乃羅襪一 鉤襪飾工絕……	女每與畢奕畢輒負	
*荷花三娘子	雅甚娟好	（狐）見禾稼茂密 處振搖甚動……則 有男女野男合	靈藥一裹勞寄致之……知是 狐報服其藥果大瘳旬日平復	
阿繡	（前世爲狐）姣麗 無雙容光煥發			
小翠	（狐之女）嫣然展 笑眞仙品也	以居里問女女亦憨 然不能言其道路 女又甚慧能窺翁姑 喜怒……而女殊懼 笑不爲嫌 以脂粉塗公子作花 面如鬼……呼女詬 罵女倚几弄帶不懼 亦不言	第善謔刺布作圓蹴爲笑著 小皮靴蹴去數十步給公子奔 拾 女闔戶復裝公子作霸王作沙 漠人己乃豔服束細腰扮虞美 人婆娑作帳下舞或髻插雉尾 撥琵琶丁丁纍纍然喧笑一室 日以爲常	年二八矣
*長亭	（狐）光豔尤絕 見繡幕有女郎麗若 天人			年十七矣
鳳仙	（狐）酣睡未醒酒 氣猶芳頳顏醉態傾 絕人寰	但恨日八仙淫婢賣 我矣……既而日婢 子無恥玷人床寢而 以妾換袴耶必小報 之 鳳仙不悅日婿豈以 貧富爲愛憎耶…… 鳳仙終不快解華妝 已鼓拍授婢唱破窰 一折聲淚俱下既闋 拂袖竟出一座爲之 不懽	已鼓拍唱授婢唱破窰一折聲 淚俱下既闋拂袖竟出一座爲 之不懽	
*小梅	（狐）姿容秀美又 溫淑則二八麗者繅 服在室眾以爲神共 羅拜之女斂涕扶掖 凝注之俛首而 已……女靦然出竟 登北堂共視座上眞 如懸觀音圖像時被	雖然一夕數見並不 交一私語 女御下常寬非笑不 語然婢漸狎戲時遙 見之則默默無聲然 即頑鈍之婢王素撻 楚所不能化者女一 言無不樂於奉命皆	女乃排撥喪務一切井井由是 大小無敢懈者 女終日經紀內外王將有作亦 稟白而行 以此百廢具舉數年中田地連 阡倉廩萬石矣	二八

	微風吹動者聞言悚惕闃然並諾 女聞即出展拜黃一見驚為天人	云並不自知實非畏之但睹其貌則心自柔故不忍拂其意耳		
*張鴻漸	（狐）麗人也 羅酒漿品物精潔 既而設錦裀於榻楚楚若仙			二十許
*汾州狐	（狐）而容光豔絕			
*武孝廉	（狐）被服粲麗神采猶都 但聞床上終夜作振衣聲亦不知其何為	幸婦嫻婉不爭夕三餐後掩闥早眠並不問良人夜宿何所	我有丸藥能起死 婦御下寬和有體而明察若神	婦四十餘
*醜狐	（狐）衣服炫麗而黑醜		女以元寶置几上曰……	
*陳巖	（猿）貌甚姝衣白衣立於路隅以袂蒙口而哭若負冤抑之狀已而囀容怨咽若不自解 婦人大叫一聲忽躍而去立於屋瓦上……婦人遂委身於地化為猿而死	其始甚謹後乃不恭往往訴怒若發狂之狀……婦人即闔扉鍵其其門以巖衣囊置庭中毀裂殆盡至夕巖歸婦人拒而不納 婦人忽發怒毀巖之衣襟佩帶殆無完縷又爪其面齧其肌一身盡傷血沾於地已而嗥叫者移時		
*徐寂之	（獼猴）見一女子操荷			
*補江總白猿傳	纖白甚美			
孫恪	（猿）忽有一大第土木皆新……一女子光容鑑物豔麗驚人珠初滌其月華柳乍含其煙媚蘭芬靈濯玉瑩塵清……女摘中庭之萱草凝思久立 良久乃出見客美豔愈于向者所睹 遂裂衣化為老猿追嘯者躍樹而去將抵深山而復返視	治家甚嚴不喜參雜……袁氏每遇青松高山凝睇久之若有不快意 憐其慧黠……說其慧黠過人長馴擾于上陽宮內	遂吟詩曰……青山與白雲方展我懷抱吟諷慘容 袁氏瞻足巨有金繪 袁氏俄覺大怒而責恪曰子之窮愁我使暢泰不顧恩義遂興非為……袁氏遂搜得其劍寸折之若斷輕藕耳	

*焦封	（猩猩）俄至一甲第屋宇峥嵘……須與有十餘僕婢至並衣以羅紈飾之珠翠皆美麗其容質 見大扇擁蔽一女子……殊常儀貌 前後設瓊漿玉饌奏以女樂 言訖化爲一猩猩與同岸相逐而走			年約十八
爬蟲類				
*陸社兒	（蛟龍）甚有容質……然辭色甚有憂容 未幾便聞暴風雨震雷明照社兒但覺此女驚惶制之不止須與有物突開乘電光見一大毛手挈此女去……此去九里有大蛟龍無首長百餘丈血流注地盤泪數畝有千萬禽鳥臨而噪之也			
*長沙女	生三物皆如魚……經三月此物遂大乃是蛟子各有字			
*老蛟	（蛟）見一美女			
*柳毅	（龍女）乃殊色也然而蛾臉不舒巾袖無光凝聽翔立若有所伺東望愁泣若不自勝 後有一人自然蛾眉明璫滿身綃縠參差……然若喜若悲零淚如絲 而逸豔豐厚則又過之			
*凌波女	（龍女）容色穠豔梳交心髻大帔廣裳			

*柳子華	（龍女）忽有犢車一乘前後女騎導從徑入廳事			
湘中怨解	（湘中蛟宮之姊）豔女皆神仙娥眉披服煙霓裙袖皆廣長其中一人起舞含嚬淒怨舞畢斂袖凝然翔望		能誦楚人九歌招魂九辯之書亦常擬其調賦爲怨句其詞麗絕世莫有屬者 生居貧汩人常解篋出輕繒一端與賣胡人酬之千	
煙中怨	絕色		能詩每吟不過兩句	年十四
*趙良臣	（魚蛟之精）青衣而紅裳哭甚哀趙妻謂之日我夜捫汝體殊冷峭何也婦人不答而意象漸恚捨匕箸徑出			
*太元士人	美容貌趙氏不覺自仆氣絕……俄而趙氏亦化一蛇奔突俱去			
*朱覲	姿容端麗常爲鬼魅之幻惑			
*李黃	（蛇）因見白衣之姝綽約有絕代之色犢車入中門白衣姝一人下車侍者以帷擁之而入……少頃白衣出素裙粲然凝質皎若辭氣閑雅神仙不殊及去尋舊宅所乃空園有一皁莢樹樹上有十五千餘了無所見			
（*李黃附）	（蛇）乃遇一車子通以銀裝頗極鮮麗駕以白牛從二女奴皆乘白馬衣服皆素而姿容婉媚聞其異香盈路素衣……姿豔若神仙			年十六七

	從者具敘其事云郎君頗聞異香某輩所聞但蛇臊不可近……但見枯槐樹中有大蛇蟠屈之跡發掘已失大蛇但有小蛇數條盡白		
*淨居巖蛟	（蟒）是年四月幾望風雨暴至遍山皆黑雷電掣旋屋外…聞聲出龜下如鼓然視之乃巨蟒蟠結數匝尾猶在戶外石罅未及而震死 山水大至衝室屋太半已而星月粲然明旦視死蟒長二丈許圍數尺體皆黑方花紋		
鳥　類			
蘇瓊	（雌白鵲）見一女甚麗即化成雌白鵲		
*徐奭	（白鶴）姿色鮮白……女施設飲食而多魚……即化成白鶴翩然高飛		
*錢塘士人	（白鷺）有女子素衣來……後成白鷺去		
*烏君山	（烏）漸聞環珮之聲異香芬馥熒煌燈燭引去別室	吾有小女頗閑道教	
*戶部令史妻	有色得魅疾而不能知之		
*泰州人	（不詳一鳥）見一青衣女子獨行姿容殊麗於梁上暗處見一大鳥衝門飛出		
*柳歸順	（鸚鵡）有鸚鵡數千丹嘴翠衣尾長二三尺翱翔其間相呼姓字音旨清越	近有一篇君能聽乎……僕在王丹左右一千歲……	

*阿英	（鸚鵡）姿致娟娟顧之微笑似將有言因以秋波四顧 見一女子零涕前行……人世殆無其匹 轉眼化爲鸚鵡翩然逝矣 左翼沾血奄存餘息抱置膝頭撫摩良久始漸醒自以喙理其翼	女殊矜莊又嬌婉善言母事嫂 蓄一鸚鵡甚慧		二八女郎
草木類				
*崔玄微	（楊）綠裳 （李）白裳 （桃）紅裳 （石榴）緋衣小女 （風）言詞泠泠有林下風氣色皆殊絕滿座芳香馥馥襲人性頗輕佻翻酒汙阿措衣			
*光化寺客	（百合）忽逢白衣美女姿貌絕異 奄然不見……草中見百合苗一枝白花絕偉……根本如拱瑰異不類常者……百疊既盡白玉指環宛在其內			年十五六
*蘇昌遠	（白蓮花）素衣紅臉容質豔麗閱其色恍若神仙中人			
*田登孃	有容質 其女有妊……女娠纔七月產物三節其形如象前根也	女遂私之精神舉止有異於常矣		十六七
*殷天祥	（杜鵑花）時或窺見三女子紅裳豔麗			
香玉	勞山下清宮耐冬高二丈大數十圍牡丹高丈餘花時璀璨如			

	錦見女郎素衣掩映花間 （白牡丹）女郎偕一紅裳者來……豔麗雙絕……二人袖裙飄拂香氣流溢 過數日聞藍氏移花至家日就萎悴 但偎傍之間髣髴以身就影 生視花芽日益肥盛春盡盈二尺許…… 次年……則花一朵含苞未放……花搖搖欲拆少時已開花大如盤儼然有小美人坐蕊中裁三四指轉瞬間飄然已下則香玉也是時牡丹已大如臂白牡丹亦憔悴尋死			
葛巾	（紫牡丹）宮妝豔絕 忽聞異香竟體……指膚軟膩使人骨節欲酥去後衾枕皆染異香 後數日墮兒處生牡丹二株一夜經尺當年而花一紫一白朵如大盤較尋常之葛巾玉版瓣猶繁碎數年茂陰成叢移分他所更變異種莫能識其名			
黃英	（菊）絕世美人也黃英終老亦無他異	顧弟言屋不厭卑而院宜得廣 君不願富妾亦不能貧也	雅善談輒過呂所與共紉績 俄獻佳餚烹飪良精 黃英客僕種菊一如陶 得金益合商賈村外治膏田二十頃甲第益壯 黃英既適馬於壁間開扉通南第日過課其僕……鳩工庀料土木大作馬不能禁經數月樓舍連亙兩第竟合為一不分疆界矣然遵馬教閉門不復業菊而享用過於世家	乃二十許

其　他				
金友章	（山南枯骨之精）容貌殊麗 見其妻乃一枯骨……須臾乃復本形			
*漳民娶山鬼	（山魅）以二籠自隨……唯民妹獨見婦人一足不敢言 但白骨在床發其篋皆瓦石及紙錢耳			
*王彥太家	妙年美色	方氏素廉靜獨不肯出		
*張氏子	（盟器婢子）美人 果一盟器婢子背書紅英字在空舍柱穴			
*廣陵士人	（不詳）忽有雙鬟青衣女子姿質甚麗 急捉其手足投之江中絞然有聲因爾遂絕			
*盧涵	（盟器婢子）睹一雙鬟甚有媚態……言多巧麗意甚虛襟盼睞明眸轉姿態度			
*崔子武	（畫像）姿色甚麗			
趙文昭	（神像）姿容絕世			
劉子卿	（神像）忽見雙蝶五彩分明來游花上其大如鷰衣服霞煥容止甚都			各十六七
*王勳	（神像）倩巧			
*畫工	（畫像）甚麗			
*土偶胎	（土偶）乳婢乳垂於外一旦偶人目動……以杖擊之鏗然仆地於碎土中得一兒胎如數月孕者			

*唐四娘廟侍女	（土偶）但舉措嗜好一切與人不少異而失翠冠及一履…… 肴視二者乃捏泥所製頭上無冠一足只著襪采線出於像背			
*僧寺畫像	（畫像）其像以竹爲軸剖之精滿其中			
*花月新聞	（神像）塑容秀麗聞外間有呵殿聲一女子絕色	女事姑甚謹	值端午節一夕置綵絲百副盡餉族黨其人物花草字畫點綴歷歷可數	
江廟泥神記	（神像）忽見四女郎……娉婷窈窕 且出所得詩及金掩鬢等物視之皆泥捏成者 塑四美姬像於其中東坐者失一掩鬢右二人臂缺二鐲耳亡雙鐺左一人面脫花鈿兩枚			年近初笄
*楊禎	（燈）有紅裳既夕而至容色殊麗姿華動人 果自隙而出入西幬澄澄一燈矣			
*陳濟妻	生兒如人多肉			
*宜春郡民	（眞白金）年少端麗被服靚粧 略不聞聲息……其婦人身體如冰……命燭照之乃是銀人兩頭可重千百斛			
*蔡彥卿	（白金）有白衣婦人獨舞就視即滅			
*玉龍	（紫玉）遙見一美女紫衣而歌			
*岑氏	（白石）谿水中見二白石大如蓮實自相馳逐 其夕夢二白衣美女